JURY DU GRAND PRIX DES ENQUÊTEURS 2021

Patrick BAUDOT (secrétaire)
Commandant divisionnaire fonctionnel
Ancien chef d'état-major de la Brigade criminelle

Philippe BLANCHET
Chroniqueur polar *Le Figaro Magazine*

Rémi COSTAGLIOLA DI POLIDORI
Médecin légiste
Expert près la cour d'appel de Toulouse
Agréé par la cour de Cassation

Didier DECOIN, président de l'académie Goncourt
Écrivain et scénariste

Jean-Jacques DELEMARLE
Chef de l'amphithéâtre de l'Institut médico-légal de Paris
Expert en restauration d'empreintes digitales

Pierre Louis DURAND
Ancien procédurier de la Brigade Criminelle
Ancien chef d'état-major à la DRPJ
A participé à la mise en œuvre
de la police scientifique et technique

Maître Léon Lef FORSTER
Avocat pénaliste au barreau de Paris depuis 1972
Ancien secrétaire de la Conférence
Ancien membre du conseil de l'Ordre

Patrice GEORGES-ZIMMERMANN
Archéologue à l'Inrap
Expert judiciaire près la cour d'appel de Toulouse
Expert près la cour pénale internationale

Marie-Hilda GOUINEAU
Procureure de la République adjointe honoraire

Maître Julie GRANIER
Avocate au barreau de Paris

Olivier MARCHAL
Ancien inspecteur au SRPJ de Versailles
Acteur, scénariste et réalisateur

Colette OPER
Présidente de la chambre de l'instruction honoraire

Alain VASQUEZ
Commandant de police fonctionnel
Ancien chef de groupe à la Brigade criminelle

Membre d'honneur :
Guy SAVOY
Cuisinier

LA BÊTE NOIRE

Collection dirigée par Glenn Tavennec

L'AUTEURE

Née en 1991, Noémie Adenis a grandi dans la région de Lille. Elle est diplômée en histoire de l'art et archéologie, ainsi qu'en communication digitale.

NOÉMIE ADENIS

LE LOUP DES ARDENTS

LE FIGARO MAGAZINE

LA BÊTE NOIRE

Robert Laffont

Avec la participation de l'Agence Universitaire de la Francophonie
et du Restaurant Guy Savoy

ISSN 2431-6385
ISBN 978-2-221-25161-4

Dépôt légal : septembre 2021
Éditions Robert Laffont – 92, avenue de France 75013 Paris

À mes parents

« Qui vit de combattre un ennemi a tout intérêt de le laisser en vie. »

Friedrich Nietzsche

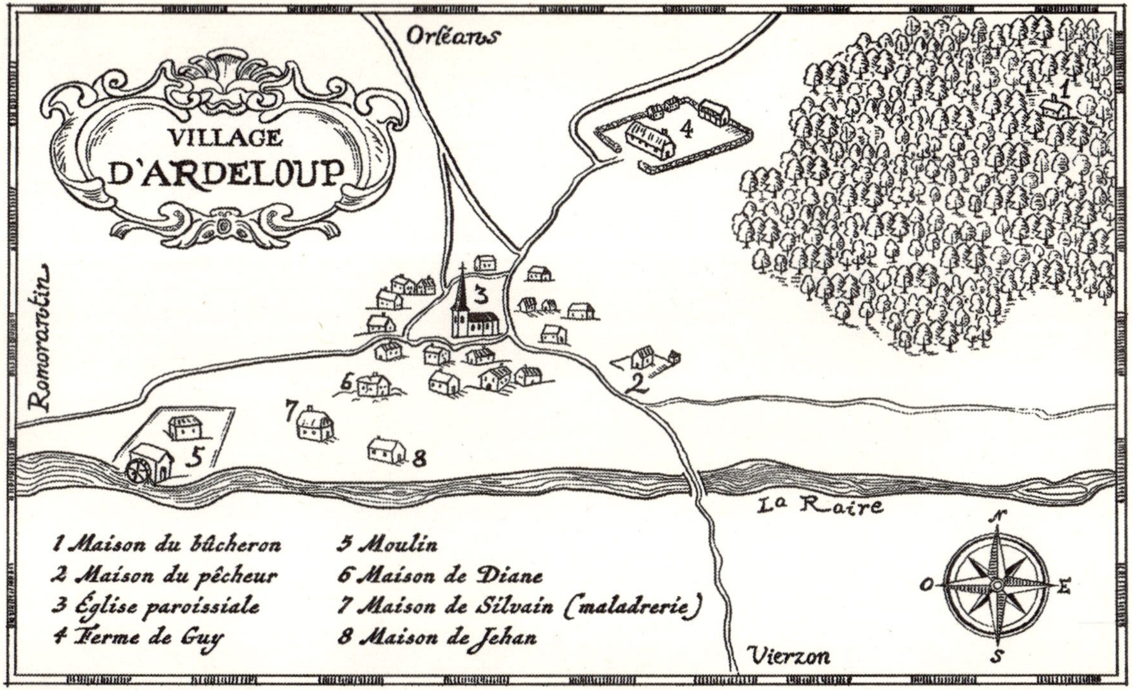

Sophie Anfray, EdiCarto

Une odeur putride flotte autour de lui. Elle émane de ses membres, mais il ne la sent pas. Il ne sent plus rien, hormis les flammes qui lui lèchent la peau, et la douleur ; elle le torture depuis des jours.

Pourquoi n'est-il pas mort ? Peut-être l'est-il ? Ce châtiment qu'on lui inflige, il ne se souvient pas l'avoir mérité. Dans le brouillard qui l'enveloppe, il n'a qu'une certitude : il est condamné.

Près de sa couche, un froissement de tissu. L'enfant ouvre de grands yeux. Jusque-là, il n'avait pas remarqué sa présence. Le contraste entre l'innocence de ce regard et les tourments qu'il endure lui paraît absurde. Il tente de tourner la tête, les muscles de son cou refusent d'obéir. Il ne peut se soustraire à ce visage qui l'observe. Un instant, il croit que l'enfant s'apprête à sourire, mais ses lèvres se tordent, noircissent, bientôt un trou béant les remplace. La peau juvénile s'embrase. L'enfant n'est plus qu'une masse brûlante qui crépite à son chevet.

Une terreur viscérale le saisit, lui ouvre la bouche. Son cri déchirant s'élève, atteint le toit et s'en échappe, se répand sur les chemins enneigés, pénètre à l'intérieur des masures. Figé dans la glace, le village pousse un hurlement désespéré. Le vent l'emporte, par-delà la lande, au-dessus des forêts. La nuit se remplit de détresse.

L'ÉPIDÉMIE

1.

Une enfant maltraitée et rejetée par les siens
a-t-elle des rêves, un but ?
Comment fait-elle pour tenir ?
Peut-être vit-elle simplement au jour le jour.

Extrait du journal d'Aymar de Noilat

Sur le parvis de l'église, les hommes du village se dispersèrent, pressés de regagner leur foyer. Les plus chanceux trouvèrent une assiette derrière laquelle s'installer, la plupart se contentèrent des restes de la veille. Guy, le laboureur, appartenait à cette première catégorie de privilégiés. Ses terres, situées un peu à l'écart du village, abritaient une ferme coquette, couverte de chaume, dont l'enceinte était délimitée par un muret en pierre sèche. Il y vivait avec sa femme, Antoinette, et ses trois enfants, Ghislain, Anne et Scévolé. L'habitation à proprement parler, bâtie sur un seul niveau, était ce que l'on voyait en premier. Elle se démarquait des autres maisons du village par ses dimensions, plus imposantes. Derrière, une cour carrée donnait sur une grange à colombages et deux masures ; l'une servait de bergerie, la seconde permettait de loger des journaliers.

Guy remonta le chemin, poussa la porte, saliva lorsque des effluves de légumes bouillis arrivèrent à ses narines. Près du feu, Antoinette découpait, remuait, nettoyait, les joues rougies par l'effort et la chaleur qui se dégageait de l'âtre. Elle parlait, mais on ne savait pas vraiment à qui elle s'adressait ; pas de lard, non, pas aujourd'hui, les réserves diminuent, il faut en garder pour plus tard. Les enfants tournaient autour d'elle, impatients de recevoir un morceau de pain et leur part de bouillon.

Le laboureur s'assit en bout de table. Ghislain, l'aîné de ses fils, se racla la gorge.

— Père, c'est au sujet de l'assemblée, j'aimerais y aller, lança-t-il à brûle-pourpoint.

— Bientôt. Ne sois pas si pressé d'entendre les jacasseries de Jehan. Il ne fait que monopoliser l'attention.

Antoinette fronça les sourcils.

— Le couvreur continue de te donner du fil à retordre, on dirait.

— Un jour, je n'aurai plus la patience de retenir mes poings.

— Tssss, quelle idée ! Les gens t'écoutent, ils te respectent, j'en suis sûre. Inutile de chercher la bagarre.

Guy esquissa une moue satisfaite puis regarda autour de lui.

— Le repas est-il prêt ? Où est Loïse ?

Antoinette leva ses bras dodus, les agita, une façon à elle d'exprimer sa contrariété.

— Elle n'est jamais là quand il faut ! Loïse ! appela-t-elle. Nous t'attendons.

Loïse apparut enfin, hésitante, un panier à pain coincé entre ses petites mains gercées. Guy, Antoinette, Ghislain, Scévolé, Anne, tous avaient les yeux rivés sur elle. Elle se mordit les lèvres, baissa la tête. Ses cheveux aux mèches emmêlées tombèrent sur son visage, pâle et aussi inexpressif qu'un ciel blanc. Personne n'aurait pu deviner les émotions qu'elle ressentait à cet instant. Du chagrin, de la peur ? Impossible à dire. Son esprit avait l'air de s'être détaché de son corps.

Loïse avait dix ans, pourtant on ne lui en aurait pas donné plus de huit. Sous sa tunique, sa poitrine restait plate comme celle des petits garçons. Sans sa longue chevelure ébène, elle aurait ressemblé à l'un d'entre eux. Avec cet air revêche qu'elle arborait le plus souvent, ses guenilles pleines de crasse et le noir qu'elle avait sous les ongles, on pouvait aisément se méprendre.

Sans lever les yeux, Loïse avança jusqu'à la table pour y déposer le pain. Elle versa ensuite le bouillon dans les assiettes, en commençant par celle de Guy. Une fois servis, les membres de la famille se désintéressèrent d'elle et firent comme si elle n'était déjà plus là. La fillette se retira sur la pointe des pieds, retenant sa jupe pour éviter de faire le moindre bruit. Elle essayait autant que possible de ne pas attirer l'attention, car Antoinette trouvait toujours un reproche à lui faire, et la réprimandait, même lorsqu'elle s'appliquait à la satisfaire et qu'elle répondait précisément à ses demandes.

Anne, la fille du laboureur, se rengorgea :

— Loïse est petite. À son âge, j'étais bien plus grande qu'elle.

— Si seulement elle était aussi dévouée que toi, renchérit Antoinette, après tout ce que nous avons fait pour elle. Ce matin encore, il m'a fallu la disputer. Voilà deux jours que je la prie de s'occuper de la lessive. Crois-tu qu'elle l'ait faite ?

Guy aspira une gorgée de bouillon. Sa femme attendait une réaction de sa part, mais il resta silencieux. Entre eux, Loïse était un sujet de discorde qu'il voulait à tout prix éviter, d'autant que leurs disputes se poursuivaient souvent sur plusieurs jours. À l'image des averses qui se succèdent, entrecoupées de violentes bourrasques et de crachins, on n'en voyait jamais le bout.

Antoinette n'était pas facile à vivre. Lorsqu'elle se mettait en colère, et cela arrivait fréquemment, elle refusait de préparer le souper, de raccommoder les braies de son mari ou de s'occuper des moutons. Ah, pour le pousser à bout, elle savait y faire. Parfois, elle l'épuisait purement et simplement. Pour lui échapper, Guy se murait dans le silence, comme Loïse. Après leur mariage, il avait vite compris qu'il valait mieux ne pas lui donner de grain à moudre. Se taire était sa stratégie, la seule qui fonctionnait parmi toutes celles qu'il avait expérimentées.

★

Le nez coincé dans une cape trop grande, Loïse avait quitté la maison. Son panier rempli de linge l'empêchait de voir où elle mettait les pieds. Le sol était glissant, les touffes d'herbe blanchies par le gel crissaient dès que ses semelles venaient à les recouvrir. Elle progressait lentement, luttant contre un vent brutal capable de la déséquilibrer, et mit bien plus de temps qu'il n'en fallait d'habitude pour atteindre le lavoir, situé juste derrière la grange. Ses pieds picotaient, engourdis par le froid. Elle posa son chargement sur la margelle, et constata avec soulagement que la surface ondoyait. Elle n'aurait pas à briser la glace pour y plonger les mains.

Sur le plan incliné, Loïse s'agenouilla et commença à nettoyer les chemises de la maisonnée. La morsure de l'eau sur sa peau déjà gercée lui arracha un cri de douleur, mais elle continua malgré tout, songeant à la colère d'Antoinette si elle lui désobéissait encore une fois. Il ne fallut guère plus de dix minutes pour qu'elle ait le souffle coupé. Frigorifiée, elle renonça à s'occuper de ses propres vêtements. Elle passa ses mains sous sa cape pour les essuyer, cherchant son tablier, effilé de toutes parts – elle ne le quittait que pour se rendre à la messe. Antoinette prétendait qu'il était temps de le remplacer, mais elle s'appliquait à repousser l'échéance le plus possible, rechignant à la dépense. « Nous tâcherons de te trouver quelque chose à la foire du printemps, disait-elle d'une voix courroucée. C'est de ta faute, soigneuse comme tu es ! »

Loïse se releva, se pencha en avant et tendit les bras pour récupérer le linge. Son geste resta un instant suspendu, son rythme cardiaque s'emballa. Derrière la grange, elle aurait juré que quelqu'un l'observait.

Elle frissonna de plus belle, mais cela n'avait rien à voir avec le froid. Le malaise grandit dans sa poitrine. Elle se hâta de récupérer son panier et retourna à l'intérieur aussi vite qu'elle le put.

À l'abri dans la bassie, elle ne bougea plus, le temps que sa respiration ralentisse, tout en se promettant de ne plus écouter Scévolé. Le cadet du laboureur ne cessait de lui conter des histoires, toutes plus horribles les unes que les autres, amusé par la peur qu'il parvenait à éveiller en elle. Même avant cela, Loïse avait toujours détesté le moment où, la nuit venue, elle devait souffler sur la flamme de sa chandelle et laisser les ténèbres l'engloutir. L'obscurité la terrifiait. Scévolé ne manquait aucune occasion de se moquer d'elle. Parfois, il cachait sa chandelle, l'obligeant à retrouver à tâtons et dans le noir complet le chemin qui menait à sa paillasse.

Mais les récits de Scévolé n'étaient pour rien dans l'impression que Loïse avait eue près du lavoir. Pressée contre la paroi de la grange, une ombre avait glissé sur le côté avant de prendre la direction du village.

2.

Les villageois m'accueillirent à bras ouverts.
Il est rare qu'un voyageur solitaire,
un étranger de surcroît, puisse en dire autant.
Sans doute mes aptitudes à soigner
plaidèrent-elles en ma faveur.

Cet hiver-là, en l'an 1561, le pain ne pesait pas lourd et les estomacs tiraillaient.

Sur les terres gorgées d'eau d'Ardeloup, une lande grisâtre et sableuse, les récoltes se succédaient, chacune plus mauvaise que la précédente. Héritières d'un sol appauvri, troué de cuvettes, quarante-cinq âmes composaient avec le peu que la nature avait à donner. Et comme les habitants des villages voisins, elles ne savaient plus à quel saint se vouer pour remplir leurs greniers.

Ce sol inhospitalier, Ardeloup le devait à une surexploitation des forêts qui, jadis, avait amputé une grande partie de ses charmes, de ses bouleaux et de ses châtaigniers. Aujourd'hui, une étendue d'herbe leur avait succédé, tapissée de bruyères avec lesquelles on fabriquait des balais. Les cultures, qui ne supportaient ni la froideur humide des mauvais jours ni la sécheresse de l'été, contractaient toutes sortes d'affections. Les hommes aussi – les enfants surtout – tombaient malades. Parfois, la fièvre avait raison d'eux.

Coincé entre les diocèses de Bourges et d'Orléans, en territoire solognot, le village s'étirait sur la rive nord de la Raire, une rivière modeste mais poissonneuse qui prenait sa source près de Précy-le-Chétif, puis entrait dans Romorantin pour se jeter dans la Sauldre. Les habitants avaient obtenu de Jean d'Étampes, seigneur d'Ardeloup et de

Theillay, la location perpétuelle du cours d'eau qui subvenait, du moins en partie, à leurs besoins en nourriture. Le pain de seigle et les produits maraîchers, quand ils parvenaient à pousser, achevaient de compléter l'assiette des villageois. Ils devaient leur survie à l'élevage d'un mouton à tête châtain, habitué aux rudesses du terrain. Sa laine, vendue aux draperies de Romorantin, servait à l'approvisionnement de l'armée ou finissait à la Plisson, grande foire aux draps et aux poissons, qui attirait quantité de négociants orléanais.

Mais la prospérité de ce commerce ne dispensait pas les habitants d'Ardeloup de compter. Toute dépense était scrupuleusement surveillée par Jehan, couvreur et trésorier de la paroisse, comme son père avant lui.

Jehan avait le regard soucieux.

Ce matin-là, le troisième du mois de décembre, il écoutait, la mâchoire crispée, le discours de Guy, nommé premier représentant de la paroisse. Une fonction de la plus haute importance, car il lui revenait la charge de collecter l'impôt pour la seigneurie ; le montant était calculé selon les revenus de chacun. Au village, lui et sa femme Antoinette étaient devenus des figures que l'on écoute. Leur avis pesait lourd, car ils possédaient plusieurs terres, un cheval, des bœufs et deux charrues. Ils étaient aussi les plus taxés.

La voix du laboureur résonnait à travers l'église, glaciale, où grelottait une poignée d'hommes ; ceux qui avaient des responsabilités dans l'organisation de la communauté.

— Le contrat d'Edme touche à sa fin, disait Guy, il faut le reconduire au plus vite.

Sur les bancs de l'édifice paroissial, entre ses murs rongés par l'humidité, on votait les décisions pour le reste du groupe.

— En nous passant de ses services, nous ferions une économie, objecta Jehan.

— Qui emmènera paître le troupeau ? Du bétail sans berger, on n'a jamais entendu chose pareille, protesta Guy.

— Et pourquoi pas ? Si l'un d'entre nous prenait sa place.

— Encore faut-il qu'il y ait un volontaire. N'as-tu pas suffisamment de travail pour en plus t'occuper des moutons ?

— Ce n'est pas à moi que je pensais, mais à Silvain. Son activité ne l'accapare pas toute l'année, et il aime prendre soin des bêtes.

Agacé de ne pas y avoir songé lui-même, Guy feignit de soupeser l'idée.

— Après tout, si c'est là son souhait, lâcha-t-il.

— Nous lui soumettrons la proposition, conclut le père Éloi.

Dans le renfoncement minuscule qu'il appelait oratoire, parce que, selon ses mots, il fallait bien donner un nom aux choses, le curé entérina la décision en l'inscrivant dans son registre ; il rédigeait un compte rendu à chaque assemblée. Tassé dans son coin, les yeux plissés, il traçait des lignes épaisses dont la médiocrité échappait aux habitants d'Ardeloup, qui ne disposaient d'aucun point de comparaison.

Durant ses études, le père Éloi n'avait été ni le plus érudit ni le plus impliqué. Il accueillait les reproches sans s'offusquer, « Oui, très bien, je comprends, je m'y efforcerai », puis il reprenait ses activités comme si de rien n'était. Aucune critique ne l'atteignait. Il se déplaçait d'un pas nonchalant, souriait. À son sujet, on employait le mot « aimable », faute de mieux. On lui souriait en retour. De temps en temps, il écopait d'une petite tape sur l'épaule qui semblait dire : « Que va-t-on faire de toi ? » Bref, il ne s'était pas illustré durant ses études, et c'est ainsi que la paroisse reculée d'Ardeloup lui était échue.

Quinze ans plus tard, il s'en occupait toujours, habitué à ce petit groupe de villageois qui le considéraient comme l'un d'entre eux.

— J'aimerais également dire un mot sur la paie de M. Chéreau, reprit Jehan.

Guy grinça des dents. Qu'avait-il à mettre son nez partout ?

— Que lui veux-tu à celui-là ? s'enquit le laboureur.

— Cet homme nous vole, le prix de ses services augmente tous les mois. Nos voisins de Theillay ne versent pas autant sur leurs ventes. Nous devrions renégocier sa part lors de sa prochaine visite.

— Cela me paraît risqué. S'il se désintéressait de nous ? s'inquiéta Éloi.

Jehan regarda le curé qui gardait la main levée, la plume suspendue dans les airs.

— Cela n'arrivera pas. Quand bien même, nous avons des acheteurs réguliers avec qui nous pourrions traiter directement. L'un d'entre nous se chargerait tout aussi bien, si ce n'est mieux, de nos affaires.

— Messieurs, intervint Guy, si l'on écoutait Jehan, nous congédierions toutes les personnes qui acceptent de travailler pour nous.

M. Chéreau, courtier en laine, était source de désaccords à chaque assemblée. Il servait d'intermédiaire entre les villageois et les négociants de Romorantin ; à ces derniers, il vendait la production d'Ardeloup, moyennant une commission dont le montant avait triplé en l'espace de six ans.

— Je dis seulement que nous ne sommes pas tenus d'accepter toutes ses conditions, protesta Jehan.

— Il a raison, fit le boulanger.

Un murmure d'approbation se répandit dans la nef. Les mâchoires de Guy se contractèrent. Il détestait voir les villageois se ranger du côté de Jehan, mais il se força à sourire pour ne pas perdre la face.

— Très bien. Laissons Jehan s'occuper des négociations puisqu'il a l'air si assuré.

Jehan haussa les épaules tandis que le père Éloi inscrivait la décision à son rapport.

La séance se poursuivit sur le sujet de la réfection des toitures. Depuis plus d'un mois, une pluie glacée tombait sans discontinuer sur Ardeloup. On ne se souvenait plus du jour où l'on avait entrevu le soleil pour la dernière fois. La plupart des foyers devaient faire face à des infiltrations, on raccommodait sans cesse avec les moyens du bord, jusqu'à ce que l'eau s'insinue à nouveau et qu'il faille recommencer à rafistoler les toits. Jehan, couvreur de métier, parla plus que les autres, informant l'assemblée de l'avancée des travaux, dont il estimait l'achèvement au début du printemps.

— La toiture de Gaston et de Léonor est la prochaine sur la liste.

Gaston, le boulanger, accueillit la nouvelle en tapant dans ses mains.

— C'est pas trop tôt ! Si rien n'est fait, nos grains ne tarderont pas à moisir.

— La situation est urgente, c'est vrai, concéda Jehan. Je viendrai vous rendre visite demain matin.

Gaston hocha la tête, signe que l'affaire était entendue.

Le curé remplit encore trois autres pages avant de refermer le registre. Son écriture serrée, dénuée d'élégance et ponctuée de ratures, jouait un rôle essentiel dans l'organisation des paroissiens, qui aimaient conserver une trace de leurs décisions. Pour estimer les recettes, anticiper les dépenses ou juger des sommes à investir, on consultait quelquefois les anciens registres que le père Éloi entreposait précieusement dans la sacristie. Là où, sur deux rangées d'étagères, reposait la mémoire d'Ardeloup.

3.

Pourquoi s'obstinent-ils à travailler cette terre
qui ne veut pas d'eux ?
La peur du changement ? L'habitude ?
À leur place, j'aurais plié bagage.

Le surlendemain de l'assemblée générale, un épais brouillard s'installa sur la lande. Il devint impossible d'emprunter les chemins et d'y circuler sans se perdre. Cela arriva à Silvain, le charretier – du moins, c'est ce que tout le monde supposa. Surpris par la brume, il avait dû s'égarer dans la forêt alors qu'il se rendait chez le bûcheron pour chercher du bois.

La rigueur des derniers jours avait épuisé les réserves. Au village, on grelottait en attendant qu'il réapparaisse, lui et sa précieuse cargaison. Le combustible manquait, et les esprits, à défaut des corps, ne tardèrent pas à s'échauffer. Jehan et Guy ne parvenaient pas à se mettre d'accord. Fallait-il envoyer des villageois à la recherche de Silvain, ou au contraire attendre jusqu'à ce qu'il revienne de lui-même ?

— Nous devrions rester là tant que cette saleté de purée de pois ne s'est pas dissipée, soutenait Guy.

— Et combien de temps patienterons-nous avant de lui venir en aide ? grondait Jehan.

Les habitants d'Ardeloup devaient prendre position, pour l'un ou pour l'autre, faute de quoi ils se mettaient à dos toute la communauté. Gaston partageait l'avis du couvreur, tandis que Léon, le pêcheur, et Eudes, le potier, prenaient le parti de Guy.

— Sans chauffage, nous ne tiendrons pas longtemps, dit Jehan. Ensemble, nous devrions parvenir à retrouver la cabane du bûcheron. Je préfère essayer plutôt que de rester là à mourir de froid.

Gaston, qui s'exprimait pour la première fois, s'éclaircit la gorge et ajouta à l'intention de Guy, l'air dédaigneux :

— Rien ne t'oblige à nous suivre.

— Crois-tu que je n'ai pas besoin de ce bois ? s'emporta Guy. Ma fille a de la fièvre depuis hier. Je dis juste que cette idée… c'est imprudent, voilà tout.

— Reste donc ici.

— Je connais mieux la forêt que vous tous réunis ! Si vous y allez, je viens. Sans moi, vous seriez capables de vous perdre.

On décida de partir sur-le-champ. En moins d'une heure, Jehan rassembla un bataillon de villageois chaudement emmaillotés, prêts à embrasser la brume et plus encore pour retrouver Silvain. Ils quittèrent Ardeloup peu avant midi, passèrent devant la ferme où vivait Guy, qui, de là, prit la tête du cortège. Ils atteignirent rapidement la lisière de la forêt.

Le froid mordait chaque parcelle de chair laissée à découvert, fouettait les visages avec vigueur. Mais aucune plainte n'émanait du laboureur, rompu à la rudesse des éléments et à la dureté des travaux de force. Il ne ressentait plus les assauts de l'hiver contre son corps, son esprit avait pris une tout autre direction. Il songeait à Anne et avançait le cœur lourd, priant pour que sa fille aille mieux à son retour. Si sa fièvre venait à s'aggraver, son épouse lui reprocherait d'avoir pris part à l'expédition. Le couple avait eu six enfants, trois d'entre eux étaient déjà morts, alors un de plus… L'idée paraissait à peine concevable tant elle était cruelle.

Jehan marchait aux côtés de Guy, l'air plus déterminé que jamais.

Une brume fantomatique flottait au ras du sol. Elle absorbait le peu de lumière qui se risquait jusqu'à elle, voilant la tourbe constellée de givre, étalée au pied des arbres. La végétation, décolorée, ne se déclinait plus que dans un vaste camaïeu de gris, donnant à la forêt un aspect sinistre et angoissant. Dans la tête des villageois s'immisçaient les histoires terrifiantes qu'on racontait pour faire trembler les plus jeunes.

Une lanterne à bout de bras, Guy dirigeait la compagnie sur la piste, à peine visible, qui menait à la cabane du bûcheron. L'espace entre les arbres était suffisamment dégagé pour que le groupe puisse s'y aventurer, mais il était difficile de s'y repérer car l'œil ne trouvait rien à quoi s'accrocher. Les regards étaient désorientés, inquiets. Le laboureur, en revanche, avait l'air de savoir ce qu'il faisait. Il ralentissait parfois, parcourait les troncs de sa main libre, puis repartait d'un pas vif, comme si l'écorce lui avait fourni l'information qu'il désirait.

Plus les villageois s'enfonçaient dans la forêt, plus celle-ci se clairsemait. Un peu partout, des tronçons de bois gisaient à l'horizontale, témoins de l'activité du bûcheron ; d'autres, déjà débités, devaient encore sécher toute une année avant d'alimenter les cheminées d'Ardeloup.

Personne ne savait vraiment quoi chercher. L'angoisse montait à mesure qu'ils progressaient. Silvain était quelqu'un de prudent, pas du genre à lambiner. Que lui était-il arrivé ? D'habitude, le jeune homme quittait sa maison le matin vers dix heures, il chargeait sa carriole avec l'aide du bûcheron à midi, puis revenait bien avant le crépuscule. L'hiver ralentissait sa progression, c'est vrai, mais il ne manquait jamais l'heure du souper.

★

Enfin, la maison forestière émergea au milieu de la brume. Guy se trouvait à quarante coudées environ quand il l'aperçut. Ce n'était pas la hutte à laquelle les villageois, y compris lui, s'attendaient. Car, mis à part Silvain, personne n'avait poussé jusque-là pour voir à quoi elle ressemblait. Il se dégageait de ses colombages coiffés de chaume une étonnante quiétude, et une lumière vive, si vive qu'elle semblait livrer bataille au brouillard qui l'enveloppait. En la regardant, Guy sentit aussitôt l'air se réchauffer, le vent perdre du mordant. Il avait rarement vu demeure isolée si bien entretenue. L'entrée venait d'être déneigée ; on devinait encore les mouvements de la bêche raclant le sol.

Guy gratta à la porte. Le bûcheron l'entrebâilla d'abord, opina de la tête, puis ouvrit plus largement à ses visiteurs, comme s'il comprenait soudain la raison de leur venue. Doté d'épaules carrées, puissantes, l'homme était bâti pour sa profession, à moins que ce ne soit elle qui l'ait forgé ainsi. Il accomplissait chaque geste en bandant les muscles pour retenir sa force. La poignée couina entre ses doigts lorsqu'il referma le battant derrière le petit groupe.

— Vous êtes là pour Silvain, j'imagine.

Guy acquiesça. Il ouvrit la bouche, mais ne dit rien. Ses yeux venaient de rencontrer ceux de Silvain qui, au milieu de la pièce, émergeait d'un bol de soupe, le haut du corps enroulé dans une laine épaisse qu'il gardait serrée contre sa poitrine. Les habitants d'Ardeloup échangèrent des regards hébétés. Ils ne s'attendaient pas à accomplir leur mission avec tant de facilité.

Jehan, qui s'était tenu en retrait jusque-là, recouvra ses esprits avant les autres. Le soulagement se peignit sur son visage.

— Que faisais-tu, par tous les saints ? Nous étions inquiets !

Le charretier lui adressa un sourire penaud, présenta ses excuses, il était désolé du dérangement qu'il avait causé ; il le répéta trois fois au moins.

— Je me suis senti fiévreux tout à coup…

— Il n'était pas en état de repartir, intervint le bûcheron. Sa cargaison est prête, je l'ai chargée à sa place.

Jehan observa le maître des lieux, qui haussa les épaules d'un air de dire : « J'y peux rien, moi. »

— L'hiver l'aura fatigué, ajouta-t-il tout en s'approchant de Guy et de Jehan.

Étant donné qu'il ignorait lequel des deux était le meneur, il s'adressait à l'un et à l'autre sans distinction. Le reste du groupe s'était pressé près du feu pour se réchauffer. Les villageois discutaient à présent sans se soucier de ce qui se passait autour d'eux.

— Il avait de la fièvre, murmura le bûcheron. Son front était brûlant, puis, l'instant d'après, il pouvait aussi bien trembler de tous ses membres. Heureusement que M. de Noilat était là. Il lui a rendu ses forces en un rien de temps !

Guy n'avait pas encore remarqué l'étranger, assis sur un banc, qui le dévisageait. Quand tous les regards furent braqués sur lui, Noilat se présenta. Il avait attendu la dernière minute pour le faire.

— Aymar de Noilat. J'exerce la médecine.

Une soudaine méfiance s'empara du laboureur. Dans la région, les médecins étaient rares, alors en trouver un au milieu des bois, c'était plutôt inattendu. L'étranger le comprit puisqu'il s'empressa de donner de plus amples précisions.

— Je me rends à Romorantin. Avec ce brouillard, j'ai voulu faire halte, mais la seule auberge que j'ai trouvée, à deux lieues d'ici vers le nord, n'avait plus aucun couchage pour moi. J'ai continué ma route. Pour finir, je suis tombé par hasard devant cette maison.

— Couper par la forêt n'est pas très prudent, surtout pendant l'hiver, vous auriez pu vous perdre, commenta Guy.

— Ce n'est pas passé loin, je l'admets. Allons ! Tout malheur évité ne mérite guère qu'on le ressasse.

Les yeux du médecin s'éclairèrent, étirant ses pattes-d'oie vers le haut. Il avait un beau visage, les traits réguliers, la chevelure poivre et sel, l'air vif pour son âge.

D'ailleurs, quel âge avait-il ? Il était difficile de lui en donner un. Il s'exprimait bien, d'une voix claire, avec le vocabulaire de ceux qui savent lire et écrire. Un livre sur les genoux, il tenait, dans la main gauche, des bésicles qu'il avait retirées de son nez quelques secondes plus tôt. Noilat replaça les verres devant ses yeux, se replongea dans sa lecture comme si de rien n'était. Les autres clignèrent des paupières, décontenancés par son attitude.

Après un moment de flottement, Guy l'interpella.

— De quel mal souffrait Silvain ?

La question arracha un petit rire au médecin, qui repoussa une nouvelle fois son ouvrage.

— Le froid nous rend vulnérables à toutes sortes de maux. J'ai simplement fait tomber sa fièvre pour l'aider à se remettre. Quant à la cause, il faudrait que je sois fort arrogant pour prétendre la comprendre.

Le laboureur hocha la tête en silence, impressionné par l'assurance que dégageait cet homme, capable de reconnaître son ignorance sans la moindre gêne. Cela lui inspira confiance.

— Vous pourriez venir avec nous jusqu'au village, suggéra-t-il. Nous vous guiderons hors de la forêt. À Ardeloup, vous retrouverez facilement la route qui mène à Romorantin en suivant la Raire.

— Voyez, la chance me sourit à nouveau, fit Noilat.

— Ne traînons pas. L'obscurité tombe vite par ici, coupa Jehan.

Le laboureur approuva. À regret, Silvain repoussa son potage loin devant lui.

★

Les villageois quittèrent la maison forestière, groupés autour de la charrette sur laquelle le bûcheron avait chargé le reste de sa réserve de bois sec.

Guy reprit la tête de file. À ses côtés, Aymar de Noilat marchait en silence, ses bésicles pendaient à sa ceinture, rangées dans un étui en fer gravé. Curieux de ce qui l'entourait, son regard allait et venait avec avidité. La végétation, bien que privée de ses feuilles, l'intéressait, et il s'arrêtait parfois pour aller y voir de plus près, ce qui agaçait beaucoup Jehan ; lui, quand il s'était fixé un objectif (dans le cas présent, il s'agissait de rentrer au village), pas question de s'en écarter. Les esprits papillonnants le mettaient hors de lui.

Le brouillard refusait de tomber. Le sentier disparaissait sous un tapis de feuilles durcies qui craquait sous les semelles. Les habitants d'Ardeloup durent rebrousser chemin par deux fois. La plupart s'accrochaient au chariot, craignant qu'un moment d'inattention ne leur fasse perdre le reste du groupe.

— Le froid s'intensifie. Nous aurons bientôt de la neige, disait Noilat.

Pour tuer le temps, Guy demanda :

— Qu'allez-vous faire à Romorantin ?

Aymar de Noilat le regarda comme si la réponse était évidente.

— Pratiquer la médecine. Une ancienne échoppe m'attend là-bas, léguée par ma sœur. En échange, elle m'a fait promettre d'apprendre à son fils, pour qu'il devienne médecin à son tour.

— C'est bien, ça, d'assurer l'avenir de ses enfants. Les miens reprendront la gestion de la ferme.

— Vous leur laissez un bel héritage.

— Qu'en savez-vous ? s'étonna Guy. Les exploitations prospères sont rares par ici.

— Mais la vôtre l'est. Il suffit de voir la manière dont les autres se rangent à vos décisions.

Le laboureur bomba le torse, c'était plus fort que lui.

— Vous êtes perspicace.

— Une qualité essentielle pour qui prétend soigner. Notre talent repose d'abord sur l'écoute et l'observation.

Guy hésita avant de formuler sa requête ; elle lui brûlait les lèvres depuis qu'ils avaient quitté la maison forestière.

— Accepteriez-vous de voir ma fille ? Elle avait de la fièvre avant mon départ. Je m'en veux de vous demander ça… mais, comprenez, ma femme est inquiète.

— Quel âge a-t-elle ?

— Ma fille ? Seize ans tout juste.

Le médecin sourit faiblement.

— Je me rendrai à son chevet.

— Dieu vous bénisse, remercia Guy, soulagé.

— C'est le moins que je puisse faire. Sans votre aide, je n'étais pas près de quitter cette forêt.

Noilat avait dit vrai. Bientôt, la neige se mit à tomber. Les flocons qui passaient la barrière des arbres tournoyaient autour de la charrette, s'accrochaient aux épaules, se prenaient dans les cheveux et dans le crin de la jument qui, imperturbable, tirait la cargaison. La marche devint plus lente. Les yeux se plissèrent. Tous n'avaient qu'une hâte : retrouver la prairie, au bout du chemin, qui descendait en pente douce jusqu'à Ardeloup.

Mais lorsqu'ils quittèrent la forêt, le village demeura invisible, perdu dans un aplat maussade et blanc qui les engloutit à leur tour. Dans cette masse brumeuse agitée par la neige, Guy ne voyait pas à plus de six pas. Il guida ses compagnons à l'aveugle, priant pour que ses souvenirs ne lui fassent pas défaut. Même si l'expédition n'était pas son idée, il se sentait responsable de chacun des hommes qui marchaient derrière lui. La nature l'avait ainsi fait. Toute son attention était donc rivée sur ce paysage opaque. Un décor de cauchemar, de ceux qui vous réveillent en sursaut et vous couvrent de sueur.

Aymar de Noilat tendit l'index droit devant.

— Là.

De la fumée. Un soupir de soulagement se répandit dans les rangs et autour du chariot. Tous venaient de reconnaître la première maison d'Ardeloup, celle du pêcheur, qui encrassait le ciel d'épaisses volutes couleur charbon.

★

Le convoi pénétra dans le village. Guy avait troqué les tensions qui, quelques minutes auparavant, lui crispaient les mâchoires, pour un air triomphant et une joie qu'il avait envie d'exprimer. Mais le froid se prêtait mal à la célébration de ce glorieux retour. Il n'y eut guère d'effusions. Très vite, le groupe se dissocia. Chacun s'empara des bûches qu'il pouvait porter, avant de se réfugier sous son toit.

D'un geste brusque, Guy se tourna vers le médecin. Il craignait que Jehan n'ait la même idée…

— Vous êtes le bienvenu dans ma ferme, s'empressa-t-il de dire.

Aymar ne se fit pas prier. Il n'avait qu'une hâte : se réchauffer. Ses pieds gelés semblaient près de se briser.

Antoinette l'accueillit avec une déférence qui ne lui ressemblait pas. Les grossièretés qu'elle avait coutume d'employer avaient laissé place à une suite de politesses aussi inhabituelles qu'exagérées. Guy la considéra avec étonnement, comme s'il découvrait une nouvelle facette de sa personnalité.

Aymar ne fut pas installé dans le logement des journaliers comme il s'y attendait. On lui offrit un lit au sein de la maisonnée, dans une chambre contiguë à celle des parents. Les enfants, eux, dormaient dans la pièce principale. Leur couche, suffisamment large pour qu'ils y tiennent à trois, et devant laquelle tombait une tenture grossière, se trouvait dans un coin à proximité du foyer.

En voyant la petite Anne étendue là, toujours fiévreuse, Aymar se souvint que toutes les amabilités dont il faisait l'objet n'étaient pas motivées par la seule courtoisie. Néanmoins, ses hôtes n'osèrent lui demander explicitement de se rendre à son chevet – il venait à peine d'arriver. Aussi, il commença par ôter ses chausses, puis se frictionna les extrémités des pieds jusqu'à retrouver de meilleures sensations. Il se retira ensuite dans la pièce qu'on lui avait attribuée. Elle n'avait pas d'âtre, mais la chaleur de la chambre voisine la réchauffait tout de même un peu.

Le médecin était tout juste installé quand de petites mains écartèrent le rideau qui tenait lieu de porte. C'était Loïse. Sous ordre d'Antoinette, elle lui portait un récipient rempli d'eau chaude afin qu'il puisse se nettoyer ; il apprécia l'attention, même s'il la savait intéressée.

Curieux, Aymar observa la fillette. Elle se déplaça jusqu'à lui, les yeux rivés au sol, sans jamais relever le menton.

— Quel âge as-tu ? demanda-t-il.

Elle resta muette. Ses petites mains se tordirent à l'intérieur de sa jupe. Elle se sauva, tremblant sur ses deux jambes. Sans doute n'avait-elle pas l'occasion de voir beaucoup d'étrangers.

Noilat reporta son attention sur la bassine et entreprit de se décrasser. Il appliqua ensuite une pommade à base de beurre, confectionnée par ses soins, sur les craquelures qui couraient le long de ses doigts. Tandis que la pellicule grasse pénétrait sa peau, plus fragile avec l'âge, il ressentit le soulagement attendu et soupira d'aise. Après seulement, il sortit de la chambre pour s'enquérir de la santé d'Anne.

Antoinette redoubla d'affabilités en le guidant jusqu'au lit ; la jeune fille ne l'avait pas quitté depuis l'avant-veille.

— Auriez-vous la gentillesse de nous laisser seuls ?

À contrecœur, Antoinette obtempéra.

Sur sa couche, Anne s'agita, le front couvert de sueur et de cheveux emmêlés.

— Vous êtes restée allongée trop longtemps, demoiselle.

Aymar l'aida à se redresser jusqu'à ce que son dos se cale contre la paroi, puis il retira la planche qu'on avait placée devant la fenêtre. L'air se faufila à travers le papier huilé, utilisé pour fermer l'ouverture. On ne distinguait pas le paysage à travers, mais on devinait que la neige tombait dru.

— Que faites-vous ? s'enquit Anne.

— Il n'est pas bon de vivre calfeutrée.

La jeune fille ouvrit de grands yeux.

— Mais, le froid...

— As-tu froid ?

Le regard fixe, Aymar l'observait sans ciller.

Finalement, Anne secoua la tête.

— Non.

— Bien.

Aymar fouilla dans sa malle à remèdes : des plantes séchées à infuser. Au prix d'un gros effort, il s'était contraint à n'emporter que le strict nécessaire.

Il ouvrit un flacon. Anne plissa les yeux, par réflexe, mais elle aurait été bien incapable de lire l'étiquette. Le médecin fit tomber une pincée de poudre dans une tasse d'eau bouillante, à laquelle il ajouta un peu de miel. Pendant que le breuvage reposait, Aymar plaça ses mains sur le front de la jeune fille, avant d'écouter son souffle. Elle avait chaud, mais il n'entendit rien d'anormal.

— Qu'as-tu avalé depuis hier ?

— Rien. Maman dit que je dois jeûner.

— Je vois, soupira Noilat sans chercher à cacher qu'il n'approuvait pas.

Il filtra l'infusion, la tendit à la jeune fille, s'écarta du lit et se mit en quête d'Antoinette. Il la trouva dans le renfoncement qui servait de cuisine, occupée à remuer un gruau.

— C'est pour les bêtes, précisa-t-elle.

— La petite s'en sortira, j'en suis certain. Puis-je vous demander de quoi manger ? Un rien suffira.

Les yeux d'Antoinette débordèrent de gratitude.

— J'ai du fromage et de la soupe.

Elle haussa les épaules en signe d'excuse.

— Les routes sont dans un tel état ! Je ne sais pas quand nous pourrons nous réapprovisionner. D'ici là, faut bien faire avec ce qu'on a.

— C'est très bien comme ça. Merci, Antoinette.

★

Plus tard dans la soirée, Aymar attendit qu'Antoinette ait le dos tourné pour se glisser jusqu'au lit d'Anne. Derrière la tenture, la jeune fille avait repris des couleurs et brodait un mouchoir, du moins essayait-elle. À l'irrégularité des points, on devinait que les travaux d'aiguille l'ennuyaient et qu'elle y consacrait rarement plus de deux heures d'affilée. Dès qu'Aymar l'aurait remise sur pied, elle vaquerait à des occupations plus enthousiasmantes. Peut-être se languissait-elle d'un soupirant ? Sa beauté enfantine, bien que gâchée par un nez trop épais, devait lui attirer l'admiration des garçons de son âge. D'autant qu'à Ardeloup, les jeunes gens se comptaient sur dix doigts.

Aymar lui tendit le repas préparé par Antoinette. Cette fois, Anne n'opposa pas de résistance. Sous le regard amusé du médecin, elle dévora le fromage, prenant à peine le temps de mâcher entre deux bouchées.

— J'aime mieux ça, conclut-il quand elle eut reposé son assiette.

Anne fit courir sa langue sur ses incisives.

— Vais-je guérir, monsieur de Noilat ?

Cette question, Aymar l'avait entendue des centaines de fois. Elle lui ôtait souvent toute assurance. Mais pour Anne, il était confiant.

— Vous ne mourrez pas de ce mal, demoiselle. Je vous le promets.

En retour, elle le gratifia d'un sourire.

— Maintenant, buvez et dormez, dit-il d'une voix ferme.

— Encore une infusion !

— Vous m'avez fait promettre. Alors, buvez.

Anne s'exécuta, avant de se pelotonner sous sa couverture.

Aymar regagna sa chambre. Pour cela, il devait traverser celle d'Antoinette et de Guy, ce qu'il trouvait fort déplaisant, même si, par égard pour ses hôtes, il s'était bien gardé de le dire. Il la traversa donc, écarta le rideau et pénétra dans sa pièce à lui. Il n'y avait pas de meubles, à l'exception d'un coffre qu'il ouvrit machinalement, puis referma après avoir constaté qu'il était vide. Harassé par la marche à travers les bois, le médecin s'écroula sur le lit. Alors que ses paupières se fermaient doucement, il se demanda à qui appartenait la couche qu'il occupait. Il s'endormit avant de pouvoir émettre une hypothèse.

Il se réveilla, tiré du sommeil par les éclats de voix qui secouaient la maison. Encore somnolent, Aymar ne comprit pas tout de suite de quoi il retournait. Il se redressa tant bien que mal, grimaça, se mit debout, puis il s'approcha de la fenêtre. Ce n'est qu'en tirant sur l'étoffe qui occultait la lumière extérieure qu'il comprit. Pendant la nuit, le vent avait massé une énorme congère devant la porte d'entrée. Plus personne n'était en mesure de quitter la ferme. Le médecin rejoignit la famille dans la pièce principale.

Dans la cheminée, Guy faisait fondre de la glace, qu'il projetait par la fenêtre dans l'espoir de débloquer l'accès. Mais la porte en bois refusait de s'ouvrir. À ses côtés, Antoinette continuait de ressasser la liste des malheurs qui s'abattaient sur Ardeloup depuis les huit dernières semaines. Entre jurons et règlements de comptes, le vacarme qui s'échappait de la maisonnée offrait un contraste étonnant avec la masse, immaculée et silencieuse, qui s'étirait par-delà les murs de la ferme.

Chemins, haies, champs, on ne distinguait plus rien de ce qui avait été établi par l'homme. Une nuit avait suffi pour en faire table rase. Ne restait que cette étendue blanche. À perte de vue, elle recouvrait tout.

C'est ainsi qu'Aymar de Noilat se retrouva prisonnier de la contrée d'Ardeloup.

4.

Ils ne veulent rien dire au sujet de Loïse.
À croire que cette petite n'a pas de passé.

La neige continuait de recouvrir la lande. Les villageois s'organisèrent tant bien que mal pour rétablir les axes de communication, mais Ardeloup restait coupé du monde. Le bois, la paille, la nourriture… On risquait de manquer.

Aymar de Noilat mit son confinement à profit. Il veilla sur la petite Anne jusqu'à ce qu'elle soit parfaitement remise. Lorsqu'un soir elle sortit du lit, réclamant à manger de sa propre initiative, Antoinette tomba à genoux. Pour cette femme qui avait perdu tant d'enfants, chaque rai de lumière méritait son lot de célébrations, preuve que Dieu, dans sa miséricorde, les avait pris en pitié – cela ne l'empêcha pas d'affirmer le contraire dès qu'il se remit à neiger.

En l'espace d'une semaine, Aymar devint un élément indispensable pour la communauté. Antoinette le consultait pour tout. De la meilleure façon de soigner les crampes d'estomac ou de relever un bouillon en passant par la cuisson du pain ; quel que soit le sujet, son avis méritait d'être entendu. Quant au laboureur, il ne voyait pas cela d'un mauvais œil, au contraire. La présence du médecin l'apaisait.

D'ordinaire, Guy incarnait cette force à laquelle les autres se raccrochaient, une position qui ne l'autorisait pas à montrer ses doutes ou ses inquiétudes. Il devait être solide, exemplaire. Cette fois, on se reposait instinctivement sur Noilat, calme et assuré. Cela lui ôtait une partie de ce fardeau. À la ferme, on en venait à espérer que les routes demeurent impraticables, que le médecin ne puisse quitter Ardeloup avant l'arrivée des beaux jours. Souhait que les nuages étaient en phase d'exaucer.

— Noilat ne mange-t-il pas avec nous ? s'étonna Guy, un soir.

— Il préfère rester tranquille, mieux vaut ne pas le déranger, chuchota Antoinette.

— Mais il doit avoir faim !

La maîtresse de maison prit un air sérieux.

— Il se nourrit d'autre chose, vois-tu.

Guy se gratta la tête.

— Enfin ! Je veux parler de la science, s'énerva-t-elle.

— Je doute que ce soit consistant.

— Tu n'en sais rien…

— Parce que toi, oui ?

L'arrivée d'Anne mit un terme à leur querelle. Antoinette l'interpella.

— Tu tombes bien ! Dis à M. de Noilat que je peux lui apporter son repas, s'il préfère.

Anne hocha la tête. Elle pénétra dans la chambre de ses parents, la traversa, se glissa jusqu'au rideau qui la séparait de celle d'Aymar – toute la maison était ainsi distribuée : en longueur.

— Monsieur de Noilat ?

Sa voix ne portait pas. Il n'avait pas dû l'entendre. Elle secoua le rideau.

— Oui ?

Ses bésicles sur le nez, Aymar était plongé dans l'examen d'un livre relié de cuir marron. Intimidée, Anne en oublia pourquoi elle était venue. Le médecin reposa les bésicles sur la double page qui accaparait toute son attention quelques secondes plus tôt, puis se tourna vers la jeune fille.

— Je t'écoute. Que voulais-tu me dire ?

Elle se racla la gorge.
— C'est maman qui m'envoie. Doit-elle apporter votre repas ?
— J'aimerais terminer ma lecture avant de souper. J'accepte à condition de ne pas la déranger.
— Je suis certaine que vous ne la dérangez pas.
Elle reculait déjà quand Aymar se leva et s'approcha d'elle.
— Comment te sens-tu ce soir ?
— Je ne suis plus malade.
Malgré elle, son rythme cardiaque s'accéléra. Il était vieux, c'est vrai, mais elle ne pouvait s'empêcher de le trouver bel homme. La faute à cette curieuse étincelle qui allumait ses yeux d'un bleu glacé. La jeune fille n'avait jamais rien vu de tel, elle était comme hypnotisée par ce regard froid, pourtant si chaleureux par moments.
— À la bonne heure.
Aymar marqua une pause durant laquelle il détailla son environnement du sol aux solives.
— Qui occupe cette pièce en temps normal ?
— Loïse.
— La fillette qui travaille chez vous ?
Anne acquiesça.
— Où dort-elle en ce moment ?
— Dans la bergerie, près de la grange.
Aymar fronça les sourcils.
— Je n'aime pas la priver de sa couche. J'irai la voir demain. Depuis combien de temps vit-elle ici ?
Cette fois, Anne hésita.
— Euh, je ne sais pas…
— Cette question te met mal à l'aise.
Elle s'empourpra.
— Je ne m'en souviens plus.
Aymar s'interdit d'insister. Il remit ses bésicles. Anne comprit qu'il la congédiait et quitta la pièce.

★

Le lendemain, Aymar s'enveloppa dans sa cape de voyage avant de prendre la direction de la grange, une pelle à la main. Dehors, le vent tirait les larmes à quiconque osait esquisser quelques pas hors de chez lui. Son sifflement continu rendait fous les habitants d'Ardeloup. La nuit, il perturbait leur sommeil. Le jour, il nourrissait leurs angoisses. Dans toutes les têtes, il soufflait, inlassablement.

Aymar dégagea la moitié du chemin qui menait à la grange, rentra se réchauffer, frictionna ses mains, ses pieds, puis reprit sa besogne là où il l'avait laissée. En arrivant à proximité des bâtiments, il constata que les accès avaient été déneigés. Essoufflé, il posa sa pelle contre le mur le plus proche, poussa la porte en bois, pénétra dans la bergerie où quelques filets d'une lumière terne entraient par la toiture. Il faisait à peine plus chaud dedans que dehors. Le médecin frissonna tandis qu'une odeur de renfermé, typique des endroits mal ventilés, se faufila jusqu'à ses narines.

Il se mit en quête de la fillette. Mais en dépit de l'exploration méthodique à laquelle il se livrait, elle demeurait introuvable. Alors qu'il s'apprêtait à renoncer, certain qu'Anne s'était trompée en lui indiquant de chercher par ici – après tout, on ne pouvait pas laisser vivre une enfant, en plein hiver, dans un endroit dépourvu de chaleur à l'exception de celle qui émanait du bétail –, Loïse décida de se montrer.

Aymar crut voir un fantôme. Elle portait une tunique de laine rapiécée sous une longue cape qui la cachait tout entière, emprisonnant ses cheveux dont les longueurs disparaissaient dans le col. Ses yeux bleus, immenses au milieu d'un si petit visage, cillaient en l'observant.

— J'ai failli sursauter, s'amusa Aymar.

Mais Loïse ne sourit pas.

— Je suis désolée, dit-elle.

Sa voix grave la vieillissait un peu, or tout dans son apparence produisait l'effet inverse.

— Pourquoi t'excuses-tu ?
— Je vous ai fait peur.
— Allons, ce n'est rien. C'était pour plaisanter.
Loïse cligna des paupières, la bouche circonspecte, comme quelqu'un qui n'est pas sûr de comprendre.
— J'ai une proposition à te faire. Que dirais-tu si nous échangions nos couches ? reprit Aymar. Je te rends la tienne, et je m'installe dans cet endroit.
Loïse considéra l'offre qu'il lui faisait. Puis, très vite, elle fit non de la tête.
— N'as-tu pas peur ici toute seule ?
Elle baissa les yeux.
— Antoinette me disputerait.
— Ne se soucie-t-elle pas de ton bien-être ?
— Si, mais le vôtre est plus important pour elle. Vous avez soigné Anne.
— Je n'ai pas fait grand-chose en vérité.
Elle resta muette. Pourtant, l'intérêt que lui portait cet étranger l'emplissait de curiosité. Son regard, inexpressif jusque-là, s'éclaira soudain.
— Êtes-vous un sorcier ?
— Un sorcier ? Quelle drôle d'idée ! Qu'est-ce qui te fait croire ça ?
— Anne dit que vous lui avez donné des potions.
Cette fois, Aymar éclata de rire.
— Je suis médecin. Il ne s'agissait que d'infusions, je le crains. Je me contente de sélectionner les plantes les plus efficaces en fonction des cas, d'en faire des baumes, des onguents, des tisanes. Ce n'est pas de la magie.
Peu convaincue, Loïse fronça les sourcils. Aymar s'approcha d'elle, charmé par les mimiques de la fillette qui se comportait enfin comme une enfant de son âge.
— J'ai peut-être une idée qui contentera toutes les parties, y compris Antoinette, déclara-t-il. Accepterais-tu de me suivre jusqu'à la ferme ?
Loïse marqua un temps d'hésitation. Sa tête dodelina de droite à gauche tandis qu'elle soupesait la requête.

Finalement, elle posa sa main dans celle du médecin. Aymar détourna les yeux, choqué. Ce n'était pas celle d'une petite fille ; cette main-là était sèche, craquelée, couverte d'engelures. S'il n'avait vu que cette peau, il aurait donné quarante ans, voire plus, à sa propriétaire.

Ensemble, ils quittèrent la grange, empruntant la voie dégagée par Aymar, déjà recouverte de poudreuse. Pour faire face aux bourrasques, Loïse avançait le buste courbé vers l'avant. Aymar résista à l'envie de lui agripper les épaules. Elle paraissait si fragile… Il craignait qu'elle ne s'envole.

Ils surprirent Antoinette qui, en dépit des restrictions, s'appliquait à leur concocter un véritable festin. Dans un tourbillon d'effluves aromatiques, elle s'agitait d'un bout à l'autre de la cuisine, le souffle court, le front luisant à force de se pencher par-dessus les flammes pour surveiller l'état de sa cuisson. Aymar lui avait déjà répété qu'il était inutile de se donner tant de mal – il s'accommodait de peu. Mais elle ne voulait rien entendre.

À la vue du médecin et de Loïse, main dans la main, Antoinette fronça les sourcils et décocha à la fillette un regard lourd de reproches, comme si elle la soupçonnait de s'être mal conduite.

— Vous avez besoin de quelque chose, monsieur de Noilat ?

Aymar fit mine de n'avoir rien remarqué.

— Ma foi, vous avez raison. C'est que je n'ose vous faire part de ma requête. J'ai peur que vous ne la trouviez singulière.

— Singulière ? répéta Antoinette.

— C'est le mot, je crois.

— Après ce que vous avez fait pour Anne… – une larme courut le long de sa joue. Parlez sans crainte.

La maîtresse de maison ne manquait jamais une occasion de vanter les mérites de ses deux garçons, mais son attachement pour sa fille était plus grand ; il y avait dans le lien qui les unissait quelque chose de viscéral.

Antoinette avait donné naissance à quatre fillettes, chacune avait reçu, pour lui porter chance, un petit ruban rose noué autour de son poignet droit à peine l'accouchement terminé. Un rituel de protection qui n'avait pas rempli toutes ses promesses. Anne était la seule à avoir survécu.

— Je sais que l'aide de Loïse vous est précieuse…

Surprise, Antoinette cessa de remuer le contenu de sa jatte.

— … Avec les intempéries qui s'abattent sur la région, il est possible que je ne puisse pas quitter Ardeloup avant l'arrivée du printemps.

La mine d'Antoinette s'illumina. Elle ne put s'empêcher de sourire, trop heureuse de garder le médecin auprès d'elle. Aymar ne semblait pas partager le même enthousiasme.

— C'est regrettable. Il me reste très peu de remèdes, mes sacoches sont vides. Et je ne peux profiter de votre hospitalité sans me rendre utile en retour.

— Que vous faut-il ?

Le médecin marqua une pause, comme s'il réfléchissait.

— Je dois reconstituer mes réserves, me procurer certaines plantes, du moins celles qui subsistent en hiver, les préparer, les broyer. C'est la seule façon que j'ai de vous prêter main-forte. J'aimerais que Loïse m'assiste. J'ai conscience d'en réclamer beaucoup et je comprendrais que vous ne souhaitiez pas vous séparer d'elle.

— Vous voulez Loïse ? Mais… Anne et moi, nous serions heureuses de vous aider !

Aymar baissa la voix.

— C'est une tâche pénible, répétitive, qui sollicite beaucoup les poignets.

Antoinette leva le menton, secoua légèrement la tête ; elle soupesait l'argument. Le médecin comprit qu'il avait fait mouche.

— Si Loïse en est capable, moi j'y vois pas d'objection.

Elle se tourna ensuite vers la principale intéressée.

— Tu feras ce que M. de Noilat te demande. Si tu ne lui obéis pas, c'est à moi qu'il te faudra rendre des comptes, compris ?

Loïse hocha la tête, à moitié cachée derrière Aymar. Personne n'avait cru bon de lui demander son avis, ce à quoi elle était habituée. De toute façon, si on l'avait consultée, elle aurait donné son accord ; mettre de la distance entre elle et les sautes d'humeur d'Antoinette n'était pas pour lui déplaire. Personne n'y trouva rien à redire. C'est que, aux yeux de tous, le sort de la fillette importait peu. L'affaire fut donc entendue.

★

Aymar installa Loïse dans sa propre chambre. Il lui constitua une paillasse de fortune avec du foin et une peau de mouton. Quelques années plus tôt, il lui aurait laissé la couche, mais il se levait désormais avec des raideurs dans le bas du dos qui irradiaient le long de sa colonne vertébrale jusqu'à sa nuque. Dormir à même le sol était devenu une véritable torture qu'il s'épargnait dès que possible.

Le médecin vieillissait, il le savait. Sa vue n'était plus aussi perçante, ses yeux avaient perdu de leur éclat ; leur bleu, autrefois profond, était plus terne qu'avant. Il s'accommodait de ces transformations, sauf peut-être de la perte de souplesse qu'il constatait dans ses articulations : elles lui arrachaient des grimaces et mettaient ses nerfs à rude épreuve dès que le temps devenait trop humide.

Les jours qui suivirent, le médecin délaissa la table de Guy et d'Antoinette. Il partait le matin, enroulé dans plusieurs couches de vêtements sur lesquels il ceinturait sa pelisse. Il ne réapparaissait que dans l'après-midi. Où allait-il ? Personne n'en savait rien, pas même Loïse. À son retour, il renseignait les villageois sur l'état des routes ; celle de Romorantin était impraticable, celle de Vierzon ne tarderait pas à l'être. Ils étaient bel et bien prisonniers… Puis le médecin déballait le contenu de ses sacoches remplies de plantes et d'écorces qu'il confiait aux bons soins de Loïse, le tout accompagné d'une série d'instructions quant à la manière de les préparer. D'abord, il lui avait montré les gestes. Après, il l'avait laissée faire, en contrôlant au début, mais il s'était vite aperçu qu'elle se débrouillait fort bien toute seule.

Elle faisait sécher la récolte à l'aide de deux planches en bois, entre lesquelles Aymar avait intercalé des morceaux d'un papier usé. Il fallait ensuite attendre plusieurs jours avant de retirer les spécimens de ce drôle d'assemblage, ôter certaines parties, et les broyer dans un mortier. Ses petites mains passaient le plus clair de la journée à actionner le pilon jusqu'à ce que les plantes fussent entièrement réduites en poudre. Enfin, elle récupérait sa production pour la stocker dans de grands récipients en terre cuite – empruntés à Antoinette –, qu'Aymar rendait étanches grâce à une pâte grasse et poisseuse qui collait aux doigts.

Le médecin n'eut pas à se plaindre du travail de Loïse. La fillette respectait scrupuleusement ses consignes. Mieux, elle les comprenait. La plupart du temps, elle restait muette, mais la vivacité de son esprit ne lui avait pas échappé. Tandis qu'elle pilonnait, il lui parlait de la flore, des plantes ; celles qui avaient le pouvoir de soigner et celles qu'il ne fallait consommer sous aucun prétexte. Celles aussi qui soulageaient les maux, à condition de ne pas dépasser une certaine quantité. Même si elle ne disait rien, Loïse écoutait. Par moments, Aymar surprenait dans son regard, entraîné à s'effacer, une lueur d'intérêt si intense qu'elle lui conférait presque une nouvelle physionomie. Peu à peu, la fillette arrêta de se mordre les lèvres dès qu'une question venait les lui brûler. Elle se mit à l'interroger, timidement d'abord, puis de façon plus assurée, n'ayant pas l'impression de l'importuner.

En réalité, Aymar prenait plaisir à transmettre son savoir. Il avait déjà eu l'occasion d'enseigner à Orléans, où il avait eu un élève pendant près de deux ans. Chacun de ses progrès constituait une source de fierté à part entière. Mais le jeune homme n'aspirait point à soigner les petites gens, il rêvait de renommée, de prouesses jamais accomplies. Aymar l'avait aidé à entrer à l'université et l'avait laissé s'éloigner de lui, le cœur triste. En apprenant que de prestigieux savants vantaient son savoir-faire, il n'avait jamais regretté ce choix, sans toutefois trouver la force de tout recommencer ; il avait enterré l'idée de former un successeur. Ces derniers temps, il mettait son savoir par écrit. C'était mieux que rien.

La production de Loïse eut rapidement une utilité. Le froid humide affaiblissait les habitants d'Ardeloup. Ils attrapaient toutes sortes d'indispositions, du banal mal de ventre à des toux plus inquiétantes. En dépit de la fatigue et du temps, Aymar se mit à parcourir le village pour venir en aide aux familles. Il était désormais certain qu'il ne pourrait pas reprendre la route avant l'arrivée des premiers bourgeons.

Quand il ne neigeait pas, un vent glacial s'engouffrait dans les maisons. Le givre fendait la pierre, les toitures se détérioraient, et Jehan ne pouvait rien réparer dans de telles conditions. Tous finirent par croire qu'une malédiction s'était abattue sur Ardeloup. Souffrait-on autant à Salbris ou à la Ferté-Imbault ? Le ciel était-il aussi chargé ? Les nuits aussi froides ? L'air aussi malsain ? Probablement pas.

— Qu'allons-nous devenir ? se lamentait souvent Antoinette, ce qui lui valait des remarques acerbes de la part de son mari.

— Cesse donc ces jérémiades ! Ne vois-tu pas qu'elles n'apportent rien ?

Quant aux enfants du village, beaucoup étaient trop jeunes pour comprendre l'inquiétude croissante qui rongeait leurs aînés. Ils pestaient lorsqu'ils trouvaient le contenu de leur assiette trop maigre et, privés de leurs jeux d'extérieur, se chamaillaient sans cesse avec leurs frères et sœurs. Tous, sauf Loïse. Son attitude détonnait. L'impassibilité qui barrait son visage lui donnait un air étrange. Elle avait l'habitude de fixer son interlocuteur droit dans les yeux, sans bouger. Que ressentait-elle ? Aymar essayait de le deviner sans beaucoup de succès. Quand Antoinette la réprimandait, lui l'observait, fasciné par ses traits vides d'émotion, figés dans l'attente d'une accalmie. Celle-ci tardait à venir, car cette absence de réaction irritait la femme du laboureur, qui ne manquait jamais de sortir de ses gonds.

Seul avec la fillette, Aymar l'interrogea sur leur relation.

— Elle ne m'aime pas, déclara simplement Loïse.

Sa voix ne révélait ni peine ni rancœur. Elle avait prononcé ces mots comme une vérité qu'il était inutile de contester. Pour elle, c'était un fait. Ni plus ni moins.

— Sais-tu pourquoi ?

Cette fois, Loïse hésita, puis elle fit non de la tête.

— Depuis combien de temps vis-tu aux côtés de Guy et d'Antoinette ?

— Je ne m'en souviens pas. Longtemps.

Aymar réfléchit.

— Tes parents ? Les as-tu connus ?

— Non.

— Que leur est-il arrivé ?

— Ils sont morts.

Le médecin sentit un frisson lui parcourir le corps. Il préféra changer de sujet.

— Aimerais-tu apprendre à lire ? demanda-t-il.

Les yeux de Loïse s'agrandirent.

— Pour quoi faire ?

Il dut réfléchir avant de répondre.

— Tu saurais écrire le nom des médecines que tu prépares sur leur contenant, n'est-ce pas là une bonne raison ?

— Voulez-vous que j'apprenne ?

— Si tu en as envie seulement.

Loïse n'avait pas l'habitude qu'on lui laisse le choix. Son visage s'ouvrit, un peu.

— Je veux apprendre, décida-t-elle.

★

En secret, Aymar commença à instruire la fillette. Cela lui donnait matière à s'occuper. Ces derniers jours, les distractions étaient aussi abondantes que les rations de viande séchée.

Il arrivait à Antoinette de jalouser la complicité qui se tissait entre Aymar et Loïse, même s'ils parlaient peu. Ces deux-là passaient leur temps en compagnie l'un de l'autre. Cela l'irritait. Elle aurait préféré que le médecin s'intéresse à Anne plutôt qu'à cette bonne à rien. À plusieurs reprises, elle lui proposa l'aide de sa fille. Aymar ne s'y opposait pas, mais Anne n'avait pas la moindre intention de passer ses après-midi à pilonner des plantes séchées. À contrecœur, et non sans couvrir Anne de reproches, Antoinette finit par abandonner l'idée. Aymar se félicita de ne lui avoir rien dit au sujet des leçons de Loïse.

Il n'avait enseigné que la médecine. Aussi profitait-il de ce que Loïse soit occupée pour mettre au point sa méthode, bien décidé à donner à la fillette les rudiments de la lecture et de l'écriture. Là encore, Loïse accueillit l'exercice avec intelligence et concentration. Elle était l'exacte opposée de ce qu'il avait été plus jeune. Son père à lui avait eu toutes les peines du monde à canaliser son tempérament. Aymar tolérait mal l'autorité, qu'elle provienne de ses parents, d'un prêtre ou du maître chargé de son éducation. Il la rejetait avec fougue. Personne n'aurait pu deviner, aujourd'hui, l'enfant turbulent qu'il avait été.

Il s'était assagi plus tard, quand il avait découvert la médecine et la passion que celle-ci lui inspirait. Progressivement, le jeune homme qui ne tenait pas en place s'était mis à lire, puis à suivre les discussions des savants qui, dans leurs universités, insufflaient à leur discipline un vent de progrès et de renouveau. Plus tard, le captivant ouvrage d'anatomie publié par Vésale, le *De humani corporis fabrica*, lui avait donné le goût de la chirurgie, bien qu'il ne la pratiquât pas lui-même. La découverte d'Ambroise Paré – il eut l'idée de ligaturer des artères pour sauver les patients amputés – termina de fasciner Aymar, pour qui reprendre à Dieu quelques mois, quelques années de vie, était devenu une raison d'être. Rien ne lui apportait une plus grande satisfaction. Il était fait pour ça.

Le médecin reporta son attention sur Loïse. Éprouverait-elle une révélation elle aussi ? À quoi pouvait rêver une orpheline de son âge et de sa condition, coincée sur cette rive de la Raire ? Que ferait-elle si tout lui était permis ? Le savait-elle seulement ?

Aymar interrompit sa réflexion. Loïse le regardait fixement. On aurait dit que le fond de ses pensées n'avait aucun secret pour elle.

— Qu'y a-t-il ?

Mais la fillette, replongeant dans son mutisme, tourna la tête vers l'abécédaire qu'il avait improvisé un peu plus tôt dans la soirée. Depuis, elle refusait de s'en séparer.

— Tu devrais te reposer, conseilla-t-il.

Elle ne l'écoutait pas. Perdue dans la contemplation des lignes, elle observait les caractères comme si elle espérait que leur mystère finisse par lui sauter aux yeux à force de persévérance. Aymar se leva, prit le papier et le rangea à l'intérieur d'un ouvrage afin qu'il ne gondole pas.

— Allons, ça ne se fera pas en un jour. Je suis las de te voir froncer les sourcils, dit-il.

Pour se venger, Loïse les fronça davantage, ce qui arracha au médecin un grand rire.

— Nous continuerons demain. Pour l'heure, j'ai besoin de repos.

Joignant le geste à la parole, Aymar se glissa sur sa couche et ferma aussitôt les paupières. Il entendit le souffle de Loïse qui éteignait les chandelles, puis le froissement du foin lorsqu'elle s'allongea.

Tous deux ne dormirent pas longtemps.

Dehors, le jour ne s'était pas levé quand ils furent réveillés en sursaut par des sons inhabituels provenant de la pièce principale. Antoinette hurlait à en perdre la voix. Aymar se redressa sur sa couche. Loïse tenta de faire entrer un peu de lumière dans la chambre. Le ciel de plomb n'éclairait rien. Elle ralluma les chandelles de la veille ; consumées aux trois quarts, elles tiendraient le temps d'en chercher de nouvelles.

— C'est affreux ! gémissait Antoinette.

Aymar n'eut pas besoin de tendre l'oreille pour comprendre ce qu'elle disait. De toute évidence, elle était devant la porte de la maison en compagnie d'un homme, mais ce n'était ni la voix de Guy ni celles de ses fils. À la place, il reconnut celle de Jehan, le couvreur. Il se vêtit à la hâte avant de les rejoindre. Instinctivement, Loïse se cacha derrière lui. Anne et Scévolé avaient adopté une attitude similaire. Coincés dans les jambes de leur mère, ils attendaient de connaître la raison de tout ce raffut.

— Que faites-vous tous debout à une heure pareille ? s'enquit le médecin.

Jehan interrompit Antoinette avant qu'elle n'intervienne.

— Navré de vous déranger si tôt. Je viens pour Silvain.

— Il allait mieux lors de ma dernière visite.

Depuis son arrivée, Aymar voyait le charretier pour des maux de tête et de la fièvre peu intenses, qui allaient et venaient sans complètement disparaître.

— C'est vrai, et nous vous en sommes reconnaissants, mais son état s'est aggravé pendant la nuit.

Au son de sa voix, Noilat comprit qu'il y avait urgence. Il s'empara de sa pelisse et suivit Jehan à l'extérieur. Par chance, il ne neigeait pas et le chemin, dégagé la veille, apparaissait entre les deux murets de glace formés par les déblaiements successifs. Jehan, Aymar et Guy s'engagèrent sur cette voie, bravant l'obscurité. Une légère lueur bleuissait l'horizon, mais elle n'éclairait pas assez pour qu'ils aperçoivent devant eux les toitures d'Ardeloup. On devinait simplement les cheminées qui noircissaient le ciel de leurs volutes opaques.

★

La maison de Silvain se situait en contrebas du village, non loin de celle de Jehan – ce dernier l'occupait avec sa femme et ses deux enfants. Silvain, lui, vivait seul. Le couvreur disait avoir été alerté par des cris déchirants qui avaient tiré du lit toute sa famille, et certainement le reste du voisinage. Personne n'avait eu le courage de sortir à part lui.

Bientôt, un hurlement semblable à ce qu'il décrivait retentit.

Les trois hommes se figèrent. Le cri les avait glacés jusqu'à l'os. Même Aymar, qui en avait vu d'autres, mit quelques secondes avant de se ressaisir et de faire signe à ses compagnons d'avancer. Ils poursuivirent donc, accablés par les plaintes qui fendaient la nuit. Leur intensité augmentait à mesure qu'ils approchaient.

— Croyez-vous que Silvain puisse hurler de la sorte ? souffla Guy.

Jehan s'énerva.

— Qui d'autre ?

— Ces sons me font penser aux rugissements d'un animal.

— C'est grotesque.

D'un geste de la main, Aymar leur intima le silence.

— Il souffre, déclara-t-il en s'approchant de la chaumière du charretier, une bâtisse modeste ne comptant que deux pièces.

Le médecin actionna la clenche, mais la porte était verrouillée. L'ouverture dans sa partie supérieure, obstruée par une planche, ne permettait pas de voir à l'intérieur. Jehan et Guy se regardèrent. Ils avancèrent à leur tour. Un cliquetis métallique retentissait au gré des bourrasques.

— Il doit être sur sa couche, fit Guy.

— Silvain ! héla Jehan.

Les cris s'interrompirent. Un drôle de silence s'installa entre les trois hommes. Une peur irrationnelle leur tordait l'estomac. On n'entendait qu'un claquement sec, sûrement produit par une planche derrière la maison. *Clac, clac.*

— Ça suffit comme ça, décréta Guy.

Il se précipita jusqu'à l'entrée, puis enfonça son épaule dans le battant. La force du laboureur vint vite à bout de l'ouverture, qu'il acheva de dégager d'un seul coup de pied.

Guy et Jehan connaissaient les lieux. Aymar les laissa passer avant de s'engouffrer derrière eux. La maison était si étroite qu'ils eurent tôt fait de trouver ce qu'ils cherchaient.

— Silvain, lança Jehan d'une voix qui avait perdu tout semblant d'assurance.

La couche était située dans un angle, à proximité de la cheminée, suffisamment près pour que le dormeur puisse profiter de la chaleur, mais hors de portée des projections de braise. Le charretier s'y trouvait, étendu, les muscles contractés dans une sorte de crispation généralisée. Sans réfléchir, Aymar avança vers lui et se plaça à son chevet. Guy et Jehan, plus prudents, se postèrent dans un coin de la pièce.

Silvain avait la bouche sèche, les yeux écarquillés et le teint cireux. Il tenta de dire quelque chose, mais seul un murmure parvint à s'échapper d'entre ses lèvres.

— Mes jambes… elles brûlent.

Il hurla.

Aymar tira les couvertures que le malade tenait avec fermeté contre sa poitrine, dévoilant des membres inférieurs d'une pâleur spectrale. Il les palpa et constata qu'ils étaient glacés.

Silvain criait toujours. Des larmes de douleur déferlaient sur ses joues.

— Aidez-moi, je vous en supplie. Mes jambes sont en feu.

Guy tremblait de tous ses membres.

— Quelle est donc cette diablerie ?

Le médecin l'ignora. Il approcha de nouveau sa main de la cuisse de Silvain, qu'il pinça légèrement en guettant une réaction de sa part ; rien ne se produisit.

Jehan se plaça à la droite d'Aymar.

— Tout ira bien, ne t'inquiète pas, dit-il au charretier.

Ces mots semblèrent apaiser Silvain, dont les yeux s'étaient fixés dans ceux de son ami. Ce dernier tentait de le rassurer comme il pouvait, mais la situation lui échappait. Il n'avait jamais rien vu de tel. Silvain se plaignait d'une brûlure, pourtant ses chairs avaient perdu toute sensibilité : elles étaient froides comme celles d'un mort. Le cœur battant, Jehan s'obligea à rester calme.

— Nous avons un médecin avec nous. Il va s'occuper de toi.

Derrière eux, Guy ne tenait pas en place. Cette nuit avait tout d'un cauchemar. À bout de nerfs, il agrippa l'épaule d'Aymar. Il voulait comprendre. Pourquoi ne lui disait-on rien ? Le courage de ses compagnons l'irritait et le terrifiait à la fois.

— Que se passe-t-il ?

Le médecin jeta un regard en direction du lit.

— Il faut attendre la fin de la crise. Je vais lui donner de quoi atténuer la douleur. Je n'ai pas grand-chose sur moi… Je ferai mon possible. Nous verrons ensuite.

— De quoi souffre-t-il ?

— Pour le moment, je n'ai aucune certitude. Vous feriez mieux de retourner auprès d'Antoinette et des enfants. Ils doivent s'inquiéter. Pour ma part, je reste à son chevet.

— Je reste moi aussi, décréta Jehan.

Guy hésita – il mourait d'envie de partir, tout en craignant de passer pour un couard. Finalement, il fit ce qu'on lui suggérait.

— Je vais rassurer Antoinette. Avec un peu de chance, tout rentrera dans l'ordre demain.

Impassible, Aymar l'encouragea d'un hochement de tête, qui semblait dire « Nous verrons », mais dans lequel seul un fou aurait pu déceler de l'espoir.

5.

Ils veulent des réponses.
Que puis-je leur dire ?

Aymar et Jehan dormirent à tour de rôle cette nuit-là. Les cris de Silvain les poursuivirent jusque dans leur sommeil, qui ne leur apporta pas le repos escompté. Aymar ne savait plus dire s'il était éveillé ou non. Il fit de son mieux pour soulager les brûlures dont se plaignait le charretier, mais ses tentatives restèrent sans effet. Il essaya de recouvrir les jambes du malade avec de la neige. Rien ne changea. C'était comme si les membres de Silvain se consumaient de l'intérieur.

Le calvaire prit fin six heures plus tard, pour un temps du moins, quand le charretier reprit des couleurs de façon inexplicable, à l'image de la crise et de son mystérieux déclencheur.

Accablé par la fatigue, Aymar regagna la ferme où Antoinette l'assaillit de questions.

— Silvain est trop souvent dans les bois, l'air y est mauvais. Pas étonnant qu'il soit malade, affirma-t-elle, guettant sa réaction.

Aymar se contenta d'incliner la tête, pressé de s'isoler pour fermer les yeux un instant. Ses paupières et ses bras tombaient lourdement, son corps était aspiré par le sol, il ne rêvait que d'une chose : s'allonger jusqu'au soir.

— Son mal peut-il se propager ?

— Je ne peux le dire. Pour l'heure, je vous conseille de garder vos distances par mesure de précaution.

La maîtresse de maison s'attendait à des propos plus rassurants. Elle pâlit, ses doigts se crispèrent autour du linge qui lui servait à s'essuyer les mains. L'absence de certitude qu'elle détectait chez Noilat sonnait comme un funeste présage. C'était une première depuis qu'elle le connaissait. Elle se mit à prier.

— Seigneur, ayez pitié de nous. Épargnez ma famille, nous avons déjà tant souffert.

Aymar en profita pour s'éclipser.

Contrairement au reste de la maisonnée, Loïse ne lui posa aucune question, cependant il la sentait nerveuse, préoccupée, et ce malgré l'impassibilité de son visage. Les épidémies étaient toujours très redoutées. Chacun devait composer avec sa propre vulnérabilité. Les murs, les titres, les terres n'apportaient qu'une protection illusoire. Aymar avait soigné toutes sortes de gens, des jeunes, des vieux, des miséreux, des riches, il en avait vu mourir dans chacune de ces catégories, sans distinction. La maladie n'épargnait personne, pas même les pieux, et l'argent ne la rendait pas plus belle, en dépit des efforts pour qu'elle soit plus présentable.

Aymar de Noilat s'installa et ouvrit son journal, un carnet simple, sans fioritures, qui l'accompagnait dans tous ses déplacements. Sa mémoire lui faisait parfois défaut, aussi consignait-il ses idées sur le papier au fur et à mesure, avant qu'elles ne s'effacent définitivement de son esprit. Il se dépêcha d'y inscrire l'ensemble des symptômes qu'il avait pu observer chez Silvain, de la crispation de ses membres aux brûlures qu'il disait ressentir, sans oublier la fraîcheur anormale de sa peau. Quand il fut certain de n'avoir omis aucun détail, il s'allongea sur sa couche.

À Ardeloup, beaucoup pensaient que Silvain se remettrait vite. Ils se trompaient. Les nuits qui suivirent ressemblèrent en tout point à la précédente. Le charretier ne dormait plus, se plaignait de maux de tête qu'Aymar ne parvenait plus à endiguer. Au crépuscule, les brûlures reprenaient et lui crispaient les membres dans d'atroces contractions qui se soldaient par une série de spasmes incontrôlés. Le pauvre ne réussissait plus à fermer l'œil. Quand il ne hurlait pas, il délirait, en proie à une folie passagère. Les villageois commencèrent à soupçonner le Malin de jouer un rôle dans l'affaire. On aurait dit qu'il s'amusait avec le corps et l'esprit de Silvain. À moins que ce ne soit Dieu qui le punisse pour des raisons qu'on ignorait. Que s'était-il passé dans la forêt, le jour où il n'était pas revenu avec sa cargaison comme il le faisait d'habitude ?

Quand le bois manqua à nouveau, personne ne se porta volontaire pour aller en chercher. Jehan proposa de désigner trois personnes, par tirage au sort, qui iraient jusqu'à la maison forestière et reviendraient sans tarder. À plusieurs, il n'y a rien à craindre, avait-il répété avant de procéder au tirage. On avait accepté les règles – Jehan avait souvent le dernier mot –, tout en priant pour ne pas faire partie de ceux qui seraient sélectionnés. Le hasard élit Léon, Eudes et Gaston. D'un commun accord, Jehan offrit de remplacer Gaston afin que celui-ci puisse se concentrer sur la préparation du pain. Plus que jamais, les habitants avaient besoin de se remplir l'estomac.

À peu de chose près, tout se déroula comme le disait Jehan. Ralentis par la neige dans laquelle ils s'enfonçaient jusqu'aux genoux, ils mirent simplement plus de temps que prévu et durent passer la nuit dans la maison du bûcheron. En dépit de ce fâcheux contretemps, ils rentrèrent sains et saufs le lendemain.

★

Aussi terrible que cela puisse paraître, les habitants s'habituèrent aux souffrances de Silvain. On s'était organisés pour pallier son absence. Quant à ses cris, ils arrivaient comme un signal indiquant l'heure du coucher. À dire vrai, on ne se rappela son malheur que lorsqu'un nouveau drame frappa Ardeloup.

Ce soir-là, la lande était recouverte d'un ciel indigo parsemé d'étoiles ; on les voyait rarement ces temps-ci. Silvain avait entonné son chant de désespoir depuis près d'une heure quand des hurlements inhabituels se joignirent aux siens. Ils provenaient de la maison d'Eudes, le potier.

Bien que Guillemette, sa femme, ait été la première à traiter Aymar d'incapable au regard de son impuissance à soigner Silvain, c'est à sa porte qu'elle tambourina lorsque son mari se mit à parler de brûlures dans les membres inférieurs. Dès lors, la panique s'empara d'Ardeloup. La maladie se propageait, cela ne faisait aucun doute.

Aymar s'apprêtait à suivre Guillemette, quand Antoinette le retint par le bras.

— N'y allez pas ! Imaginez que ce mal vous gagne. Que ferions-nous ?

De toute évidence, elle s'inquiétait pour les siens.

— Je comprends vos réticences, cependant je dois faire pour Eudes ce que je ferais pour chacun d'entre vous.

N'osant se montrer trop égoïste, elle se rangea à cet argument et, remplie d'une terreur contenue, le regarda s'éloigner.

En l'absence de nuages, la température avait encore chuté de quelques degrés. Aymar serrait les dents. Un vent glacé lui cinglait la peau et faisait pleurer ses yeux. Il arriva au chevet du potier, tétanisé par le froid, la tête à moitié engourdie, près de s'écrouler si on ne lui avait pas proposé de quoi s'asseoir. Il prit le temps de se réchauffer avant d'examiner le malade.

Les douleurs étaient identiques à celles de Silvain, à un détail près : Eudes avait encore toute sa tête. Il dressa une description très précise de son mal, qu'Aymar recopia scrupuleusement dans son journal. Le médecin compta ensuite sur ses doigts, un, deux, trois, quatre… Cela faisait quatre jours que Silvain était souffrant, et la maladie frappait à nouveau.

À ce rythme-là, tout le village serait cloué au lit avant l'arrivée du dégel. Réflexion qu'il préféra garder pour lui.

Pétrie de peur, Guillemette hésitait sur l'attitude à tenir. Sans le formuler ouvertement, elle songeait à s'installer loin de son mari. Après tout, qui voudrait être le prochain sur la liste ? Eudes, lui, cherchait un peu de réconfort dans le regard de sa femme. Celle-ci détournait les yeux, indifférente, s'efforçant de déguerpir au plus vite par tous les moyens. Aymar, écœuré par le drame qui se jouait devant lui, ravala un rire caustique, puis décida de les laisser à leurs problèmes conjugaux.

Finalement, Guillemette resta auprès de son mari, non pas par solidarité mais parce que personne à Ardeloup ne se risqua à lui ouvrir sa porte. Peut-être était-elle déjà infectée ? On lui trouva le teint pâle, les propos plus confus que d'habitude. La prudence prit le pas sur la compassion.

À en croire les villageois, le mal venait de la forêt. Silvain, puis Eudes… Tous deux y avaient passé beaucoup de temps. Par mesure de précaution, on commença à éviter Jehan et Léon, ceux qui étaient allés chercher du bois. À chaque instant – du moins, le pensait-on –, leur première crise de démence pouvait se déclarer. Quant aux autres, ils n'étaient pas mieux lotis. Le moindre signe de faiblesse, et toute la communauté vous tournait le dos. Plus personne n'osait se plaindre par crainte d'être relégué au ban de la société. L'humidité mettait les articulations des plus âgés à rude épreuve, pourtant il valait mieux éviter d'en parler. Même les douleurs qui revenaient d'année en année, fréquentes durant la mauvaise saison, étaient considérées comme suspectes.

Dans les jours qui suivirent, la situation empira. Eudes commença à psalmodier une étrange litanie sans queue ni tête. Il ne se taisait que lorsque son corps, pris de convulsions, se tordait dans d'étranges postures. Aymar noircissait les pages de son journal d'observations toutes plus terrifiantes les unes que les autres.

Il était justement en train de souffler sur l'encre pour l'aider à sécher quand on vint l'avertir d'un nouveau cas. La silhouette de Guy se dessina dans l'embrasure. Le laboureur inclina la tête pour ne pas heurter le linteau, son air était grave, ses épaules légèrement affaissées.

— De qui s'agit-il ? demanda le médecin.

— C'est Léonor, la femme du boulanger. Vous la connaissez, je crois.

Aymar fit signe que oui. Il l'avait entrevue plusieurs fois aux côtés de Gaston. Sa robustesse ne passait pas inaperçue ; elle avait le bassin large, des bras courts et potelés, un visage carré surmonté d'une épaisse tignasse blonde et un front bombé, plus haut que la moyenne.

— La nouvelle s'est déjà répandue, ajouta Guy.

— De quoi souffre-t-elle ? De brûlures ?

Le laboureur secoua la tête.

— Elle est comme folle.

Aymar s'empara du sac dans lequel il transportait ses potions, y glissa son journal, pivota sur lui-même et s'adressa à Loïse. La fillette était blottie dans une peau de mouton contre la paroi en torchis. Guy ne l'avait pas remarquée, et elle avait préféré se taire plutôt que de signaler sa présence.

— Te sens-tu capable de m'accompagner ? lui demanda Aymar.

Loïse savait qu'elle pouvait refuser, mais elle ne se déroba pas. Cet homme au regard bienveillant et sage lui plaisait, et elle s'employait à le servir du mieux qu'elle pouvait.

Elle marcha jusqu'à la maison de Gaston et Léonor avec détermination. Aymar admirait son courage ; il avait beau l'observer, elle ne paraissait pas effrayée. Ses maigres jambes se plantaient dans la neige comme des piquets qu'elle soulevait en se balançant d'avant en arrière. Ensemble, ils empruntèrent le chemin qui menait au village. Celui-ci contournait le chevet de l'église paroissiale, longeait la façade sud de l'édifice, puis se prolongeait jusqu'à un muret de pierre sèche bordant les terres situées tout autour du moulin.

La porte s'ouvrit avant qu'ils n'aient à frapper. Gaston les reçut avec autant de contrôle de soi que le permettaient les circonstances. Aymar lui trouva plus de sang-froid qu'il n'en avait perçu chez Guillemette.

— Je l'ai obligée à s'allonger, disait le boulanger. Depuis, elle s'est un peu calmée. Mais elle n'est pas vraiment dans son état normal.

— Menez-nous auprès d'elle.

Dans la chambre, une odeur de levure se mêlait à celle du suif. Le jour passait à travers une ouverture étroite, obstruée par des morceaux de bois. Même à midi, les chandelles devaient compenser le manque de luminosité.

Étendue sur le lit, hagarde, Léonor avait la mine abattue. C'est à peine si elle jeta un regard aux nouveaux venus. Deux traits violacés prenaient leur source aux coins de ses yeux et s'estompaient en traînées diffuses au sommet de ses pommettes.

Aymar s'approcha d'elle.

— Que s'est-il passé, Léonor ? Pouvez-vous me raconter ?

Pour toute réponse, elle le fixa vaguement.

— Elle se plaignait de maux de tête et de vertiges, c'est pour ça que je l'ai allongée, expliqua Gaston. Avant ça, elle tenait des propos qui n'avaient aucun sens.

— Que disait-elle ?

Le boulanger hésita.

— Eh bien ? insista Aymar.

— Rien qui ne mérite d'être rapporté. Elle délirait, voilà tout.

Comprenant que Gaston voyait cela d'un mauvais œil, le médecin cessa de prendre des notes et referma son journal.

— Je vous écoute, dit-il.

— Elle était affolée. J'ai dû faire le tour de la maison trois fois pour parvenir à la rassurer. Elle n'arrête pas de parler d'une ombre, là dehors, qui vient pendant la nuit. Par moments, elle dit qu'un démon se cache derrière le muret, et qu'il attend que je m'en aille pour s'en prendre à elle.

— Que lui aurait-il fait ?

— Je l'ignore. Ce ne sont que des divagations.

Aymar opina. Il donna à Gaston les mêmes recommandations qu'à Guillemette, puis lui laissa un sédatif pour apaiser Léonor.

— Faites-moi savoir si elle venait à se plaindre de brûlures dans les membres, ajouta-t-il avant de s'en aller.

Sur la route du retour, Loïse ne prononça pas un mot. Aymar tenta de lui tirer les vers du nez.

— Tu as eu peur ?

Elle répondit par la négative.

— Je n'ai pas eu peur.

— Les démons ne t'effraient donc pas ?

— Je ne sais pas. Peut-être… Je n'en ai jamais vu.

Le médecin se tourna vers elle. Malgré le froid, la fatigue et la faim qui le tenaillait, il riait.

★

À la ferme, ils trouvèrent Jehan et Guy, attablés, se disputant au sujet des mesures à prendre. L'un prétendait qu'il valait mieux rassembler les malades dans un seul endroit pour enrailler l'épidémie, l'autre suggérait d'interdire toute visite aux personnes qui présentaient les symptômes.

Aymar entra. Ils se turent, mais très vite, Jehan l'interpella :

— Vous n'avez encore rien dit sur cette satanée maladie. Nous vous avons permis de travailler sans poser de questions. À présent, nous aimerions avoir votre avis.

Le médecin s'approcha d'eux et se laissa tomber sur une chaise. Il ne pouvait pas repousser ce moment indéfiniment, même s'il le désirait.

— Jamais je n'ai assisté à un tel phénomène. Il n'est pas sans rappeler une maladie que je connais par les descriptions qui en ont été faites. Mais je préfère rester prudent avant de tirer de telles conclusions.

Guy n'y tenait plus.

— De quoi s'agit-il ?

Le médecin laissa échapper un soupir, qui signifiait : « Bon, très bien, si vous insistez. »

— Du mal des ardents. Certains l'appellent feu sacré ou feu de Saint-Antoine, du nom de l'ordre des Hospitaliers de Saint-Antoine. Celui-ci fait de son mieux pour venir en aide aux malades.

— Le feu de Saint-Antoine ? répéta Jehan.

— Vous n'en avez jamais entendu parler ?

Guy et Jehan secouèrent la tête, ce qui étonna le médecin.

— N'a-t-on jamais observé ses symptômes à Ardeloup auparavant ?

— Je ne crois pas, dit Jehan. Pas de notre vivant en tout cas.

Antoinette n'avait rien perdu de la conversation. Elle profita du silence qui s'était installé entre les trois hommes pour venir mettre son grain de sel.

— Il suffit de demander au père Éloi. Si ça s'est déjà produit, tout aura été consigné dans les archives de la paroisse. Nous conservons tout, expliqua-t-elle.

— Excellente idée, fit Aymar, je m'y rends avant que le jour ne tombe.

Antoinette rosit de plaisir.

— Attendez, intervint Jehan, ce feu sacré, dites-nous ce que c'est.

— Je ne suis sûr de rien…

— Je compte sur vous pour ne rien nous cacher. Le village tout entier n'a pas besoin de savoir, mais il faut que les représentants d'Ardeloup soient au courant.

Aymar comprit que le couvreur voulait des réponses et qu'il ne ferait pas montre de plus de patience.

— Soit, souffla-t-il, jetant un coup d'œil inquiet en direction d'Antoinette.

Guy s'en aperçut. Il demanda à sa femme de quitter la pièce, une précaution superflue, car tous savaient qu'elle attendrait de l'autre côté, l'oreille collée au rideau.

— Parlez-nous de ce mal, ordonna Jehan d'une voix ferme.

Le médecin prit une grande inspiration.

— Le mal des ardents est un fléau terrible, nous ne savons pas le soigner. Les Antonins accompagnent les victimes et réussissent parfois à atténuer leurs souffrances, mais c'est là tout ce qui est en notre pouvoir.

— Que deviennent ceux qui l'ont attrapé ?

— Cela dépend. Si j'en crois mes lectures, la contamination se solde par la mort dans certains cas, mais il arrive que les malades survivent. Ils conservent toutefois des séquelles, tant physiques que mentales. Là encore, cela dépend des personnes et de la gravité de l'épidémie.

Jehan ne savait s'il devait s'en réjouir – après tout, la mort n'était pas systématique – ou s'en affoler. Son corps décida pour lui. Il n'en laissa rien paraître, mais une lame de peur se ficha dans son ventre.

L'anxiété de Guy était plus palpable. Il ne tenait pas en place, son pied martelait le sol de plus en plus vite, ses yeux s'écarquillaient. Plus grand que le couvreur, plus irritable aussi, il était le premier à hausser le ton quand il estimait cela justifié. *A contrario*, lorsque taper du poing sur la table ne servait à rien, un sentiment d'impuissance le clouait sur place.

— Il ne nous reste plus qu'à prier, conclut Jehan.

6.

Le cri vous transperce. Je n'avais jamais rien entendu de pareil.
La marque noire est au moins aussi impressionnante que les cris.

De mauvaise grâce, le père Éloi autorisa Aymar à consulter les archives de la paroisse. Il l'introduisit dans une petite salle attenante à la sacristie, elle-même accolée au bras sud du transept qui formait une légère saillie de part et d'autre de l'église.

Antoinette avait dit vrai. Les villageois conservaient une trace écrite de tous les faits marquants survenus depuis plus de soixante ans, et une comptabilité détaillée. Les plus vieux documents, maculés de taches sombres, composaient avec l'humidité ambiante. Cependant, entreposés dans le bras sud, ils étaient moins exposés aux intempéries que s'ils avaient été conservés dans la partie nord. Le père Éloi inspectait régulièrement la paroi, et il lui arrivait d'en décoller les étagères afin qu'elles ne soient pas au contact de la pierre, surtout quand l'air prenait l'odeur du salpêtre.

L'église d'Ardeloup était mieux entretenue qu'Aymar ne l'avait imaginé. Bien ventilée, elle ne paraissait pas sujette à une prolifération excessive de moisissures. Sa toiture avait été refaite l'été précédent, tout comme la rigole qui courait en bas des murs pour favoriser l'évacuation des eaux de pluie. À l'orient, le chevet, légèrement surélevé, permettait d'entrevoir une crypte aux baies arrondies dont les meneaux semblaient sortir de terre.

Le médecin s'intéressa d'abord aux archives des deux dernières années. Très vite, il se laissa happer par le récit du curé qui rapportait les difficultés du village, les décisions importantes et les péripéties auxquelles les habitants avaient été confrontés. Il nota quelques cas de maladies, probablement dues à la rudesse du climat hivernal. Rien qui n'évoque une épidémie. Malgré les dires d'Antoinette, Ardeloup n'avait pas connu de graves affections, du moins pas récemment. Il fallait remontrer bien plus loin pour trouver des signes de contagion. Les villageois souffraient – ça, on ne pouvait pas le nier – d'une malnutrition chronique ; c'est en tout cas les conclusions que tira Aymar au regard de ce qui était rapporté.

Méfiant, le père Éloi ne le quittait pas des yeux. Il garda les sourcils froncés pendant deux heures au moins, ce qui, toujours selon Aymar, ne tarderait pas à lui occasionner un vilain mal de tête. L'expression du curé se radoucit lorsqu'il vit le médecin se lever, rajuster sa sacoche autour de son épaule, prêt à partir.

— Avez-vous trouvé ce que vous cherchiez ? demanda-t-il sans conviction.

— On peut dire ça, répondit Aymar.

Après quoi, le père Éloi fronça à nouveau les sourcils et commença à refermer la porte menant à la sacristie.

Aymar allait reprendre la route de la ferme, puis, se ravisant, il interpella le curé.

— À qui appartient cette maison ?

Du doigt, il désignait une bâtisse mal entretenue qui s'élevait à proximité de l'église, à l'écart du sentier, sur une parcelle qu'on n'avait pas pris la peine de déneiger, et sans doute de désherber depuis plusieurs années.

Le curé parut embarrassé.

— Plus personne ne s'y rend. Cet endroit est mauvais… Le Malin s'est installé entre ces murs. Je vous déconseille de vous en approcher.

Une moue sceptique tordit le visage d'Aymar tandis que le père Éloi se détournait, impatient de rentrer se réchauffer.

Depuis sa prime jeunesse, le médecin avait le plus grand mal à suivre les conseils qui lui étaient donnés, surtout quand on lui demandait expressément de ne pas faire quelque chose. Il s'approcha de la demeure du Diable, les yeux emplis de curiosité. L'épaisse couche de neige qui barrait l'allée l'obligea à garder ses distances. De là où il se tenait, il distinguait deux fenêtres minuscules, attaquées par le gel, à travers lesquelles on ne voyait rien hormis une masse informe et grise. Aymar retint son souffle. La vision de cette maison délabrée lui combla le cœur de tristesse. Il resta immobile un moment puis, lorsque ses pieds commencèrent à s'engourdir, il décida finalement de regagner la ferme. Privé de sensations dans les orteils, comme si quelqu'un venait de les lui amputer, il avait la désagréable impression de marcher sur un moignon.

La neige recommençait à tomber. Légers, les flocons dansaient dans l'air et ne se posaient au sol qu'une fois leur chorégraphie achevée. Les yeux baissés, le médecin progressait vite, mais il s'essoufflait et le froid lui oppressait les poumons. Ses jambes s'alourdirent, chaque pas exigeait de lui un effort plus intense que d'habitude. Il accueillit avec soulagement la vision de la cheminée fumante qui, devant lui, tournait à plein régime.

Le laboureur et sa femme guettaient son retour depuis près d'une heure. À peine arrivé, Aymar dut composer avec les réprimandes d'Antoinette.

— Vous êtes parti trop tard. Regardez ! Le jour tombe. Vous auriez pu faire une chute… ne pas réussir à vous relever. Pardonnez ma franchise, mais c'est déraisonnable.

Guy, lui, espérait des réponses.

— Avez-vous trouvé une autre manifestation du mal des ardents, ici à Ardeloup ?

— Aucune. J'en suis étonné.

Pendant qu'il marchait, une idée avait germé dans l'esprit d'Aymar.

— Il y a une maison délabrée non loin du presbytère, commença-t-il.

Le couple échangea un regard inquiet.

— Elle est à l'abandon, répondit Guy.

— Le père Éloi m'en a informé. Il a tenu des propos étranges en parlant de cette bâtisse. Je ne suis pas certain d'avoir bien compris.

Le laboureur déglutit.

— Qu'a-t-il raconté ?

— Que le Malin en personne avait pris possession des murs, ou quelque chose de ce genre. J'ai pensé que vous m'en diriez plus.

— C'est la vérité, intervint Antoinette, il ne faut pas s'en approcher, c'est comme ça.

Aymar changea de tactique.

— J'imagine que votre curé a de bonnes raisons de le croire. À vrai dire, mes questions étaient intéressées, et il est plus sage de vous révéler mes intentions avant d'aller plus loin.

Ces paroles parurent apaiser Antoinette, qui l'encouragea à poursuivre.

— Nous sommes passés d'un à trois malades en peu de temps. Il faut se préparer à lutter contre une épidémie. Mon travail m'expose, ainsi que Loïse, à des risques de contamination.

— Nous en sommes conscients et nous vous en sommes redevables, déclara Guy d'un ton un peu trop solennel.

Antoinette, elle, ne comprenait toujours pas où le médecin voulait en venir.

— Pour cette raison, il est préférable que je m'installe hors de la ferme. Je ne souhaite pas apporter le mal des ardents jusqu'à vous.

— Vous nous quittez ? Où irez-vous ?

— Je songeais à la bâtisse dont nous parlions à l'instant.

Elle écarquilla les yeux.

— C'est de la folie !

— Pardonnez-moi, mais je pense au contraire que c'est plus prudent.

— La maison est en piteux état, intervint le laboureur.

Aymar acquiesça.

— J'ai pu le constater. Cependant, je sais vivre de façon modeste. Avec ceux qui accepteront de me venir en aide, je réaliserai quelques ajustements pour me protéger du froid. Rien d'insurmontable, conclut-il.

Guy resta interdit. Aymar fut satisfait de voir qu'il ne s'opposait pas d'emblée à sa décision. À Ardeloup, son opinion avait de l'importance, mieux valait l'avoir dans sa poche.

— Nous devons penser aux enfants. M. de Noilat ou Loïse pourrait leur transmettre ce... fléau. Il a raison. On ne peut pas continuer comme ça.

Antoinette secouait nerveusement la tête comme si elle ne parvenait pas à prendre une décision qui lui convenait. Elle détestait l'idée de se séparer du médecin. Après tout, n'était-il pas le mieux placé pour veiller sur Ghislain, Anne et Scévolé ? N'avait-il pas déjà soigné sa petite Anne ?

— Je ne serai pas loin, déclara Aymar qui devinait le cours que prenaient ses pensées.

— Je n'aime pas ça, gémit-elle.

À force de persuasion, le médecin finit par venir à bout de leurs dernières réticences. Aux yeux de Guy, ce n'était pas une si mauvaise idée, en fin de compte...

Pressé de retrouver la solitude et le calme qu'il affectionnait tant – raison qu'il s'était bien gardé de révéler –, Aymar souhaitait mettre son plan à exécution au plus vite. Il dut cependant se résoudre à attendre, car Guy désirait soumettre le projet aux représentants d'Ardeloup.

— Je ne peux pas prendre la décision pour les autres, Jehan n'apprécierait pas d'être tenu à l'écart.

Antoinette leva les yeux au ciel.

Aymar se résigna.

— Je comprends.

Les regards se tournèrent ensuite vers Loïse, qui patientait, tapie dans l'ombre. Aymar manifesta le désir de la garder auprès de lui. Elle apportait une aide précieuse, disait-il, aide qui ne serait pas de trop dans les prochains jours. Guy y était favorable, Antoinette, d'abord réticente, finit par abdiquer, faute d'argument. En vérité, la santé de la fillette était bien le cadet de ses préoccupations.

Compte tenu des circonstances, on consulta Loïse ; c'était bien la première fois depuis le début de son existence qu'elle pouvait avoir une quelconque influence sur son avenir.

— J'irai avec M. de Noilat, décida-t-elle d'une voix faible mais résolue.

Le regard d'Antoinette s'assombrit. De toute évidence, elle n'approuvait pas.

Le lendemain, Guy tint sa promesse et informa les représentants du projet d'Aymar. À l'évocation de la bâtisse abandonnée, les visages se tendirent, les uns et les autres se regardèrent, incrédules, sans qu'en découlent de réelles résistances. Tous craignaient d'y mettre les pieds, certes, mais puisque l'étranger voulait s'y installer, qu'il fasse comme bon lui semblait. Si le Malin en venait à lui demander des comptes, il ne pourrait pas dire qu'on ne l'avait pas prévenu.

Le père Éloi fut le plus difficile à convaincre, or il ne pesait pas lourd face à l'assemblée des villageois. Et, de l'avis général, mieux valait contenter Aymar de Noilat. Un médecin était une bénédiction en temps de crise. On n'en avait pas vu depuis des années et on comptait bien garder celui-là, maintenant qu'on l'avait sous la main, n'en déplaise au curé. Même Jehan et Guy tombèrent d'accord. Cela surprit l'assemblée autant qu'eux.

En rentrant chez lui, le couvreur dit à Isabeau, sa femme :

— Pas étonnant qu'il veuille s'installer ailleurs. Qui pourrait passer tout un hiver chez Antoinette et Guy ? Il y a de quoi devenir fou.

— Tu ne vas pas y aller, j'espère ? s'inquiéta Isabeau.

— Où ça ?

— Je parle de cette maison... Que Noilat ne s'avise pas de te demander pour la toiture.

— Le temps ne s'y prête pas de toute façon. Nous allons simplement l'améliorer pour qu'il passe l'hiver au sec.

— Vous en avez déjà discuté, s'offusqua Isabeau. Qu'il se débrouille, c'est trop dangereux !

Son mari leva les yeux au ciel.

— Des bêtises tout ça ! Ce n'est qu'un tas de pierres. Je ne prends aucun risque.

Le couple ne s'adressa pas un mot de plus de la soirée.

★

En deux jours, Aymar finit de dégager l'accès à la maison maudite. Les villageois l'aidèrent à repousser la neige de part et d'autre du sentier, jusqu'à l'entrée ; ils refusèrent ensuite d'aller plus loin.

À l'intérieur, Aymar se retrouva seul et savoura le silence auquel il n'avait pas goûté depuis trop longtemps. Après son séjour à la ferme, où les enfants chahutaient et où des disputes éclataient régulièrement entre les adultes, cette quiétude avait un goût de délivrance.

Un parfum âcre, un peu poivré, flottait dans l'air. Figée, la pièce offrait une curieuse nature morte, où chaque détail semblait crier haut et fort que le maître des lieux avait eu l'intention de revenir lorsqu'il avait claqué la porte pour la dernière fois. Ici des ustensiles de cuisine attendant d'être nettoyés, là un récipient mal refermé et un chiffon, flétri, abandonné au centre de la table, dans la précipitation sans doute. Tout était resté en l'état, protégé par une rumeur, ô combien puissante, de malédiction.

Aymar se dirigea vers les fenêtres. Les araignées, qui avaient élu domicile dans les embrasures, les condamnaient de leurs toiles, comme si elles refusaient de voir la lumière s'emparer de leur repaire. La poussière ne volait plus, elle collait aux étoffes. Le mobilier en était imprégné.

Le médecin brassa l'air du revers de la main, puis s'approcha de la cheminée, où une pile de bûches était entreposée. Il saisit un morceau de bois, le plaça au milieu de l'âtre. Il avait eu la présence d'esprit d'apporter un brasero contenant des braises prises à la ferme. Il observa ensuite la salle s'éclairer peu à peu. Elle était encombrée, l'espace de circulation en était réduit à quelques passages étroits. Les derniers occupants avaient accumulé quantité d'objets, trop, compte tenu de la place dont ils disposaient.

Il ne serait pas si aisé de remettre de l'ordre dans la maison. Aymar serra les mâchoires, s'enveloppa dans sa pèlerine d'un gris maussade accordé à son humeur. Il songeait au travail qui l'attendait, puis son esprit commença à s'éparpiller. Gagné par une soudaine mélancolie, il méditait sur le temps qui passe, quand un cri étouffé le ramena au présent.

Le bruit provenait de l'extérieur. Il quitta la maison précipitamment pour en déterminer l'origine. Il ne lui fallut pas longtemps pour comprendre de quoi il retournait. Les monticules de neige chuchotaient. Chuchotements qui cessèrent à son approche. Un glissement maladroit leur succéda, suivi d'un « aïe » plus aigu.

— Sortez de là ! tonna Aymar.

Penauds, les deux garçons s'exécutèrent. C'était Ghislain et Scévolé, les fils de Guy et d'Antoinette.

— Que faites-vous ici ? Je doute qu'on vous ait autorisés à quitter la ferme.

Alors qu'il les disputait, Aymar réalisa que les jeunes gens étaient cloîtrés chez eux depuis des semaines. Rien d'étonnant à ce qu'ils aient la bougeotte. Ils aidaient à déneiger, nourrissaient les animaux, sans jamais s'éloigner de la ferme. Comme eux, les moutons restaient dans leur abri, serrés les uns contre les autres, en attendant un temps plus clément.

Les deux garçons fixèrent leurs pieds. Scévolé risqua quelques coups d'œil en direction de son grand frère. Ghislain, lui, bomba le torse pour se donner du courage. Sa ressemblance avec Guy était frappante.

— Nous venions voir si nous pouvions nous rendre utiles, bredouilla-t-il.

Une lueur d'affolement traversa le visage du cadet.

— C'est très aimable, dit Aymar. Entrez, dans ce cas.

Aucun des deux garçons ne bougea. Ghislain se crispa. Le médecin fut tenté de prolonger leur supplice, mais se ravisa.

— Ne dites rien. Un démon a pris possession des lieux, est-ce bien ça qui vous tracasse ? se moqua-t-il. Vous ne devriez pas écouter les sornettes qu'on raconte.

Scévolé protesta.

— Ce ne sont pas des sornettes ! Tout le monde le dit.

Aymar se mit à rire.

— Si tout le monde le dit…

Le garçon comprit qu'on le tournait en dérision. Vexé, il insista.

— C'est à cause de la sorcière. Elle vivait ici. Le Malin est partout dans sa maison.

Embarrassé, Ghislain essaya de le faire taire. Scévolé ne voulait rien entendre.

— Et qu'est-il arrivé à cette sorcière ? demanda Aymar.

— On l'a brûlée. C'est le châtiment pour les sorcières.

La voix du médecin se durcit.

— T'en souviens-tu ?

— Non. J'étais trop petit. Les adultes en parlent, parfois.

Aymar marqua une pause.

— Dans ce cas, je suppose que vous ne voulez pas entrer, dit-il sèchement.

Ghislain tira Scévolé par la manche, l'obligeant à rebrousser chemin. Tous deux disparurent derrière les monticules enneigés et prirent la direction de l'église.

Le médecin referma la porte. Il installa sa plume et son encrier sur la table pour noter les événements de la journée, mais il fut incapable d'aller plus loin. Toute cette bêtise le contrariait, l'agitait ; il ne parvenait plus à se concentrer. Combien de victimes innocentes devait-on aux procès pour sorcellerie ? Combien de femmes périssaient chaque année sur le bûcher ? Dans les campagnes, en ville… Pas une région n'était épargnée par la frénésie de dénonciations qui secouait le pays. Celles qui vivaient seules étaient des cibles de choix. Une fois les soupçons installés, il était difficile pour elles de se tirer d'affaire. Et quand venait l'heure du procès, celle du bûcher n'était pas loin. La preuve de leur culpabilité, les juges la trouvaient quoi qu'il advienne. Les sorcières présumées étaient rasées pour que l'on puisse voir apparaître la marque du Diable. Une tache de pigmentation suffisait. Quant aux corps immaculés, ils n'étaient pas à l'abri pour autant. En panne d'inspiration, les fonctionnaires chargés des procès n'hésitaient pas à puiser dans le *Malleus Maleficarum*. Écrit par deux dominicains, ce traité livrait des méthodes imparables pour condamner une sorcière. Un traité de barbarie, du point de vue d'Aymar.

Cinq ans plus tôt, il avait assisté à l'un de ces jugements lors d'un séjour près de Soissons. L'accusée, une vieille dame aux cheveux gris, frêle comme un jonc, avait été plongée dans l'eau froide d'une rivière qu'on avait bénie pour l'occasion. Sur la rive, la foule avait retenu son souffle. L'instant d'après, le corps de la vieille s'était mis à flotter, oscillant à la surface, signe que le fleuve n'avait pas voulu d'elle. Les juges l'avaient déclarée coupable. La colère d'Aymar était telle qu'il n'avait pas pris part à l'exécution. Il avait quitté la région le surlendemain. Il faut dire que ses prises de position en faveur des hérétiques commençaient à déranger. Les semonces de l'inquisiteur, mielleuses d'abord, s'étaient progressivement changées en une série d'accusations à peine déguisées. Aymar savait que ses jours d'homme libre étaient comptés avant qu'il ne soit arrêté et remis entre les mains du tribunal. Il avait fui. À regret.

La maison d'une sorcière… Son regard balaya la pièce une nouvelle fois.

Tout ce qu'il voyait était si ordinaire.

7.

Craintes et suppositions se multiplient.
Bientôt, il sera difficile, voire impossible,
de distinguer le vrai de la rumeur.
La superstition est une arme destructrice
dont on ne contrôle pas les tirs.

Trois jours. C'est le temps qu'il fallut à Aymar pour s'aménager un confort relatif, mais son moral était bon. En dépit des circonstances, il se sentait de nouveau libre d'aller et venir à sa guise sans devoir se justifier auprès d'Antoinette. Contre l'avis de sa femme, Jehan lui prêta main-forte pour arranger la toiture. Du rafistolage, disait-il, néanmoins l'isolation de la demeure s'en vit considérablement améliorée. L'eau, surtout, n'entrait plus.

Le septième jour, Loïse quitta la ferme pour venir s'installer avec Aymar. Il lui avait installé une couchette, tout près de la cheminée, de sorte qu'elle profite de la chaleur du foyer pendant la nuit. À l'inverse des autres enfants, elle n'était pas terrifiée – un peu méfiante, tout au plus – à l'idée de s'approcher de la maison. Cela facilita les choses. Peu à peu, ils reprirent leurs activités. La fillette passait la majeure partie de la journée à broyer de l'écorce de saule. Elle ne s'en plaignait pas et trouva rapidement sa place. Au moins, elle en avait une.

Malgré la crainte qu'inspirait la maison abandonnée – on continuait de l'appeler ainsi par habitude –, les habitants d'Ardeloup finirent par mettre leurs superstitions de côté. Tous se précipitaient à la porte pour obtenir des remèdes, espérant que les préparations du médecin agiraient de façon préventive et les protégeraient de l'épidémie.

Car celle-ci se poursuivait.

Après Léonor vint le tour de Guillemette, bien qu'elle jurât le contraire, vitupérant celles et ceux qui la dévisageaient d'un air gêné et gardaient leurs distances. Chez elle, la maladie débuta par une série d'hallucinations assez spectaculaires ; elle voyait sa maison brûler alors qu'il n'y avait pas la moindre trace d'incendie. Les douleurs dans les membres, comme celles de son mari, se manifestèrent un peu plus tard. Dès lors, à la nuit tombée, le couple se mit à pousser des hurlements à l'unisson, portés par le vent aux quatre coins de la lande. Tout le monde les entendait. Même les plus téméraires se crispaient dans leurs draps en percevant les premières notes de cet abominable chant. On voulait qu'il cesse, mais ça allait de mal en pis.

Le matin, Guillemette prétendait ne pas avoir crié, et proclamait, depuis sa porte, qu'elle avait une santé de fer. Plus personne n'osait s'approcher. Aymar était le seul qui acceptait de lui rendre visite. Loïse l'accompagnait une fois sur deux. Elle en profitait pour remettre un peu d'ordre dans la maison, pour laver du linge ou pour cuisiner, car Eudes et Guillemette en étaient incapables. Aymar soupçonnait le couple de ne plus s'alimenter. Eudes n'avait pas faim ; sa perte de poids était considérable. Sa chemise, trop grande, l'aspirait, flottait autour de son visage blême et lui conférait une allure fantomatique. Guillemette aussi mangeait moins. Ses joues se creusaient un peu plus chaque jour, sa mâchoire saillait.

Tout comme Léonor, ce qu'elle décrivait manquait de cohérence. Lorsqu'elle délirait, elle parlait d'un chien effrayant, au poil brun et aux yeux rouges, qui la surveillait ; l'animal rôdait autour de la maison, entrait et se plantait devant son lit pour l'observer. Aymar ne comprenait pas la signification de ses visions et avait abandonné l'idée de les interpréter. Le fléau jouait avec les peurs de chacun, du moins, était-ce sa conclusion.

Ce jour-là, lorsque le médecin quitta la demeure où vivait le couple, située sur une légère hauteur, il découvrit l'éclat aveuglant d'un soleil réfléchi par la neige. Loïse porta la main à son front en guise de visière. Émerveillés par le phénomène, ils restèrent immobiles, les yeux plissés, à contempler la lande qui, devant eux, émergeait enfin de la brume. Pour Aymar, c'était la première fois que le panorama lui apparaissait dans son ensemble. Jusque-là, à cause du mauvais temps, il n'en avait vu que des bribes. Son esprit, qui ne supportait pas l'« à-peu-près », avait recomposé les morceaux en un tout vraisemblable, son imagination se chargeant de combler les lacunes. À présent, il s'amusait de l'écart qui existait entre sa création et le réel. La forêt, surtout, était moins étendue que ce qu'il s'était représenté. Sans doute, le froid et la fatigue ressentis lorsqu'il l'avait traversée lui en avaient fait exagérer l'ampleur.

Fugace, l'éclaircie ne dura qu'un temps. Le ciel vira au gris, l'astre du jour disparut, tout se passa si vite qu'Aymar se demanda s'il n'avait pas rêvé.

Ils reprirent le chemin du village, tournèrent à gauche devant la maison du boulanger. L'église, avec son clocher qui ressemblait à tous les autres dans la région, ne se trouvait plus qu'à une centaine de pieds quand Jehan les interpella :

— Monsieur de Noilat, je vous cherchais.

Aymar le salua d'un signe de tête.

— Venez avec moi, ajouta le couvreur.

Lui qui possédait une voix grave montait en cet instant dans des aigus bien au-dessus de sa tessiture. Le médecin comprit que quelque chose n'allait pas et le suivit jusqu'à la demeure de Silvain, Loïse sur ses talons.

Les plaintes du charretier avaient repris. Le père Éloi attendait devant la porte et débitait des prières entrecoupées de signes de croix.

— Seigneur, Seigneur, implorait-il.

— Que se passe-t-il ? s'enquit Aymar.

Pour toute réponse, le curé lui jeta un regard affolé.

— Allez-y, mon père, dit Jehan.

La voix du couvreur, qui avait retrouvé de l'assurance, était sèche, sifflante. Éloi recula en se tordant les mains.

— Silvain a besoin de vous.

Sentant qu'il ne pouvait pas se dérober, le curé entra dans la maison, où il resta le dos collé à la paroi, refusant d'approcher du lit et tremblant de tous ses membres.

Aymar dit à Loïse :

— Attends-moi ici.

— Je n'ai pas peur, protesta la fillette.

— Comme tu voudras.

Le médecin inclina la tête, s'engouffra à son tour dans la chaumière. Les cris de Silvain qui, jusque-là, résonnaient en continu, perdirent de leur intensité avant de mourir tout à fait. Recroquevillé en position fœtale, le malade s'était mis à pleurer. Il était dans cet état depuis des jours. À première vue, Aymar ne nota rien d'inhabituel. Ce n'est qu'en suivant le regard insistant et terrifié de Jehan qu'il la vit. La tache. Sur le pied droit. Sombre. Presque noire.

Le père Éloi eut un haut-le-cœur. Loïse, elle, tenta d'avancer pour mieux voir. Le curé la retint.

— N'approche pas, petite sotte, où tu subiras le même sort.

Il ne voulait pas être le seul à rester en retrait, car déjà Jehan et Aymar s'étaient précipités aux côtés du charretier.

— Tenez-le, ordonna le médecin.

Jehan s'exécuta. Il plaqua les épaules de Silvain au matelas et le maintint solidement pour l'obliger à se mettre sur le dos. Aymar lui agrippa les pieds d'une main, plaça ses bésicles sur son nez de l'autre, puis commença l'examen du pied. Là où il y avait encore de la peau quelques jours plus tôt, une marque noire, de forme plus ou moins ovale, aux bords tuméfiés, était apparue. Il en émanait une odeur insoutenable rappelant celle d'une viande faisandée.

— C'est… brûlé, souffla Jehan.

Le père Éloi se signa. Loïse en profita pour se dégager. Aymar, qui se tourna vers elle à ce moment précis, surprit une lueur de fascination dans ses yeux. La fillette détaillait la scène avec avidité.

— Le mal des ardents, il s'intensifie, dit-il. À présent, je n'ai plus aucun doute. C'est bien de ça qu'il s'agit.

Jehan frissonna.

— Nous devons réunir les représentants du village.

Aymar était de son avis. Le père Éloi aussi. Il saisit ce prétexte pour quitter la maison et s'en alla prévenir les membres de l'assemblée.

— Il faut que vous soyez présent, ajouta Jehan à l'intention du médecin.

— Bien sûr.

— En attendant, gardez cela pour vous. J'aimerais autant éviter une panique générale.

Il lança un coup d'œil inquiet en direction de Loïse.

— Elle tiendra sa langue, l'assura Aymar.

Jehan opina, puis il s'agenouilla près de Silvain, dont le corps s'était replié sur lui-même.

— N'y a-t-il rien que vous puissiez faire pour lui épargner de telles souffrances ?

Le visage du médecin s'assombrit.

— Hélas, il ne me reste qu'une très petite quantité de sédatif. Pour les douleurs, précisa-t-il en voyant le front du couvreur se plisser.

— Ne savez-vous pas en fabriquer ?

— Je pourrais si j'avais les ingrédients nécessaires à ma disposition, ce qui n'est pas le cas. Du reste, on doit pouvoir en acheter à Romorantin…

— Les chemins sont impraticables, compléta Jehan. On ne peut même pas demander l'aide du seigneur. La route qui descend vers Theillay est bloquée.

Le couvreur soupira. Il avait affronté des crises par le passé, des famines, des conflits avec les paroisses environnantes, avec les marchands de drap, mais il ne se souvenait pas d'avoir jamais été confronté à une situation aussi inquiétante. Lorsque Silvain était tombé malade, comme beaucoup, il avait cru que cela passerait. Il avait sous-estimé la gravité du problème, du moins était-ce le sentiment qu'il éprouvait, à présent, en contemplant cette horrible tache noire, qui semblait vouloir s'étendre à vue d'œil. Que se passerait-il ensuite ? Le désarroi lui fit perdre quelques centimètres.

★

Le père Éloi ne fut pas aussi discret qu'Aymar et Jehan. La nouvelle s'ébruita. Dans tout Ardeloup, malgré les difficultés que les uns et les autres rencontraient pour se déplacer, on ne parlait plus que de ça. Beaucoup disaient que Silvain portait sur lui la « marque du Malin ». On ne savait plus vraiment qui, le premier, l'avait nommée ainsi. L'appellation paraissait désormais parfaitement usuelle.

Des mesures devaient être prises, car l'affolement se généralisait. Sans tarder, on convoqua l'assemblée des villageois à laquelle Aymar, même s'il était un étranger, avait promis d'assister en qualité d'expert. Il entra donc dans l'église à l'heure dite. Côté nord, il remarqua que les murs avaient été dépouillés de leurs tableaux. De la Vierge à l'Enfant qui était encore là il y a quelques jours de ça, il ne restait qu'une empreinte humide sur la pierre nue. Le curé disait l'avoir placée en lieu sûr, car le panneau, mangé par les champignons, verdissait en plusieurs endroits.

Les habitants d'Ardeloup s'installèrent dans la nef. Eudes manquait à l'appel, tout comme Gaston, le boulanger, qui avait préféré rester aux côtés de Léonor. Le père Éloi attendit que tout le monde soit assis pour ouvrir la séance.

— Mes fils, l'heure est grave. Comme vous le savez, l'épidémie qui sévit dans notre village vient de…

Il avait à peine commencé qu'une clameur inhabituelle l'obligea à s'interrompre. Les têtes se tournèrent en direction du porche. Derrière, sur le parvis, une troupe s'était rassemblée et scandait à l'unisson des formules répétées dont on ne percevait pas le sens à l'intérieur de l'édifice. Le ton avait tout l'air contestataire.

Les représentants, dont l'autorité n'avait jamais été bafouée, échangèrent des regards. Personne ne savait quoi faire. Ils décidèrent tacitement que ce n'était pas de leur ressort et guettèrent la réaction du curé, qui tardait à venir. Cramponné à sa chaire, le père Éloi ne bougeait pas. Depuis qu'il officiait dans ce village perdu, nul ne s'était agité de la sorte devant la maison du Seigneur. C'était cette tranquillité qui lui plaisait tant à Ardeloup. Il ne possédait pas assez de courage pour faire face aux revendications, ou, pire encore, à la violence.

— Nous devrions leur ouvrir, intervint Jehan.

Éloi resta silencieux. À bout de nerfs, Guy se leva, remonta la nef jusqu'au portail. Aussitôt, Jehan se joignit à lui. Les deux hommes poussèrent prudemment l'un des battants latéraux, qu'ils pouvaient bloquer si nécessaire en unissant leurs forces.

Des voix de femme résonnèrent jusque sous les ogives. Le reste du village se massait sur le parvis couvert de flaques, bon pied bon œil, malgré les courants d'air et le froid cinglant qui sévissaient au-dehors. Il y avait là une quinzaine d'épouses, quelques adolescents et des enfants qui avaient du temps à tuer. Au premier rang, Antoinette, engoncée dans plusieurs couches de laine, entourée et soutenue par ses voisines, faisait figure de meneuse. Elle portait la coiffe qu'elle réservait d'ordinaire à la messe ; une élégance dont le vent se moquait éperdument en ramenant les mèches de ses cheveux devant ses yeux.

Furieux, Guy l'interpella :
— Bon sang, que fais-tu là ?
Elle s'approcha sans se démonter.
— Nous voulons entrer, nous aussi.
— C'est pour ça, tout ce vacarme ? N'as-tu pas mieux à faire ?
— Vous ne pouvez pas nous laisser à l'écart, protesta-t-elle. Le malheur s'est abattu sur le village, nous avons le droit d'être informées et de prendre part aux discussions.
Un murmure d'approbation se répandit sur le parvis. Le père Éloi, dont la tête avait surgi derrière l'épaule du laboureur, n'en revenait pas.
— Il n'en est pas question, dit-il. Nous n'allons pas rassembler tout un village pour prendre les décisions. On n'a jamais vu ça !
— Peut-être, mais la situation n'est pas ordinaire. Nous voulons en être ! Cette épidémie nous concerne tous.
La petite troupe répétait les mots d'Antoinette. « Nous voulons en être ! Nous voulons en être ! »
Jehan observait la scène, partagé entre impatience et désintérêt. Il avait reconnu son épouse au milieu des contestataires et ne lui en voulait pas d'être là : à sa place, il aurait sans doute fait de même. Il n'aimait pas l'idée de laisser aux autres le soin de décider pour lui. Ça le rendait fou. La présence de son fils qui, de son point de vue, protestait pour protester, lui inspira davantage de colère, d'autant que celui-ci n'avait rien à proposer pour remédier au désastre, et son jeune âge n'excusait rien.
Le couvreur se glissa jusqu'à l'oreille de Guy.
— Laissons-les entrer, ou nous ne commencerons jamais.
Le laboureur le dévisagea, choqué. Cela ne revenait-il pas à leur donner raison ? Mais Jehan voyait les choses différemment. Il était convaincu qu'en cédant il renforçait en réalité son pouvoir sur les villageoises, car, désormais, elles lui en seraient redevables. Avec le temps, il avait

appris qu'il valait mieux être celui qui accorde, plutôt que celui qui, acculé, est forcé d'abdiquer.

Il éleva la voix :

— Mesdames, installez-vous dans le calme. Ne retardons pas plus le début de nos échanges.

Guy et Éloi, jugeant inutile de se mettre à dos la moitié du village, retournèrent à l'intérieur.

À la demande de Jehan, qui instaura une discipline quasi militaire, les femmes entrèrent dans l'édifice deux par deux. Celles qui étaient venues avec leurs enfants les tenaient fermement entre les genoux, leur intimant de se taire. Les hommes d'Ardeloup les regardèrent s'installer dans la nef, goguenards. Les moqueries fusèrent, chacun y allant de son commentaire. On ne se donnait même plus la peine de parler à voix basse.

— Taisez-vous, ordonna Jehan.

Les hommes obéirent, le silence se fit. Il faisait à peine plus chaud qu'à l'extérieur, mais les femmes se réjouissaient de ne plus subir les attaques du vent. L'air sortait de leurs poumons en petits nuages de condensation, puis flottait devant leurs traits tirés, car, malade ou pas, plus personne ne dormait bien à Ardeloup et la fatigue assombrissait les visages.

Depuis qu'elle avait eu gain de cause, Antoinette restait muette. Assise entre ses deux garçons, elle patientait, les yeux perdus dans la contemplation de ses mains aux jointures craquelées. Il y courait deux petites crevasses remplies de sang séché qu'elle ne pouvait s'empêcher de titiller.

Le curé s'approcha de l'autel, le pas hésitant, intimidé par cette assemblée dont il savait la détermination inébranlable. Quand il parla, Aymar remarqua qu'il avait abandonné le ton prétentieux, exaspérant au possible, avec lequel il s'exprimait quelques minutes plus tôt.

— Chers fils, chères filles, la maladie est parmi nous. Puisse Dieu nous venir en aide. Sans doute est-il préférable que je vous laisse la parole, monsieur de Noilat.

Nous souhaiterions vous entendre avant d'envisager les solutions qui s'offrent à nous.

Aymar pencha le buste en avant, se leva. Il marcha jusqu'au chœur dans un bruit de frottement créé par les multiples couches de vêtements qu'il portait. D'un autre que lui, on aurait souri, jugeant cela ridicule. Mais la stature du médecin – pour quelqu'un qui ne travaillait pas la terre, il était bien bâti, reconnaissait-on – et son assurance qui semblait à toute épreuve forçaient le respect.

— Silvain, Eudes, Léonor, Guillemette, énuméra-t-il, sont victimes d'une maladie nommée mal des ardents. C'est un fléau. Il consume tantôt le corps, tantôt l'esprit, parfois les deux. À ce jour, personne ne sait comment le soigner.

Si quelqu'un avait dû évaluer cette entrée en matière, il aurait probablement dit : « Peut mieux faire. » Mais Aymar était de ceux qui préfèrent la synthèse aux longs discours, et il s'employait à rester pragmatique.

— Peut-on guérir ? Spontanément, j'entends, interrogea Guy.

— Il est possible d'en réchapper. Cela s'est vu à maintes reprises.

— En soi, c'est déjà une bonne nouvelle.

Jehan fronça les sourcils. Comme Guy n'avait rien à ajouter, il interpella le médecin à son tour :

— Ces miraculés retrouvent-ils toutes leurs facultés ?

Les épaules d'Aymar s'arrondirent.

— Les délires, les visions disparaissent dans la plupart des cas. Pour les membres, c'est une autre histoire. Derrière lui, le mal des ardents laisse des estropiés. Des femmes et des hommes à qui il manque un bras, une jambe, parfois les deux. On ne peut pas savoir jusqu'où cela ira.

Le choc de cette révélation était tel qu'un silence de mort s'abattit sur les rangs. L'eau s'infiltrait dans l'édifice. Son goutte-à-goutte cadencé qui, jusque-là, résonnait à peine, passa au premier plan, prenant soudain un caractère menaçant. Les villageois, pour beaucoup, avaient l'impression que leur vie ne tenait qu'à un fil, et les gouttes s'écrasant au sol leur rappelaient que le fil n'allait pas tarder à se rompre.

Antoinette avait porté son mouchoir devant sa bouche et, de sa main libre, serrait celle de Scévolé sur ses genoux. Aymar aurait juré qu'elle pleurait.

— Silvain…, poursuivait Jehan, vous pensez que c'est ce qui l'attend, n'est-ce pas ?

— J'en ai peur. La tache que vous avez vue n'est que le début du processus. Ensuite la gangrène s'étend. Souvent, le membre infesté finit par tomber tout seul.

Jehan, qui n'avait pourtant pas son pareil pour dissimuler ses émotions, eut l'air horrifié. Le corps raidi, il fixait le médecin comme s'il n'avait pas saisi le sens de ses paroles. À sa droite, le père Éloi tremblotait, de froid ou de terreur, impossible à savoir.

Très vite, le couvreur se ressaisit. Il feignit le détachement :

— Comment pouvons-nous éviter la contagion ? Silvain, Eudes, Léonor… D'une manière ou d'une autre, le mal se propage.

— La médecine ne dit rien sur ce point, admit Aymar.

Antoinette se manifesta alors. Installée loin dans la nef, elle s'était raclé la gorge suffisamment fort pour que tous comprennent son désir de s'exprimer. Les têtes se tordirent dans sa direction.

— Pourquoi ne pas regrouper les malades ?

Elle dut répéter sa proposition, car sa voix ne portait pas.

— Il serait plus facile de soigner les malades si tous se tenaient au même endroit, affirma-t-elle.

— Tu veux créer un hôpital ? ironisa un homme à la mine rougeaude.

— Pourquoi pas ? Avez-vous une meilleure idée ? Il y a quatre ans, à Theillay, ils ont isolé les contaminés. La fièvre ne s'est pas propagée.

Debout dans l'église glaciale, luttant contre une nature qui, en public, préférait sans doute la discrétion, Antoinette était prête à tout pour que la maladie n'arrive pas jusqu'à ses enfants.

— Nous n'allons pas les entasser et les regarder mourir. Ce n'est pas l'attitude d'un bon et fervent chrétien, protesta Jehan.

Le couvreur cherchait l'appui du père Éloi, or celui-ci avait un avis moins tranché sur la question.

— Mon fils, ce que tu dis est tout à ton honneur. Mais nous ne trahirons pas nos malades en les… rassemblant. Il s'agit simplement de faciliter le travail de M. de Noilat qui, j'en suis certain, continuera à leur prodiguer les soins dont ils ont besoin. En outre, il est aussi de notre devoir d'empêcher l'épidémie de se répandre.

Antoinette se rassit, visiblement apaisée par le discours du curé. Un pli d'indignation barrait le front de Jehan. Quant à Aymar, il s'amusait de l'hypocrisie du père Éloi. Celui-ci était probablement désireux d'installer les ardents le plus loin possible du presbytère.

— Où les mettrons-nous ? Je ne vois aucune bâtisse qui puisse remplir ce rôle, objecta Guy. À l'exception de l'église.

Éloi blêmit. Il s'indigna :

— Notre église est au centre du village !

Une fois n'est pas coutume, Jehan partageait l'avis de Guy.

— Sous la protection de Dieu, leurs chances de guérison seront meilleures. Je ne vois pas un plus bel endroit pour cet hôpital.

Dans l'assemblée, plusieurs têtes acquiesçaient.

Sentant que la situation lui échappait, le curé se mit à triturer nerveusement sa soutane.

— Nous ne pouvons pas célébrer la messe au milieu des malades, objecta Antoinette.

— C'est impossible, en effet, renchérit Éloi. En ces temps troublés, nous devons redoubler de prières. Chaque matin, implorons le Seigneur d'épargner nos vies ; elles sont entre Ses mains. Tous, nous devons Le supplier de pardonner nos péchés, et peut-être chassera-t-Il le mal qui plane au-dessus de nous.

— Et si nous placions les malades chez Silvain ? Sa maison se situe à l'écart des chemins de passage, suggéra Guy.

Jehan était hostile à cette idée. Il ne dit rien, cependant. Aymar supposa qu'il ne trouvait pas les arguments pour la rejeter ; elle n'était pas si mauvaise, en définitive.

Les représentants des villageois débattirent, puis ils finirent par entériner la décision. Dès le lendemain, on déplacerait les malades. Le plus difficile fut de désigner quelqu'un pour se charger du transfert. Sous la voûte, le ton monta. Personne ne désirait s'approcher des victimes, les déraciner de chez elles, ou pousser une charrette sur les chemins enneigés.

Voyant que les délibérations s'éternisaient, Aymar se porta volontaire.

Deux heures s'écoulèrent avant que les villageois ne quittent l'église d'Ardeloup. Tandis qu'ils s'éloignaient, le père Éloi s'efforçait de récapituler mentalement le cours des échanges tenus entre ses murs. Pour la première fois en dix ans, il n'avait pas rédigé de compte rendu. Cela lui était sorti de la tête. Il voyait à présent que sa mémoire ne parcourait plus les événements passés avec autant d'agilité. Il attendit que les derniers habitants disparaissent, puis gagna la sacristie, où il s'installa derrière un bureau mouluré, un meuble offert par l'archevêque de Bourges, le seul qui ait de la valeur parmi son mobilier. Éloi trempa sa plume dans l'encrier, puis se mit à écrire avant d'oublier.

8.

Ce fléau s'immisce dans les têtes encore saines
et y insuffle son venin.
Ce venin, c'est la peur.
Une peur qui fait ressortir
ce que nous avons de plus vil.

Aymar de Noilat avait conscience que le transport des malades ne serait pas chose facile. La réalité se révéla plus désastreuse que tout ce qu'il avait pu imaginer. Une journée pleine de gémissements s'annonçait.

Eudes, dont l'état s'était détérioré, ne pesait pas lourd, surtout depuis qu'il avait cessé de se nourrir, mais il gesticulait sans arrêt, pris d'incontrôlables convulsions. En le sortant de sa couche pour le mener à l'extérieur, le médecin avait remarqué que la peau de ses jambes commençait à se nécroser, comme celle de Silvain. Sans rien dire, il l'avait enveloppé dans un drap et l'avait porté lui-même jusqu'à la charrette qui servait à acheminer le bois. Ensuite, avec l'aide de Jehan, il avait été contraint de l'attacher. Allongé sur le fourrage, pieds et poings liés, le malheureux ressemblait à un supplicié qu'on conduisait à l'échafaud.

Pour Guillemette, ce fut plus pénible encore. Avant que les deux hommes ne parviennent à s'expliquer, elle s'était mise à ricaner, puis à courir dans la maison, projetant dans leur direction tout ce qui lui tombait sous la main. Aymar tenta de la calmer, mais elle n'entendait ou ne comprenait pas ses paroles. Après une heure d'efforts, de vains pourparlers, ils n'étaient pas plus avancés. Ils se résolurent à la traquer comme un animal. Son attitude n'avait plus rien d'humain, c'est du moins ce que Jehan se répétait pour alléger la culpabilité qui grandissait en lui.

À bout de souffle, Guillemette monta à l'échelle qui donnait accès au grenier. Ils la suivirent. Elle se retrouva acculée, le dos contre la lucarne. Elle l'ouvrit précipitamment. Le vent l'enveloppa, sa chemise dansa autour d'elle. On eût dit qu'elle s'apprêtait à s'envoler. Ils comprirent, mais trop tard. Elle les regarda l'un après l'autre, gloussa telle une démente, puis se jeta en arrière, les bras tendus vers le ciel. La neige amortit sa chute, son cou se brisa malgré tout.

Un filet de sang s'échappait du corps, creusant une rigole sombre dans l'étendue blanche. Aymar et Jehan descendirent aussi vite que possible, mais ils ne purent que contempler le cadavre, les bras ballants, incapables de parler ou de faire un geste. C'est une chose d'assister à la mort d'un voisin, c'en est une autre de le voir, dans un accès de folie, se jeter du haut d'un toit. On décida de la porter à l'intérieur.

— Nous reviendrons la chercher plus tard, déclara Jehan d'une voix chevrotante. Occupons-nous d'abord des malades.

Le couvreur n'avait jamais éprouvé de sympathie à l'égard de Guillemette, il la trouvait détestable. Pourtant, il tremblait de tous ses membres. Serrée, sa gorge lui faisait mal dès qu'il cherchait à déglutir, et ses yeux, couverts d'un voile humide, brillaient malgré le manque de lumière.

Ils reprirent leur route dans la grisaille. Le convoi avançait sur les chemins au son des pleurs d'Eudes qui, ignorant tout de la mort de sa femme, la réclamait sans cesse. Une procession éreintante, lugubre, à laquelle aucun des habitants d'Ardeloup n'avait souhaité se joindre. Certains les observaient de derrière leurs fenêtres. Jehan tenait la bride de la jument avec fermeté, attentif aux ornières dissimulées par la neige. Il fut soulagé d'apercevoir enfin la maison du boulanger.

Le givre avait figé le moulin à seigle, un bâtiment rudimentaire, dans lequel Gaston moulait la précieuse farine dont se nourrissait Ardeloup. Pour la protéger des remontées humides, Jehan avait aménagé, l'automne précédent, un cellier sous la toiture. L'espace n'était pas assez haut pour qu'un homme puisse y tenir debout, mais il permettait de garder au sec l'essentiel de la production.

Le boulanger vint à leur rencontre, alerté par les cris d'Eudes. Sa demeure, construite en bois et en torchis, se situait à quelques coudées du pressoir.

— Bon sang, vous avez perdu la tête ! Pourquoi l'avez-vous attaché ?

Du doigt, il pointait la charrette et son occupant.

— Peut-on entrer ? demanda Jehan.

Le boulanger, flairant que ce qui allait suivre ne serait pas à son goût, plissa le front.

Une odeur rance flottait à l'intérieur. Aymar, qui s'était mis en retrait, jeta un coup d'œil en direction de la couche.

— Léonor se repose, dit Gaston.

— Comment va-t-elle ?

— Elle a toujours été forte ; plus forte que moi. Elle s'en sortira, vous verrez.

Jehan se racla la gorge.

— Le village a pris la décision de rassembler les malades chez Silvain pour faciliter leur…

Gaston se dressa, rouge de colère.

— C'est hors de question, Léonor reste ici ! Jamais je ne l'abandonnerai, vous m'entendez ?

— Nous n'allons pas abandonner nos malades. M. de Noilat passera tous les jours pour prendre soin d'elle.

Aymar confirma l'information d'un bref hochement de tête, mais Gaston n'était pas prêt à se laisser convaincre. Il jeta à Jehan un regard accusateur.

— C'est facile ! Chez toi, personne n'est malade. Le jour où ça arrivera, je doute que tu attaches ta famille dans un chariot pour la transporter comme du bétail.

Le couvreur encaissa le coup sans broncher. Il comprenait le point de vue de son voisin. Qu'aurait-il pu rétorquer ? Qu'il agissait pour le bien de la communauté ? Cela n'aurait rien arrangé. La menace d'une séparation imminente causait au boulanger une douleur trop vive pour qu'il puisse admettre la nécessité de cet isolement. À cet instant précis, elle lui semblait injuste, barbare ; il ne voyait que le chagrin qu'une telle solution lui coûterait.

— Laissez-moi seulement ausculter Léonor, intervint Aymar. Après, nous aviserons.

Gaston, qui conservait une expression soupçonneuse, hésita avant de finalement donner son accord. S'il y avait une chance de soigner sa femme, il devait la saisir, par amour pour elle.

— Après vous, dit-il en désignant le lit.

★

Léonor se trouvait dans une phase d'accalmie. Assise sur le matelas, les yeux ouverts, elle se tenait les cuisses comme si elle craignait de les voir se détacher du reste de son corps. Le médecin lui prit une main, puis l'autre.

— Comment allez-vous aujourd'hui ?

Léonor tourna la tête dans sa direction, lentement, comme un mécanisme qu'on n'aurait pas huilé depuis longtemps. Elle avait les yeux vides, éteints. Puis, soudain, son expression changea. Ses lèvres esquissèrent une sorte de sourire. Aymar sursauta. Il sentit les doigts glacés de la boulangère se resserrer autour des siens. Son corps tout entier se refroidit à ce contact.

— Pourquoi sont-ils ici ? demanda-t-elle à Gaston.

Ce dernier voulut la rassurer.

— Ils transforment la maison de Silvain en maladrerie. Je leur ai déjà dit que tu n'irais pas.

Léonor eut une réaction que personne n'attendait.

— Je veux y aller, protesta-t-elle.

Stupéfait, Gaston balbutia :

— Mais enfin… Je veille sur toi. Tu seras mieux ici… dans ta maison.

Elle s'obstina.

— Non, je veux partir. Emmenez-moi.

Son regard hypnotique se planta dans celui d'Aymar.

— Je ne comprends pas, murmura Gaston, blessé.

— J'ai peur, annonça-t-elle d'une voix neutre.

Le médecin, lui, ne savait plus si elle délirait ou si elle était lucide.

— De quoi avez-vous peur ? demanda-t-il pour l'encourager à parler.

— De la mort. Elle nous guette tous.

— M. de Noilat trouvera un moyen de te guérir, affirma Gaston.

Son épouse secoua la tête.

— Il ne peut rien.

— Qu'en sais-tu ? l'interrogea Jehan qui n'avait encore rien dit.

Les pupilles de Léonor se rétrécirent.

— Vous ne comprenez pas : personne ne peut rien. *Elle* nous veut du mal. *Elle* souhaite que nous mourions tous. *L'ombre.*

Les mains du médecin étaient toujours prisonnières des doigts longs et fins de Léonor.

Gaston s'approcha d'elle.

— Tu es malade. Ça te donne d'horribles idées. N'y pense plus, s'il te plaît.

Léonor sourit.

— Je ne suis pas folle ! Rien n'est dû au hasard. Quelqu'un nous veut du mal. La nuit, il vient ici. J'entends ses pas dans la neige.

Aymar blêmit. Ses paroles lui firent froid dans le dos.

— Avez-vous entendu quelque chose ? demanda-t-il au boulanger.

Gaston fit non de la tête.

— Je le verrais si on rôdait près d'ici. Il y aurait des traces.

— La neige recouvre tout, protesta Léonor. Pitié, emmenez-moi loin de cet endroit !

Son cou se tordait à droite, à gauche, sans souplesse, dans un mouvement ponctué de craquements sinistres.

Le médecin se pencha vers Gaston et murmura :

— Nous devrions accéder à sa demande, du moins provisoirement. Il faut la tranquilliser pour éviter qu'elle ne se blesse.

Pour appuyer son propos, il lui révéla les circonstances tragiques de la mort de Guillemette. Abasourdi, Gaston chercha Jehan du regard qui, en baissant les yeux, confirma la nouvelle sans même le vouloir.

— Il faut avertir le père Éloi, souffla le boulanger, sous le choc.

— Je m'en charge, proposa Jehan. Gaston guidera le convoi à ma place. Il connaît le chemin aussi bien que moi.

Ce plan plut au boulanger, qui préférait demeurer près de son épouse. On se sépara bon gré mal gré ; Jehan repartit vers l'église et Aymar continua sa route en compagnie de Gaston.

Dans la charrette, Eudes, pourtant ballotté dans tous les sens, s'était endormi. De minuscules flocons se posaient sur son visage inerte, puis disparaissaient après quelques secondes passées au contact de sa peau. Certains restaient suspendus à la courbure de ses cils avant de fondre à leur tour. Léonor s'était installée à ses côtés, assise, jambes tendues, et regardait la neige tourbillonner comme une enfant qui la voit tomber pour la première fois. Son visage exprimait une joie intense que Gaston et Aymar jugèrent inadaptée au vu des circonstances, et qu'ils mirent sur le compte de la maladie.

★

Loïse se trouvait déjà sur place quand ils entrèrent chez Silvain. Sa chevelure était retenue derrière sa nuque, son front brillait, tandis qu'elle préparait de son mieux l'arrivée des malades. Les habitants d'Ardeloup avaient réuni tant bien que mal de quoi les installer et subvenir à leurs besoins. En dépit des bonnes volontés, on manquait de couchages, de linge propre, d'ustensiles en tout genre. Le mobilier était trop rare pour empêcher la résonance qui, dans la maison, démultipliait les plaintes du charretier avant qu'elles ne s'échappent enfin d'entre les murs et ne se répandent sur la lande.

Loïse avait allumé un grand feu pour y faire bouillir de l'eau ; Aymar en réclamait toujours d'importantes quantités lorsqu'il soignait les malades. Puis, elle s'était mise à trier les dons des villageois. Une tâche rapidement exécutée compte tenu du maigre butin récolté. Une pile pour le linge, une pile pour les récipients – certains serviraient de pots de chambre.

En entrant dans la pièce, Gaston dévisagea la fillette avec sévérité.

— Que fait-elle ici ?

Aymar répondit froidement :

— Loïse m'assiste. C'est le seul soutien dont je dispose, personne ne veut approcher des malades.

Figée, la fillette arborait cette expression indéchiffrable derrière laquelle elle se réfugiait en présence de détracteurs, car, au village comme à la ferme, on la réprimandait souvent, sans raison apparente, et on lui adressait des mots durs sans qu'elle sache pourquoi.

— Mange un peu, lui dit Aymar en souriant.

Le médecin indiqua ensuite à Gaston les couches qu'il réservait à Eudes et à Léonor. Ils les avaient placés dans la pièce principale, loin de Silvain qui se trouvait maintenant dans l'unique chambre attenante.

La jambe du charretier n'en finissait plus de pourrir. Dans les zones les plus avancées, elle se desséchait complètement et ressemblait déjà à du bois mort. Le processus s'opérait dans un nuage putride, difficile à supporter même lorsqu'on y était habitué. Aymar avait essayé d'atténuer l'odeur, en aérant d'abord, puis en portant du thym et de l'eau à ébullition, mais ces tentatives étaient restées vaines. Quoi qu'il fasse, un parfum de mort flottait dans l'air. En désespoir de cause, il avait isolé Silvain.

Le médecin attendit que tous soient installés pour examiner Eudes. Lorsqu'il retira la couverture, l'aspect de ses jambes lui inspira un mouvement de recul. Bientôt, elles ressembleraient à celles de Silvain. Il se hâta de les recouvrir, rajusta l'oreiller du malade, pivota et s'approcha de Loïse.

La fillette était assise à même le sol, un livre sur les genoux, les mèches échappées de son chignon sagement coincées derrière ses oreilles. Elle s'exerçait avec application dès qu'elle en avait l'occasion. En peu de temps, elle avait acquis les rudiments de la lecture et s'exprimait avec plus de facilité qu'avant, du moins devant Aymar.

Le médecin la contempla sans rien dire, attendri par ses traits juvéniles qui se contractaient chaque fois qu'elle butait sur un mot, et par ses doigts fins qui tournaient chaque page avec précaution, comme s'il s'agissait d'un trésor. Ses lèvres s'entrouvraient, se refermaient, esquissaient toutes sortes de mimiques, sans jamais rien laisser échapper du récit.

S'arrachant à ses pensées, le médecin se dirigea vers la table où Loïse avait déposé du fromage et du vin, et but la coupe d'une traite. Depuis plus d'une heure, un étau lui broyait les tempes. Le simple fait de garder les yeux ouverts exigeait de lui un effort considérable. *Tu as besoin de repos*, se dit-il. Finalement, il décréta qu'il n'avait que trop marché aujourd'hui et jugea préférable de passer la nuit chez Silvain. Sa décision prise, il s'installa sur une paillasse, près de la fillette qui lisait toujours, termina le fromage et sombra dans un sommeil léger.

Il s'éveilla en sursaut. La porte venait de claquer et un courant d'air glacé se faufila jusqu'à ses pieds. Dans la chaumière, traversée par une faible lueur matinale, les malades ne criaient plus, trop épuisés sans doute. Jehan tapait ses pieds contre l'embrasure pour ôter la neige qui collait à ses semelles. Son épaisse pèlerine lui élargissait le buste, créant un drôle de contraste avec ses jambes longues et fines. Sans remarquer la présence d'Aymar, il se délesta du vêtement, qu'il jeta sur un banc, avant de s'engouffrer dans la pièce voisine.

Aymar se redressa, contrarié. Malgré le repos qu'il s'était accordé, son crâne le faisait toujours autant souffrir. En prime, il écopait d'une raideur dans la nuque pour avoir dormi à même le sol. Il s'étira doucement, chercha Loïse du regard mais ne la vit pas. Peut-être était-elle rentrée ?

Il sursauta de nouveau lorsqu'un cri furibond retentit. Cette fois, il se leva précipitamment et se rua dans la chambre de Silvain. Le couvreur s'en prenait à Loïse qui, pour s'éloigner de lui, se tenait contre le mur, droite comme un *i*.

— Que lui as-tu fait ? Réponds ! vociférait Jehan, la main à hauteur de son visage.

— Allons, que se passe-t-il ? s'interposa Aymar.

— Elle lui appliquait… quelque chose sur la peau.

Le médecin fronça les sourcils.

— Qu'as-tu mis sur ses plaies ? demanda-t-il.

Loïse décolla le dos du mur, saisit un récipient contenant de la pommade et le lui apporta. Aymar l'attrapa d'un geste, le passa sous ses narines, qui frémirent sous l'attaque d'un effluve balsamique, proche de l'encens.

— Qu'est-ce que c'est ?

Aymar renifla une seconde fois.

— C'est du millepertuis, on dirait. Dans un baume, cela favorise la cicatrisation. Je crois que Loïse essayait seulement de soigner Silvain.

Jehan baissa la main, recula. Il lui arrivait de se montrer excessif ; surtout en ce moment. Le mal des ardents pesait lourd sur ses épaules.

Loïse quitta la pièce dès qu'il relâcha sa vigilance. Aymar, lui, resta à ses côtés.

★

La pièce était plongée dans la pénombre, car Silvain semblait plus tranquille lorsque la fenêtre restait close. Les deux hommes laissèrent les secondes s'égrener sans rien dire. On entendait la respiration du malade, irrégulière, entrecoupée de râles gutturaux. Perdu dans ses pensées, Jehan observait Silvain qui dormait.

— Vous l'aimez, n'est-ce pas ?

Aymar avait prononcé ces mots sans vraiment s'en rendre compte. Depuis toujours, il réfléchissait à haute voix, cela lui avait d'ailleurs valu quelques revers de fortune par le passé.

Jehan en resta bouche bée. Il baissa les yeux. Son silence le trahissait, mais il ne semblait pas trouver la force de nier, de se récrier ou d'injurier le médecin, un étranger qui prétendait le connaître. Tout était vrai. Depuis des années, il aimait son voisin en secret. Ni sa femme, ni son fils, ni les habitants d'Ardeloup ne l'avaient remarqué.

Une fois la surprise passée, la peur lui plissa le front.

— Je suis navré, je n'aurais pas dû en parler, s'excusa Aymar.

Le couvreur resta silencieux encore quelques instants avant de sortir de son mutisme.

— Puis-je me fier à vous ?

— Vous pouvez. Je vous en donne ma parole.

Jehan se relâcha et toute son attention se tourna de nouveau vers Silvain.

— A-t-il une chance ?

Aymar prit une grande inspiration. Il n'avait jamais été très à l'aise avec les questions des proches. Certains attendaient de l'honnêteté, d'autres préféraient qu'on ne brise pas leurs illusions. Il ne disposait que d'un instant pour jauger la situation, et il décida que Jehan appartenait à la première catégorie.

— Il en a une, mais elle est mince.

Le couvreur déglutit avec difficulté. Il devait le savoir, au fond, pourtant une part de lui continuait de croire à une guérison spontanée. *Un comble*, songea Aymar, *pour quelqu'un qui prétendait ne pas avoir la foi.* Il en fallait beaucoup pour imaginer que Silvain puisse aller mieux. Ce dernier n'avait plus que de brefs instants de lucidité. Le reste du temps, il criait, délirait ou était inconscient. Par moments, sa respiration était si faible qu'on craignait qu'il ne soit déjà parti.

— Comment doit-on procéder pour mettre cette chance de notre côté ?

Bien que dévasté, Jehan avait l'air prêt à tout, par amour pour Silvain.

L'espace d'une seconde, le médecin se demanda si on en ferait autant pour lui. Qu'adviendrait-il le jour où Aymar de Noilat tomberait malade ? Toute sa vie, il était venu en aide à ceux qui en avaient besoin, sans jamais tisser de lien assez fort pour que quiconque ait l'idée de lui rendre la pareille. Personne ne s'inquiétait à son sujet ou ne prenait de ses nouvelles. C'était sa faute ; il n'avait fait aucun effort. Or il avait appris, en observant les gens, que les sentiments réclamaient autant d'entretien qu'un jardin. Si on ne leur prêtait plus attention, ils s'étiolaient peu à peu, avant de disparaître.

Mais l'heure n'était pas aux regrets. Aymar se força à ne plus y penser.

— Il faut stopper la gangrène. Le seul moyen est d'amputer la jambe.

Sur les joues de Jehan, les larmes coulaient librement. Il ne les retenait plus. Maintenant que le médecin savait, il ne servait plus à rien de se cacher. Il hocha la tête pour montrer qu'il avait saisi.

Le silence s'installa à nouveau entre les deux hommes. Dans la chambre, l'air se fit plus pesant.

— C'est injuste, dit enfin Jehan, Silvain est le meilleur d'entre nous. Il se soucie toujours des autres avant de penser à lui. Pourquoi Dieu ne le voit-Il pas ?

— La maladie frappe au hasard. Je ne crois pas que Dieu ait à voir là-dedans.

Le couvreur hésita, puis il posa la question qui le taraudait depuis la veille.

— Ce mal… le mal des ardents, comme vous dites, peut-on le provoquer ?

— Comment ça ? demanda Aymar, étonné.

— Imaginez qu'un être malfaisant veuille s'en prendre à nous. Pas un démon, mais une personne comme vous et moi. Pourrait-elle… déclencher cette abomination ?

Aymar frissonna.

— Vous faites référence aux propos de Léonor.

— Je ne peux pas m'empêcher d'y penser, avoua Jehan.

— Pour cela, il faudrait connaître la cause de l'épidémie. À ce jour, la médecine ne sait pas l'expliquer.

— D'accord, mais dans le cas contraire…

Le médecin réfléchit avant de répondre.

— Dans le cas contraire, on peut tout imaginer.

Les nuits qui suivirent, Aymar eut du mal à trouver le sommeil. Entre ses maux de tête incessants, les paroles de Léonor puis celles de Jehan, il ne parvenait plus à fermer l'œil. Pour la première fois depuis son arrivée, il songea à partir ; laisser Ardeloup derrière lui.

9.

Ce que l'on s'efforce de cacher, ce que les prêtres condamnent pour le salut de l'âme : nos faiblesses.

Tout le monde pleura lors des funérailles de Guillemette. Non que la défunte fût particulièrement appréciée de son vivant, mais sa mort rappelait à chacun qu'il était vulnérable. Pire encore, qu'il pouvait être le prochain.

Une ambiance sinistre s'installa. Malgré les prières des habitants, le fléau ne faiblissait pas. Les malades se tordaient de douleur, les autres se regardaient de travers. Là, n'était-ce pas un signe de démence ? Une parole dénuée de sens lançait les rumeurs. Des voisins, jusque-là en bons termes, se querellaient. Les altercations se multipliaient. Une broutille suffisait à les déclencher. La violence enflait en même temps que la peur. Ceux qui ne se battaient pas se barricadaient chez eux, espérant que leurs amas de planches décourageraient le mal.

Aymar partageait ses journées entre la maison maudite et celle de Silvain, arpentant la lande malgré la neige. Il passait en général tout l'après-midi à la maladrerie, sans jamais plus s'y attarder à la nuit tombée. Les hurlements le glaçaient jusqu'à l'os. Il n'avait jamais rien entendu d'aussi lugubre et ne s'y habituait pas.

Quand il était chez lui, car c'est ainsi qu'il nommait dorénavant la maison maudite, il recevait les villageois qui craignaient d'être infectés. Au début, les habitants n'osaient pas venir jusqu'à lui. Puis, en l'espace de quelques jours, la maladie devint plus effrayante, plus concrète que le souvenir usé de la sorcière. Chaque jour, ils affluaient plus nombreux, plus inquiets. Aymar traitait les malades présumés par ordre d'arrivée. Souvent, il les renvoyait chez eux, car rien dans leur état ne permettait de conclure à leur contamination. Les villageois, qui évitaient tout contact avec les ardents, ne savaient pas vraiment à quoi ressemblaient les symptômes. Une main un peu sèche, une toux trop grasse, un écoulement nasal qui ne finissait pas… Ils voyaient le mal partout.

Pendant deux jours, aucun nouveau cas ne se déclara. Déjà, le père Éloi rendait grâce à Dieu.

Deux jours. Les villageois se crurent tirés d'affaire. Or il ne s'agissait que d'un répit. C'était comme si quelqu'un s'amusait avec leurs nerfs, leur donnant de l'espoir pour mieux le leur reprendre.

Ils étaient dans cet état d'esprit, proche du soulagement, quand Aymar détecta les premiers signes de la maladie chez Scévolé. Antoinette était venue le consulter au sujet d'Anne, trop pâle à son goût, accompagnée de son plus jeune fils, qui avait pour mission de soutenir sa sœur. Mais ce dernier, qui peinait à remplir ce rôle, s'écroula à peine arrivé et vomit le contenu de son repas. Le médecin détecta une perte de sensibilité dans les doigts de la main et du pied. Il n'eut pas à dire quoi que ce soit. Sa mine sombre parla pour lui.

Antoinette blêmit. Il y eut quelques secondes de flottement pendant lesquelles son esprit digéra l'information, puis elle se décomposa. Des sanglots d'une rare violence la secouèrent, lui ôtant la parole pendant de longues minutes. Ses paupières gonflèrent. Ses yeux se rétrécirent.

Affolé, Scévolé attendait qu'elle se reprenne et lui dise quoi faire.

— Vais-je aller avec les autres malades ? demanda-t-il d'une voix tremblante.

Antoinette pleura de plus belle.

— Je ne pense pas que ce soit nécessaire pour le moment, tempéra Aymar.

Il aida Antoinette à s'asseoir, lui servit un verre de vin et interpella Loïse qui, jusque-là, alimentait la cheminée.

— Va à la ferme, s'il te plaît. Il faut prévenir Guy.

La fillette opina. Elle reposa les bûches serrées contre sa poitrine, se dirigea vers sa cape qui séchait, étendue dans l'entrée. Antoinette lui décocha un regard noir. Sans doute ne pouvait-elle pas faire autrement que la détester : Loïse était en bonne santé alors que son fils était condamné à une mort longue et douloureuse.

Pour la première fois, le mal des ardents s'en prenait à un enfant. Un coup de massue pour les villageois, dans le cœur desquels grondait un sentiment d'injustice. Mais, accablés, le moral en berne, ils ne trouvaient plus la force de se révolter. Spectateurs de leur propre malheur, ils contemplaient, apeurés, la vague qui s'apprêtait à les submerger comme s'il n'existait aucun moyen de lui échapper. Leur foi s'effritait.

Après Scévolé, Aymar diagnostiqua encore cinq autres cas ; deux adultes, trois enfants. Quand les brûlures et les premières marques apparurent, on les transféra à la maladrerie. La maison du charretier se remplissait.

Parmi les malheureux, tous ne vivaient pas le mal de la même façon. Certains déliraient – c'était les plus difficiles à contrôler –, d'autres avaient une jambe ou un bras rongé par la gangrène. Dans les deux cas, ils ne mangeaient plus et perdaient leurs forces.

Silvain, le premier atteint, n'était que l'ombre de lui-même. Son corps inerte ne répondait plus. La lumière, les odeurs, le bruit… Quel que soit le stimulus, son regard vide restait sans réaction. Plus personne ne croyait en son rétablissement, si bien qu'Aymar avait demandé au père Éloi de lui administrer les derniers sacrements.

Le curé s'exécuta mais, tétanisé par la peur, il ne se tint pas longtemps aux côtés du mourant. Sa mission accomplie, il regagna le presbytère en toute hâte.

Jehan et Aymar restèrent au chevet de Silvain. C'était presque devenu une habitude pour eux de discuter à la lueur d'une chandelle, au-dessus de son lit.

— Peut-il m'entendre ? demanda le couvreur.

Le médecin n'avait pas la réponse. Lui-même se posait la question.

— Je pense que vous devriez lui dire ce que vous ressentez.

Le front barré de rides peu marquées, Jehan se frotta les yeux. Aymar allait s'éclipser pour les laisser seuls, quand le couvreur l'attrapa par le bras.

— Vous aviez parlé d'une solution pour arrêter la gangrène ?

Le médecin déglutit. Il ne s'attendait pas à une telle demande.

— C'est vrai.

— Dans ce cas, faites-le.

— Je n'ai rien pour atténuer la douleur, objecta-t-il.

Jehan baissa les yeux.

— Je veux qu'il vive. Vous devez me trouver égoïste…

Aymar secoua la tête.

— Je ne vous juge pas.

C'était la vérité. Qu'aurait-il décidé à sa place ? Il n'en savait rien.

— Le ferez-vous ?

Un grand silence s'abattit avant qu'il ne réponde.

— Si vous me le demandez.

— Je vous le demande.

Aymar se rendit chez Guy pour préparer l'intervention et s'arrangea pour s'entretenir avec lui seul à seul. Il avait besoin de matériel, mais il n'osait pas évoquer le sujet devant Antoinette, que la contamination de Scévolé avait anéantie. Inconsolable, elle pleurait du soir au matin auprès de son enfant malade. Elle devait aussi s'assurer que les deux autres ne subissent pas le même sort. Pour préserver la santé d'Anne et de Ghislain, il fallait éloigner Scévolé, l'envoyer à la maladrerie. Cette idée tourmentait sa conscience sans discontinuer.

Guy, lui, ne versait pas de larmes, mais le médecin perçut sa détresse. Le laboureur ne savait plus comment protéger sa famille de la tragédie qui s'annonçait. Sans doute, intérieurement, se torturait-il autant qu'Antoinette.

Sans poser de questions, il accéda à la requête d'Aymar, qui le suivit jusque dans la cour. La neige avait condamné les remises, et ils durent d'abord déblayer les entrées pour pénétrer dans la dépendance qui abritait une partie du matériel de ferme.

Après plusieurs minutes de travail, la porte s'ouvrit enfin. Aymar se redressa et s'essuya le front. À l'intérieur, les outils en bois, posés contre le mur, portaient des traces de réparations successives. Le métal était rare. Le médecin se livra à une exploration méthodique avant de trouver ce qu'il cherchait. Une scie à bras, celle du bûcheron, qui servait à couper le bois. Un couteau courbé.

En les voyant entre les mains du médecin, Guy frissonna. Il se garda bien de demander des explications, et préféra balayer les visions cauchemardesques que son cerveau lui envoyait.

Aymar prit congé sans repasser par la maison. Le temps jouait contre lui. L'intervention devait avoir lieu avant que la gangrène ne remonte. Si elle se cantonnait à la jambe, Silvain s'en remettrait peut-être. Dans le cas contraire, il était déjà trop tard.

La neige avait repris. Le médecin resserra son col, fouilla sa mémoire ; il n'avait pas souvenir d'un hiver aussi rigoureux que celui-ci. Pas étonnant que les habitants d'Ardeloup croient à une malédiction. Lui-même devait déployer toute la logique de son esprit pour ne pas arriver à cette conclusion.

Ralenti par le vent, il arriva chez lui à bout de souffle, pénétra dans la pièce de vie. Dans la cheminée, il ne restait qu'un tas de cendres blanchâtres. Sans s'en préoccuper, le médecin se dirigea vers l'étagère où il rangeait les quelques ouvrages et carnets qui l'accompagnaient dans ses voyages, s'empara d'un volume dont le cuir tanné ne portait aucune inscription. Il le glissa sous son manteau, puis quitta la maison dans laquelle il n'était pas resté plus d'une minute.

Aymar prit le sentier qui menait à la maladrerie. Par moments, les rafales le déséquilibraient et il devait lutter pour tenir debout. Le sifflement du vent s'engouffrait dans ses oreilles, résonnait à l'intérieur de son crâne. Il n'entendait plus le son de ses pieds qui s'enfonçaient dans la neige. Pendant de longues minutes, il progressa à l'aveugle. Lorsque les murs du bâtiment se dessinèrent devant lui, il soupira d'aise. La masse grouillante qui s'échappait de la toiture contrastait avec la blancheur du ciel. Ce foyer-là, à l'inverse du sien, tournait à plein régime.

★

À l'intérieur, Jehan l'attendait, tendu des pieds à la tête.

— Comment est-il ? demanda le médecin.

— Je lui ai fait boire ce que vous m'aviez donné. Il a l'air plus apaisé.

— Bien… Partez, maintenant.

— M'en aller ? Il n'en est pas question.

— Personne ne devrait assister à ça, encore moins…

— De toute façon, vous n'y arriverez pas seul. Il faut quelqu'un pour le tenir.

Il se tut.

Conscient d'avoir sous-estimé la difficulté de l'opération, Aymar ne savait plus sur quel pied danser.

— Je reste, martela Jehan d'une voix ferme, espérant clore le sujet.

Il y parvint. Le médecin abdiqua devant la détermination du couvreur. Il hocha la tête, gêné. Certaines situations l'avaient déjà mis mal à l'aise par le passé, mais ce n'était pas comparable avec ce qu'il vivait aujourd'hui. Il en oublia que Loïse se tenait dans la pièce, jusqu'à ce qu'elle émette un petit raclement de gorge, suffisamment discret pour ne pas l'effrayer, mais assez fort pour signaler sa présence.

— Avez-vous besoin de mon aide ? proposa-t-elle.

Aymar secoua la tête. L'idée de lui infliger un tel spectacle le répugnait.

— Non. Je préfère que tu rentres et que tu ravives le feu.

Un instant, il crut voir de la déception passer sur le visage de la fillette. Puis elle s'éloigna rapidement et il supposa que c'était le fruit de son imagination.

Après son départ, Aymar nettoya scrupuleusement ses outils, puis il les plaça dans la chambre de Silvain de façon que tout se trouve à portée de main, sur la table provenant de la pièce principale. Le médecin y disposa un linge propre, une bassine, une paire de ciseaux, une aiguille et quelques fils, rêches au toucher.

Dans le lit, le charretier somnolait. Il n'avait pas conscience de ce qui se préparait, et c'était mieux ainsi. Jehan, lui, faisait les cent pas et jetait des regards terrifiés en direction de la scie qui miroitait à la lueur vacillante des chandelles.

Aymar ouvrit le volet pour laisser entrer un maximum de lumière. Malgré cela, la chambre manquait de clarté. Il alluma encore deux chandelles et remplaça celles qui arrivaient en fin de vie.

— Dois-je mettre le tisonnier à chauffer ? s'enquit Jehan.

Même s'il feignait le détachement, sa voix tremblait, accentuant involontairement certains mots. Aymar admira son courage.

— Ce ne sera pas nécessaire, dit-il d'un ton qu'il voulait rassurant.

Jehan le regarda, déconcerté.

— Vous n'allez pas cautériser la plaie ?

Le médecin fit non de la tête.

— La cautérisation comporte un risque élevé d'infection. J'aimerais essayer autre chose.

— Comment comptez-vous arrêter l'hémorragie ? Il pourrait se vider de son sang.

Du doigt, Aymar désigna les brins qu'il avait disposés sur la table de chevet.

— C'est du crin de cheval, annonça-t-il. Je vais ligaturer l'artère pour endiguer l'écoulement.

L'assurance avec laquelle il exposa son plan tranquillisa le couvreur, qui se contenta de hocher la tête. C'est bon, je vous fais confiance, semblait-il dire. Ce qu'Aymar avait omis de préciser, c'est qu'il n'avait jamais pratiqué une telle opération. À quoi bon alarmer Jehan ? De toute façon, il était le seul à Ardeloup à pouvoir la réaliser convenablement, et il entendait procéder à sa manière.

Aymar suivait avec attention les travaux d'Ambroise Paré, dont il admirait la minutie et les recherches pour améliorer le sort des amputés. Appelé au chevet des puissants, Paré avait sauvé de nombreux blessés de guerre en s'affranchissant de la cautérisation au fer rouge. Si la technique était encore usitée, aux yeux d'Aymar, elle datait déjà d'un autre âge. Pour lui, la médecine devait constamment se réinventer. Les praticiens qui partageaient cette ambition faisaient d'incroyables découvertes. Il voulait être de ceux-là.

Aymar attrapa la planche qu'il avait posée contre un mur en arrivant, la disposa en travers du lit. Il tourna ensuite le malade, l'allongea sur le morceau de bois. Jehan, dont le sang-froid était à peine croyable, l'aida à y attacher le corps pour limiter ses mouvements durant l'intervention. La jambe, surtout, fut solidement arrimée au support.

— Il est maintenu, vous pouvez partir à présent, proposa le médecin.

Le couvreur lui adressa un refus catégorique ; il voulait rester près de Silvain.

Aymar n'insista plus. Ses muscles se tendirent lorsqu'il s'empara du couteau. Il prit une inspiration, puis une autre, plus profonde, et commença à couper. Quand la lame s'engouffra dans ses chairs, le charretier ouvrit les yeux en grand. Il poussa un hurlement bestial. Le cri acheva de déchirer le cœur de Jehan.

Celui d'Aymar battait à se rompre. Les premières gouttes de sueur perlèrent sur son front, il les essuya du revers de la main.

L'os apparut. Il s'empara de la scie, son poignet commença son va-et-vient.

Plus que l'odeur, le bruit était insupportable. Un crissement long et sonore envahit la pièce.

★

Aymar serra les mâchoires. L'effort était interminable. Il avait sous-estimé le temps que cela prendrait. Il aurait tout donné, à cet instant précis, pour que le silence revienne et que les cris cessent. La douleur qui irradiait dans son bras lui arracha une grimace, mais elle n'était rien comparée au calvaire qu'il infligeait.

À bout de souffle, le médecin utilisa toute l'énergie dont il disposait pour terminer.

Enfin, les dents de la scie, emportées par l'élan, quittèrent les chairs pour se ficher dans le bois.

Avec une précision chirurgicale, Aymar sépara la jambe du reste du corps.

Le charretier perdit connaissance.

Jehan, lui, avait le regard fixe, les yeux écarquillés. Aucun mot n'était assez puissant pour décrire l'horreur qu'ils exprimaient.

Le médecin attrapa l'aiguille. Le geste qu'il s'apprêtait à réaliser, il l'avait répété maintes fois dans sa tête, mais passer à l'acte, c'était autre chose. Sa main ne trembla pas, cependant, et malgré le flot de sang, il localisa l'artère fémorale. À l'aide d'un premier fil de crin, il l'enserra. L'écoulement s'interrompit presque aussitôt. Le médecin ajouta un second fil, par précaution, qu'il noua scrupuleusement.

Lorsqu'il reposa l'aiguille, des sentiments aussi puissants que contradictoires le traversèrent. Il y avait de la culpabilité, c'est vrai, mais également de la fierté, une grande fierté, même, celle d'avoir réalisé quelque chose de difficile. Une prouesse. Il avait franchi un cap, une sorte de passage initiatique qui le rapprochait de Paré.

Aymar reporta son attention sur Silvain, dont le corps, encore attaché, était retombé mollement en arrière. Il lui prit le poignet, sentit le pouls contre son pouce et ne put réprimer un soupir de soulagement.

Autour du lit, une marée sanglante s'étalait, épaisse et noire. Jehan la regardait courir sur ses chaussures, sans bouger, sans rien dire, comme si son esprit, face à tant d'abomination, ne parvenait pas à trouver la réaction adéquate.

Des effluves nauséabonds émanaient du membre sectionné, qui gisait au sol, inutile.

— Il faut nettoyer, dit Aymar.

Mais Jehan était en état de choc. Le médecin s'avança vers lui.

— Vous avez déjà fait beaucoup pour lui. Je m'occupe du reste.

Le couvreur se laissa guider à l'extérieur de la maison. Il jeta un dernier regard vide derrière lui, avant de quitter les lieux.

Trois heures passèrent avant qu'Aymar ne parvienne à effacer toutes les traces de son intervention. Son dos brûlait sous le coup de la posture prolongée, et il se sentait aussi rouillé qu'un outil abandonné. Au moins, la chambre de Silvain avait perdu ses airs de boucherie.

Le charretier dormait, étendu sur son drap jauni.

Le médecin se promit de revenir le lendemain pour suivre l'évolution de la plaie, puis se détourna. S'il était maintenant si pressé de partir, c'est qu'il avait une idée en tête : consigner tout cela par écrit. Avec un peu de chance, il mettrait de l'ordre dans ses pensées qui, à cet instant précis, se bousculaient en un flux chaotique.

Aymar plongea dans une nuit terne, sans étoiles, sombre comme l'intérieur de la maladrerie. Il avait mené l'opération sans faillir, mais cela ne lui apportait pas une pleine satisfaction. Pourquoi, il n'en savait rien.

Sitôt rentré chez lui, il s'installa devant sa plume et son encrier, trempa le biseau et traça la première ligne. Autour de lui, la chandelle répandait une lumière ocrée, rassurante, et projetait des ombres portées qui dansaient avec fébrilité sur la table. Elles lui rappelaient les longues soirées qu'il avait passées à étudier, cloîtré entre des bibliothèques dont il se délectait du parfum de bois ciré. Au milieu des ouvrages, détenteurs du savoir de l'humanité, il s'était toujours senti happé par une sorte de quiétude. Aujourd'hui encore, elle se répandait doucement dans ses veines, le faisant frissonner d'un plaisir inexplicable.

Il sursauta quand Loïse entra, le visage fermé. Le médecin avait abandonné l'idée de la percer à jour. Sans doute ne saurait-il jamais ce qui lui passait par la tête.

— Qu'y a-t-il ? demanda Aymar, sentant son regard rivé sur lui.

Loïse n'hésita pas plus de quelques secondes.

— Silvain. Vous lui avez coupé la jambe, n'est-ce pas ?

La question mit le médecin mal à l'aise. Dans la bouche d'une enfant, la réalité jaillissait, crue, abrupte, dans toute son absurdité. Il n'y avait pas l'enrobage dont se servent les adultes pour atténuer la cruauté des faits.

Il choisit de rester évasif.

— J'ai empêché la gangrène de se propager.

— Pourrais-je le voir demain ?

— Qui donc ?

— Silvain.

L'insistance de la fillette irrita Aymar.

— Je m'en occuperai moi-même. Je préfère que tu passes du temps avec Eudes et Léonor. Ils doivent se nourrir.

Il avait parlé plus sèchement que d'habitude. L'effet sur Loïse fut immédiat, elle se replia sur elle-même comme si elle cherchait à lui échapper. Les épaules vers l'avant, la tête basse, elle paraissait plus petite qu'elle n'était en réalité. Très vite, Aymar regretta de s'être emporté. Il lui faudrait plusieurs jours pour l'apprivoiser à nouveau.

Loïse avait tourné les talons quand il remarqua qu'une poupée gisait sur le sol. Elle avait dû la faire tomber. Il se leva, s'en empara machinalement – en bon obsessionnel, il détestait que les choses ne soient pas à leur place. Un détail retint son attention : ce n'était pas l'usure du tissu ou le caractère schématique de son visage. Non. Il lui manquait une jambe.

10.

Il arrive que de la souffrance naisse une force dont on ne soupçonnait pas l'existence. Je ne m'attendais pas à la trouver ici, à Ardeloup. À plusieurs reprises j'ai vu cette force se nourrir de la détresse de Loïse, de Jehan ou d'Antoinette, puis se transformer en quelque chose de plus grand. Quelque chose qui s'apparente à du courage.

Devant l'astre de la nuit, des moutons charbonneux s'attroupaient, bloquant les rayons de lumière argentée qui éclairaient le ciel par intermittence, et que les toitures et le sol, gorgés de neige, réfléchissaient d'une réverbération surnaturelle. Un vent glacé s'était levé. Avec vigueur, il fouettait le visage du noctambule dont les yeux s'habituaient progressivement à l'obscurité. Une plainte lointaine vibrait dans l'air, propulsée par la brise. C'était les cris en provenance de la maladrerie. On les entendait d'un bout à l'autre du village, un peu plus fort chaque nuit, depuis que les malheureux y étaient entassés en nombre. Une mélodie lancinante qui, au coucher du soleil, insufflait de la tristesse dans les maisons et agitait le sommeil des villageois.

Accroupi derrière un muret aussi froid qu'un bloc de glace, Gaston grelottait. Les bras croisés sur son torse, il se tenait les épaules pour se réchauffer. Ses orteils s'engourdissaient. Ses pieds, eux, semblaient s'être transformés en verre. On aurait cru qu'ils se briseraient au moindre geste s'il n'y prêtait pas attention. Le boulanger songea qu'il pouvait s'endormir et ne jamais se réveiller. Il s'efforça de chasser cette idée, mais elle revenait sans arrêt, d'autant que ses paupières se fermaient de fatigue. Malgré tout, il ne bougea pas.

Une résolution le retenait là dehors ; c'était elle qui lui permettait de tenir face aux rudesses de l'hiver, qui lui donnait la force d'affronter les ténèbres, qui l'aidait à ne pas faire marche arrière lorsqu'un bruit inconnu le terrifiait, ou que sa détermination commençait à flancher. Car, de nature, Gaston n'était pas un homme courageux. Il détestait se trouver en première ligne et préférait laisser aux autres le soin de diriger les troupes. Ce n'était pas un meneur. Il suivait, se rangeait à l'avis de la communauté.

Pourtant, rien ni personne ne l'obligeait à se terrer derrière son potager à une heure pareille. Cette décision, c'était la sienne. Qu'auraient dit les représentants d'Ardeloup s'il leur en avait parlé ? Ils se seraient moqués de lui. D'ailleurs, ils ne le prenaient jamais vraiment au sérieux.

Gaston n'était pas non plus de ceux qu'on écoute. Il ne possédait ni le charisme de Guy ni la fermeté de Jehan. Ce n'était pas lui qu'on regardait au moment de délibérer sur les bancs de l'église paroissiale. On lui demandait son avis plus par courtoisie que par nécessité. Les gens l'aimaient pour sa simplicité, son dévouement et pour son pain qui, même en temps de disette, remplissait son office.

Au loin, les hurlements des malades redoublèrent. Gaston se mordit la lèvre inférieure et tendit l'oreille comme s'il cherchait à isoler les cris de Léonor. C'était à elle qu'il pensait. Elle lui manquait. Il aurait voulu pousser la porte de leur maison pour la retrouver, mais elle ne l'y attendait point. Quand il se rendait à la maladrerie pour la voir, elle affichait une expression étrange qu'il ne reconnaissait pas. Les rondeurs de son visage avaient disparu au profit de traits durs, décharnés. Elle ne voulait plus rien manger, elle qui péchait si souvent par gourmandise…

Vingt ans auparavant, Gaston lui apportait son pain de bon matin. C'est ainsi qu'il l'avait séduite. Il se remémora le jour où elle avait accepté de l'épouser. Le soleil venait tout juste de se lever. Elle avait croqué dans la miche qu'il lui tendait. Une fine pellicule de farine s'était déposée sur ses lèvres. Gaston sourit à ce souvenir, puis son humeur eut tôt fait de s'assombrir quand il se rappela qu'il ne restait presque rien de la Léonor qu'il aimait. Celle qui demeurait chez Silvain ne réagissait plus lorsqu'il s'asseyait près d'elle. Quand elle ne souffrait pas, ses gestes étaient las, comme si ce monde ne l'intéressait plus. L'étincelle de vie qui illuminait autrefois son regard avait disparu ; son âme tout entière semblait s'être égarée.

Gaston soupira tristement, un nuage de condensation se forma autour de sa bouche. Pourquoi le punissait-on d'une façon aussi cruelle ? Qu'avait-il fait pour mériter ce coup du sort ?

Pour leurs amis, Léonor était folle, possédée, comme Guillemette. Personne ne venait s'enquérir de son état ; à leurs yeux, elle était déjà morte.

Mais le boulanger ne croyait pas à la démence de sa femme. Elle était si perspicace… Non. Elle n'avait pas perdu la raison. Ses propos avaient l'air saugrenus parce que personne ne cherchait à les comprendre. Lui les prenait en considération. C'est précisément ce qui l'empêchait de regagner son lit. À moins qu'il ne soit en train de devenir fou lui aussi ?

Des flocons consistants se mirent à tomber. *Comme si on n'avait pas assez de neige*, grommela intérieurement Gaston. Il se pencha pour reprendre ses appuis, quand un bruit étouffé se fit entendre. Dans sa poitrine, son cœur s'emballa.

Il écouta plus attentivement.

Rien.

Son cerveau lui jouait des tours. Il eut le temps de s'en convaincre, puis le son se produisit à nouveau.

Cette fois, il ne pouvait plus l'ignorer. Gaston se plaqua contre le muret pour en épouser la forme, ce qui, compte tenu de sa corpulence, était peine perdue. Sa femme ne s'était pas trompée ; il y avait bien quelqu'un qui rôdait près du moulin. La peur le priva de ses dernières couleurs, tandis qu'un long frisson lui parcourait l'échine.

Deux soirs qu'il attendait là, espérant détecter une présence qui prouverait la clairvoyance de Léonor… Maintenant que c'était chose faite, il ne savait pas quoi faire. Son ventre se tordait dans tous les sens. Il se sentit bête, désemparé. Que pouvait-il, lui qui pendant si longtemps avait eu peur du noir ?

Craignant d'attirer l'attention, Gaston osait à peine respirer. Le vent s'engouffrait derrière lui, sifflait à ses oreilles, lui mordait la peau. Pourtant il se redressa pour mieux voir. Au prix d'un incroyable effort, son regard arriva en haut du muret. De là, il avait une vue imprenable sur le moulin, dont la masse grise se fondait dans la nuit. La brume rampait au niveau du soubassement et s'étirait tout autour en un voile insaisissable. Rien n'indiquait que le rôdeur ait pénétré à l'intérieur du bâtiment. D'ailleurs, que serait-il venu y faire ?

Gaston attendit. De nouveau, il lui sembla détecter une présence à proximité. Un claquement sec lui parvint, puis le crissement d'un pas qui s'enfonce dans une couche de neige fraîche. Sa poitrine battait la chamade. En quelques secondes, son front se couvrit de sueur. Il ne sentait plus le froid. En prenant conscience qu'il n'avait rien pour se défendre, il serra les poings. *À quoi te servirait-il de posséder une arme ? De ta vie, tu n'en as jamais manié*, pensa-t-il. Un sentiment d'impuissance lui alourdit les épaules. Son instinct lui dictait de prendre ses jambes à son cou. Peut-être regagnerait-il sa maison avant que l'inconnu ne s'aperçoive de sa présence et décide de se lancer après lui ? Il se barricaderait ensuite jusqu'au matin. C'était de loin sa meilleure chance.

Il n'en fit rien. Le besoin de savoir l'emporta sur la prudence. Qui donc se promenait près de chez lui à la nuit tombée ? Dans quel but ? Une étincelle de colère s'alluma dans son esprit, suivie par le sentiment, irrationnel mais puissant, que ce rôdeur était l'unique responsable de son malheur. Léonor avait commencé à en parler peu de temps avant de tomber malade. Gaston ravala ses larmes. Dire que personne ne l'avait crue. Lui non plus, au début, ne l'avait pas prise au sérieux. Pourtant, elle disait vrai. Non, il ne pouvait pas s'enfuir. Pas maintenant. Il lui devait bien ça.

Gaston releva la tête, mais ne détecta aucun signe de vie. Les malades avaient interrompu leur lointaine litanie, ce qui, pour autant, ne rendait pas l'atmosphère plus rassurante. Le boulanger patienta encore un temps, rassembla son courage, puis sortit de sa cachette.

En marchant, il laissait de profondes empreintes au sol. Il contourna le muret délimitant le potager, avança en direction du moulin, atteignit la remise, cala son dos contre la paroi et reprit son souffle. Son cœur tambourinait, sa chemise était trempée d'une sueur froide. Ignorant sa peur, il continua sa progression jusqu'à la porte, un simple battant en bois vermoulu. Gaston l'examina sans rien remarquer d'inhabituel. Le verrou n'avait pas bougé. La clé se trouvait toujours là où il l'avait cachée, dans le conduit d'évacuation des eaux. Il poursuivit son inspection, plus léger. Sans doute avait-il trop écouté les légendes que contaient ses aïeux. La Sologne leur avait inspiré toutes sortes d'histoires, peuplées de bêtes inquiétantes qui parcouraient la lande, tapies dans les nappes de brouillard. À l'époque, le loup-garou était la créature qui le fascinait et le terrorisait le plus.

Le boulanger chassa les récits de son enfance et reprit son état des lieux. Au nord, la masure ne comptait qu'une ouverture, fermée par un volet épais percé de trous d'aération. Au pied du mur, les mauvaises herbes proliféraient, cachant le soubassement sur toute sa hauteur. Gaston inspecta la fenêtre, puis dirigea son regard sur les broussailles. Au sol, un détail retint son attention. Il fronça les sourcils, s'accroupit pour mieux voir. Frigorifiées, ses articulations émirent un bref craquement à la flexion.

La neige conservait plusieurs jeux d'empreintes qui, bientôt, disparaîtraient sous les assauts répétés des flocons. La gorge du boulanger se noua. Quel genre d'animal laissait ce type de traces ? Les pas qui se dessinaient dans le manteau blanc ne ressemblaient à rien de connu. Striés de lignes verticales, ils avaient la forme d'un pied humain, mais deux fois plus large. Gaston déglutit. On distinguait encore clairement les contours. La bête n'était pas loin.

Il regarda autour de lui ; d'autres jeux d'empreintes couraient le long du moulin. Gaston renonça à les suivre. Il devait fuir. Sa vie en dépendait. Un pressentiment de danger immédiat le saisit, mais il était déjà trop tard. Derrière lui, une masse sombre se dressa. Il n'osa pas se retourner. Un coup violent s'abattit sur son crâne. Il tomba sur le côté, inconscient.

11.

Les habitants d'Ardeloup sont des gens ordinaires,
ni bons ni mauvais.
Ont-ils mérité le fléau ravageur
qui s'abat sur eux ?
En apprenant à les connaître,
il m'arrive d'en douter.

Les ardents ne vivaient pas tous le mal de la même façon. Il y avait les gangréneux, comme Silvain, et ceux qui perdaient la tête ; les fous, disaient les villageois.

Ces différences troublaient Aymar de Noilat, qui ne parvenait pas à se représenter clairement l'évolution de la maladie. Pourquoi les symptômes variaient-ils à ce point ? La question l'obsédait. Il passait des nuits blanches à contempler les pages de son carnet, espérant que la solution finisse par lui sauter aux yeux. Il aimait les énigmes, à condition de pouvoir rapidement les résoudre. Or cette satanée maladie, au lieu de livrer ses secrets, se jouait de lui.

Ignis Infernalis.

L'enfer. C'était le mot. Agacé, Aymar referma son journal d'un geste sec.

Loïse leva les yeux de sa lecture. Elle maîtrisait l'exercice de mieux en mieux, gagnait en fluidité. Bientôt, Aymar n'aurait plus rien à lui faire lire. Il n'avait emporté que quelques ouvrages, rien comparé à la riche bibliothèque qu'il possédait jadis. Il restait bien les imprimés de médecine ou de botanique, mais cela n'intéressait pas les enfants de son âge.

Comme si elle avait deviné le cours de ses pensées, Loïse glissa un regard balayé de mèches brunes vers le carnet qu'il tenait toujours.

— Pourrais-je le lire ? demanda-t-elle.

Aymar plissa le nez.

— Ce ne sont que des notes couchées sur le papier de façon désordonnée.

— Pourquoi les écrivez-vous, alors ?

— Elles m'aident à me souvenir des soins que je prodigue, des quantités que j'administre, des effets que je constate, expliqua le médecin. C'est un outil de travail. En vieillissant, le cerveau devient paresseux ; il a besoin d'un coup de pouce.

Loïse resta silencieuse. Pour clore la discussion, Aymar glissa le carnet dans sa poche. Il n'aimait pas qu'on touche à ses affaires.

Il était déjà levé quand on tambourina à la porte. Son regard croisa celui de la fillette, qui semblait plus curieuse qu'inquiète. Il fit volte-face et se pressa d'ouvrir.

Une bourrasque glacée s'engouffra dans la pièce et fit tourner les pages du livre de Loïse jusqu'à ce que celui-ci se referme totalement, avant de gagner l'âtre, où les flammes, surprises, vacillèrent de droite à gauche. Un cortège inattendu pénétra ensuite dans la maison. Guy et Léon, le pêcheur d'Ardeloup, portaient un brancard improvisé sur lequel reposait une masse inerte, enveloppée dans un lourd manteau.

Loïse s'approcha. Elle reconnut la silhouette charpentée, ainsi que le visage du boulanger, d'habitude un peu rouge, mais qui, là, était blême.

— Il est mort ? souffla-t-elle.

Guy la réprimanda aussitôt.

— Ne dis pas ce genre de chose.

La fillette battit en retraite, impressionnée par la gravité du laboureur. Elle traversa le salon et s'adossa à la huche, dans un coin sombre qu'elle affectionnait. On ne la voyait plus, mais elle ne perdait pas une miette de la scène.

— Que lui est-il arrivé ? demanda Aymar, en écartant les pans du manteau.

— Il était près du moulin, au sol, inconscient, répondit Léon. Je ne sais pas depuis combien de temps, mais la neige l'avait pratiquement recouvert. Par chance, je suis passé par là plus tôt que prévu. J'espérais faire quelques prises dans la Raire… Nous l'avons réchauffé. Sa respiration est très faible. C'est un miracle qu'il ne soit pas mort de froid.

— On l'a agressé, précisa Guy.

Aymar lui jeta un regard incrédule.

— Que dites-vous ?

Guy contourna le brancard et inclina la tête du boulanger.

— En le soulevant, j'ai remarqué une blessure à l'arrière du crâne.

Le médecin examina la plaie. Elle était large, couverte de givre et de sang séché.

— Le coup lui a fait perdre connaissance, dit-il.

Guy opina.

— C'est ce que nous pensions.

— Avez-vous vu des traces du passage de son agresseur ? Quelque chose qui permette de l'identifier ? s'enquit Aymar.

— Pas le moindre indice, regretta Léon. La neige a tout recouvert.

Le laboureur s'approcha du médecin et posa une main puissante sur son épaule.

— Vous comprenez ce que ça signifie ?

Aymar ne répondit pas. Jusque-là, la peur l'avait épargné. À présent, elle se fichait dans son ventre comme une lame, longue et acérée, et tournait sur elle-même, impitoyable, lui broyant les entrailles. Il s'obligea à rester calme malgré tout ; ses compagnons ne devaient pas deviner son inquiétude. C'était ce qu'exigeait sa profession. Avec le temps, il avait appris que la confiance ne s'obtenait pas uniquement grâce aux connaissances ou à l'érudition. Elles y contribuaient, bien sûr, mais l'assurance, elle, était indispensable.

— Il y a un traître parmi nous, conclut Léon d'une voix grave.

Un silence de mort s'abattit autour du brancard. À l'écart, Loïse n'osait plus esquisser le moindre geste. Ses paupières clignaient doucement, le reste de son corps demeurait immobile.

Le laboureur se mit à arpenter la pièce, puis il soupira.

— Pourquoi s'en prendre à Gaston ?

— Peut-être détient-il un secret ? suggéra Léon.

Guy fit la moue.

— Ce n'est pas dans sa nature.

Le pêcheur haussa les épaules.

— Alors il se trouvait au mauvais endroit. Il aura surpris son agresseur.

Soudain, la porte s'ébranla. Jehan la poussa d'un coup sec, sans s'annoncer.

— J'étais à la maladrerie quand j'ai appris… Oh, mon Dieu.

— Par la Sainte Vierge, grommela Guy, tout Ardeloup est-il au courant ?

— Vous ne pouvez pas cacher une telle nouvelle à un représentant du village, répliqua Jehan en s'approchant du boulanger.

Aymar leva les bras en signe d'apaisement.

— Pour l'heure, il faut nettoyer la plaie et lui donner à boire.

Le médecin jeta un coup d'œil en direction de Loïse, qui comprit aussitôt ce qu'il attendait d'elle.

La fillette revint quelques minutes plus tard avec une bassine et un linge. Tandis qu'elle s'occupait de la blessure, les trois hommes continuaient d'échafauder leurs théories.

— Le coupable est forcément un villageois. Nous sommes coupés du monde, disait Jehan.

Léon suggéra :

— Il s'agit peut-être d'un animal.

Irrité, le couvreur le rabroua durement.

— Vous avez déjà vu une bête brandir un outil pour fracasser le crâne de quelqu'un ?

— Sans indices, nous ne pouvons rien deviner, intervint Guy. Gaston nous en dira plus lorsqu'il aura repris connaissance.

— Je suis de cet avis, approuva Aymar, je veillerai sur lui. Aidez-moi à l'installer près du feu. Il doit se réchauffer.

Guy et Léon soulevèrent le brancard et le déposèrent devant la cheminée. Déjà, les joues de Gaston se recoloraient un peu.

Le laboureur prit le médecin à partie.

— Vous ne devriez pas rester seul. Imaginez que son agresseur revienne pour finir le travail.

— Il n'osera rien entreprendre en pleine journée, rétorqua Aymar. Après votre départ, je pousserai les deux verrous.

Guy émit un grognement – il n'approuvait pas –, mais il n'insista pas davantage.

— Comme vous voudrez.

Il réajusta sa pelisse, puis se dirigea vers la sortie.

— Je reviendrai avant le coucher du soleil, lança-t-il. D'ici là, nous ferons de notre mieux pour rassurer les villageois. Compte tenu de la situation, je doute que nous y parvenions.

Léon lui emboîta le pas.

Aymar attendit qu'ils soient partis pour interroger Jehan, dont le regard était assombri par deux poches violacées.

— Comment se porte Silvain ?

— La fièvre tombe. Vous avez accompli un travail remarquable.

— Et les autres ?

Le couvreur poussa un soupir de lassitude.

— Eudes ne va pas bien du tout. Vous allez devoir l'amputer, je crois. Les chairs de sa jambe et de son bras gauche pourrissent à vue d'œil. Léonor a de moins en moins d'éclairs de lucidité. Son cœur bat moins vite. Quant aux autres, leur état ne s'améliore pas non plus. Je pensais que l'âge du jeune Scévolé jouerait en sa faveur, qu'il se remettrait, mais on dirait que cette maladie n'offre aucune chance de guérison spontanée. Je le confesse devant vous, monsieur de Noilat, j'ai perdu espoir.

Aymar ne savait pas dire pourquoi, mais les propos du couvreur le peinaient. Une boule se logea dans son estomac. Il était incapable de lui apporter un quelconque réconfort.

— Rentrez chez vous, suggéra-t-il. Nous vous tiendrons informé s'il y a du nouveau.

Jehan opina.

— Il vaut mieux, en effet. Ma femme ne cesse de s'interroger sur mes allées et venues. Elle ne comprend pas que je passe autant de temps à la maladrerie.

— Sait-elle pour… Silvain, hésita Aymar.

— Bien sûr que non ! Elle ne doit l'apprendre sous aucun prétexte. La nouvelle la couvrirait de honte. Me croyez-vous sans cœur au point de vouloir l'exposer aux sarcasmes de nos voisins ?

Aymar se racla la gorge.

— Je pense tout le contraire, répondit-il.

Jehan acquiesça, ému.

— Je dois partir, conclut-il sobrement.

★

Après son départ, Aymar focalisa toute son attention sur Gaston, étendu près de l'âtre crépitant. Son corps se réchauffait, sa pâleur s'estompait. Dans ses veines, la vie reprenait. Léon avait raison. Quelques minutes de plus lui auraient été fatales. Il ne restait maintenant qu'à patienter.

Le médecin s'installa sur le banc tout proche, ouvrit un traité de botanique et cala ses bésicles sur l'arête de son nez. Pendant une heure et demie, il ne bougea que pour les repositionner et pour tourner les pages. Son front se ridait sous l'effet de la concentration. Pour Loïse, qui l'observait à la dérobée, il avait l'air d'un vieil homme comme les autres, grisonnant et paisible. Aymar de Noilat n'avait pourtant rien d'ordinaire. En le voyant travailler, en l'entendant réfléchir à voix haute, elle le constatait jour après jour. Il ne ressemblait ni à Guy ni à Jehan. Il possédait une vivacité d'esprit hors du commun. Dans sa tête, les idées germaient, s'épanouissaient, se changeaient en théories dont il explorait chaque ramification avec une logique implacable. Quand elle essayait de suivre le cheminement de sa pensée, Loïse avait la sensation de parcourir la lande juchée sur un cheval au galop. Elle se cramponnait de toutes ses forces. L'équilibre était si précaire qu'elle manquait de tomber à chaque virage. Fatiguée, frustrée, elle finissait par abandonner la course. Aymar disait qu'elle faisait preuve d'une grande intelligence pour son âge, mais elle ne se sentait pas vraiment digne d'un tel compliment.

Les gémissements du boulanger arrachèrent Loïse à sa contemplation et tirèrent Aymar de sa lecture. Gaston avait repris connaissance ; il regardait le plafond avec anxiété. Ses yeux écarquillés roulaient dans tous les sens.

Le médecin se planta au-dessus de la silhouette désorientée.

— Vous êtes en sécurité.

— Docteur ? murmura le boulanger entre deux quintes de toux.

Il avait la gorge sèche. Aymar saisit le gobelet qu'il avait préparé, et l'inclina à hauteur des lèvres du miraculé. Gaston avala par automatisme, porta la main sur l'arrière de sa tête, puis grimaça au contact de la peau tuméfiée, encore humide.

— La plaie a bel aspect, déclara le médecin.

— Si vous le dites.

La toux secoua à nouveau le blessé. Aymar voulut le redresser, mais il dut solliciter l'aide de Loïse pour y parvenir. Malgré les privations, Gaston conservait une panse proéminente sur laquelle il avait l'habitude de croiser les bras. Son cou disparaissait derrière un triple menton volumineux, ancré au milieu de deux épaules massives, presque trop larges pour lui.

— Que vous est-il arrivé ? demanda Aymar.

— Je me trouvais près du moulin. On m'a frappé, je crois.

— Parce que vous n'avez aucun souvenir de votre agresseur ? Pourriez-vous le reconnaître ?

— Non, hélas, gémit Gaston. Il est arrivé par-derrière. Je n'ai pas eu le temps de m'enfuir.

— Peut-être avez-vous une idée de qui cela pourrait être ?

— Non, pas la moindre…

Aymar fronça les sourcils.

— Que faisiez-vous dehors en pleine nuit ? Vous auriez pu vous endormir et ne jamais vous réveiller, le sermonna-t-il en reprenant malgré lui les mots de Léon.

Gaston soupira.

— Léonor disait que quelqu'un furetait près de notre maison. Je voulais en avoir le cœur net. Me voilà renseigné.

— Qu'avez-vous aperçu, au juste ?

— Rien. Enfin… si… des traces de pas. Énormes. Je n'avais jamais rien vu de tel.

— Un animal ?

Le boulanger secoua la tête.

— Les empreintes n'étaient ni celles d'un animal ni celles d'un homme.

Aymar eut un rire nerveux.

— C'est forcément un des deux.

— Qu'en savez-vous ?

— Je suis un homme de science. Je ne crois pas à l'existence de créatures surnaturelles.

— Votre sang-froid est remarquable, répondit Gaston sans conviction. On voit que vous ne venez pas d'ici.

Les traits du boulanger s'assombrirent d'un coup. Le foyer avait troqué ses flammes pour un lit de braises rougeoyantes.

Aymar s'approcha de la cheminée. Aussitôt une onde de chaleur lui caressa le visage. Il attisa le feu, jeta négligemment une bûche au milieu de l'âtre, puis se releva, frottant ses mains l'une contre l'autre.

— Guy et Léon vous ont transporté jusqu'ici. Ils reviendront dans la soirée pour vous ramener chez vous.

Gaston ouvrit de grands yeux.

— Y retourner ? Pas question ! Ne m'avez-vous pas écouté ? Imaginez que cette créature soit toujours dans les parages. Le moulin est trop isolé du village. Si elle cherche à s'en prendre à moi, personne ne me viendra en aide avant le petit matin. Je refuse de courir le risque.

Aymar n'insista pas. Après tout, cela ne le concernait pas. Il décida de patienter jusqu'au retour de Guy et de Léon.

★

Les deux compagnons tardèrent à réapparaître. Le médecin dut partager son souper avec le boulanger, qui n'avait rien perdu de son appétit, malgré le coup qu'il avait reçu.

— Il n'y a pas de pain ? s'étonna Gaston.

Aymar ne leva pas les yeux de son bol de gruau.

— Je vis modestement, dit-il.

— Les temps sont difficiles.

Le médecin accueillit l'arrivée du laboureur avec soulagement. Il ne se sentait pas à son aise en présence du boulanger, qui parlait sans cesse de tout et de rien et l'empêchait de se livrer à ses occupations habituelles. D'ailleurs, il s'étonnait de tolérer aussi bien la présence d'une enfant de dix ans sous son toit. Cependant, Loïse possédait un tempérament solitaire qui ressemblait au sien ; ils avaient l'air faits pour cohabiter.

Gaston raconta son histoire à ses compagnons sans rien omettre de ses propres élucubrations au sujet de la présence d'une créature démoniaque près du moulin.

— Il faut organiser une battue, s'écria Léon.

De nature plus rationnelle, Guy émit des réserves.

— Je ne pense pas que ce soit un animal. Et s'il s'agit d'un homme, ce que je crois, il ne se montrera pas, sachant que nous le traquons.

— Justement, nous en aurions le cœur net, répliqua le pêcheur.

Pendant que Gaston et Léon causaient diableries et suppôts de Satan, le laboureur en profita pour s'entretenir avec Aymar.

— Le village est en train de sombrer dans le chaos, souffla-t-il à voix basse. Tout le monde y va de sa théorie. Les gens ont peur. Certains parlent d'une bête sauvage… d'autres disent que c'est le Malin en personne qui aurait assommé Gaston.

Il leva les yeux au ciel.

— Bientôt, Jehan et moi… nous ne contrôlerons plus rien. Je crains que la situation ne dérape.

L'affolement augmentait son débit de paroles. C'est à peine s'il articula la dernière phrase. Il se tut pour reprendre son souffle.

Le médecin le questionna d'une voix plus posée.

— Que devons-nous faire selon vous ?

— Je n'en ai pas la moindre idée. Nous ne savons même pas à qui nous avons affaire. C'est peut-être un voleur… ou un assassin. Que veut-il ? Notre paroisse n'a jamais intéressé personne ! Nous ne possédons rien de valeur.

Guy posa sa tête entre ses mains.

— C'est un cauchemar, conclut-il.

Aymar opina. Il comprenait le désarroi du laboureur.

— Gaston refuse de rentrer chez lui, annonça-t-il.

Fatigué, son interlocuteur se frotta les paupières.

— Dans ce cas, il viendra avec moi. Je préfère avoir un œil sur lui. Au moins, il ne pourra pas répandre davantage de rumeurs. Nous n'avons pas besoin de ça.

— C'est une sage décision. Comment cela se passe-t-il à la ferme ?

Guy soupira.

— J'ai fort à faire. Antoinette ne quitte plus sa couche depuis que Scévolé est à la maladrerie.

— Et Anne et Ghislain ?

— Elle refuse de les laisser sortir. Ils se battent sans arrêt. Je n'ai jamais autant crié après eux. Mais bon… ils ne sont pas malades, c'est l'essentiel.

— Vous faites de votre mieux. On ne peut pas en attendre davantage.

Le laboureur fit la moue ; faire de son mieux n'était pas suffisant à ses yeux. Aymar le comprit et, sans chercher à prolonger la discussion, le regarda partir. Gaston, rassuré à l'idée de passer la nuit chez Guy, le suivit en s'appuyant sur l'épaule de Léon. Le médecin ne referma la porte que lorsque les trois hommes disparurent de son champ de vision. Sa tête était lourde et ses tempes douloureuses.

12.

Qu'est-ce qui différencie le brave de l'imprudent ?
Il semblerait que ce soit la chance.

Le nombre de malades ne cessait de croître, mais l'inquiétude des villageois se détourna temporairement de la maladrerie. La mésaventure de Gaston avait choqué les esprits. Une menace beaucoup moins abstraite planait sur Ardeloup. Rôdeur, assassin, démon, bête féroce… qu'importe, il fallait l'empêcher de frapper à nouveau. Curieusement, le moral des uns et des autres s'améliora. Face au mal des ardents, ils étaient impuissants, tandis que cet agresseur… il devait bien y avoir un moyen de l'attraper. Cette arrestation sonnerait sûrement la fin de tous les problèmes.

C'est dans cet état d'esprit que les représentants du village se réunirent sous la voûte de l'église paroissiale. Malgré l'impatience des participants et le froid qui régnait dans l'édifice, on tarda à ouvrir la séance. Enveloppés jusqu'aux oreilles, tous attendaient l'arrivée de Jehan – il semblait impossible de commencer sans lui. En son absence, le père Éloi lui-même hésitait à prendre la parole.

— Et s'il avait attrapé le mal ? murmura quelqu'un.

Un bourdonnement sourd et confus se répandit dans la nef.

— D'habitude, il est ponctuel, quelque chose a dû lui arriver, dit Léon.

Guy se préparait à intervenir quand Jehan fit son entrée. La porte nord émit un grincement sinistre, puis couina lorsque le retardataire la referma d'un coup de pied. Jehan remonta ensuite le vaisseau central à grandes enjambées, la tête basse, les yeux rivés au sol. Son regard n'était pas comme d'habitude. Tout le monde le remarqua. On l'observait en coin, empli de curiosité et d'appréhension à la fois. Quelle mauvaise nouvelle apportait-il ? Mais contrairement à ce que tous supposaient, il ne chercha pas à s'exprimer. Lui qui s'asseyait toujours aux premières loges, face au père Éloi, pour intervenir avec plus de facilité, se contenta d'une place au sixième rang. Décontenancé par son attitude, le curé garda le silence.

— Il aurait au moins pu s'excuser pour son retard, grommela Guy.

Enfin, Éloi se décida à prononcer quelques mots. Il opta pour un ton plaintif, quasi monocorde.

— Mes chers fils, comme vous tous, l'agression de Gaston m'a plongé dans un profond désarroi. Notre chagrin et nos peurs sont légitimes. Aujourd'hui, cependant, notre devoir consiste à prendre des mesures pour que cette tragédie ne se reproduise pas. Je donne la parole à Léon, étant donné qu'il a été le premier à passer près du moulin, ce matin-là.

Ravi de l'attention dont on le gratifiait, le pêcheur se leva et narra son histoire pour la dixième fois consécutive. Il ne se lassait pas de raconter comment il avait, grâce à son arrivée providentielle, sauvé Gaston d'une mort certaine. Tous l'écoutèrent religieusement, mesurant la gravité de la situation. Les mines étaient sombres, déconfites.

Quand Léon termina, le silence se fit. On n'entendait que les gouttes qui, à intervalles réguliers, s'infiltraient et s'écrasaient sur le dallage, près d'un mur suintant dont la pierre virait au vert.

Beaucoup cherchèrent Jehan du regard, mais le couvreur fixait ses genoux.

Guy en profita pour réclamer l'attention de l'assemblée.

— Messieurs, nous devrions ouvrir une enquête. Un animal n'aurait pas frappé de cette façon.

Les chuchotements reprirent. Tous les représentants d'Ardeloup n'étaient pas de cet avis. Un villageois à qui il manquait deux incisives leva vers Guy un index lourd de reproches.

— Tu devrais avoir honte d'accuser l'un d'entre nous !

Léon s'interposa.

— Allons, Guy a toujours servi les intérêts de notre communauté. Il a simplement voulu dire que nous ne pouvions écarter aucune piste.

— Parce que toi aussi tu penses qu'il y a un traître parmi nous ? s'offusqua l'homme sans incisives.

En dépit des bonnes volontés, le dialogue s'envenima, au grand dam du père Éloi qui observait la scène, abasourdi. Son église avait connu des échanges houleux par le passé, toutefois tant d'agressivité, de déchirements, c'était du jamais vu. À Ardeloup, la colère grondait. La faim, la maladie, le mauvais temps, à croire que tout se liguait pour saper le moral des habitants.

— Organisons une battue, suggéra Léon. Si c'est un animal, nous en aurons le cœur net.

— Avec toute cette neige, c'est de la folie ! protesta Guy.

Le pêcheur interpella Jehan. N'était-il pas le plus sage d'entre eux ?

— Jehan, qu'en penses-tu ?

Le couvreur ricana. Il releva légèrement le menton, mais son dos resta aussi voûté que celui d'un vieillard.

— Je pense que cette idée est stupide.

Léon prit la mouche. Malgré le froid, le rouge lui monta aux joues.

— Dans ce cas, que devrions-nous faire, selon toi ? Parle, puisque tu sais toujours tout mieux que tout le monde.

Jehan eut l'air de réfléchir un instant, puis déclara :

— Prier. La fin est proche, n'est-ce pas, mon père ?

Tous se tournèrent vers le curé, qui se tassa dans sa soutane.

— Allons, mes enfants... Il est inutile d'envisager le pire. Restons solidaires face à l'adversité, improvisa-t-il. Dieu nous viendra en aide.

Exaspéré, Guy proposa un vote. Il pensait l'emporter, car la communauté se rangeait souvent à son avis ou à celui de Jehan, or les villageois en décidèrent autrement : la battue aurait lieu le jour même.

En sortant de l'église, le laboureur attrapa Jehan par la manche.

— À quoi joues-tu ? Tu n'as rien fait pour empêcher cette battue.

— Je pensais que mon silence te réjouirait. Tu as toujours voulu mener le débat, n'ai-je pas raison ? Eh bien, je t'en ai donné l'occasion. De quoi te plains-tu ?

Jehan avait les yeux rouges, un peu plissés.

— Tu as bu ? demanda Guy de but en blanc.

Le couvreur s'humecta les lèvres.

— C'est vrai, confessa-t-il.

— Ton attitude est pitoyable.

— Je te l'accorde, mais même en pleine possession de mes facultés, je n'aurais pas pu les empêcher d'agir de la sorte. Autant les laisser faire.

Guy sentit ses mains trembler d'agacement.

— Je vois. Pour ma part, je ne resterai pas les bras croisés à attendre le prochain incident.

Son interlocuteur se fendit d'un sourire moqueur.

— Et que comptes-tu faire ?

— Je me planquerai près du moulin, comme Gaston.

— Pourquoi l'agresseur reviendrait-il sur les lieux ? À sa place, je me ferais discret quelque temps.

— Peut-être cherche-t-il quelque chose ?

Dubitatif, Jehan haussa les épaules.

— Quoi ? Des outils, du grain ? C'est un peu maigre, comme butin.

Le découragement s'abattit sur Guy, qui s'affaissa sur lui-même. Si Jehan renonçait, qui s'occuperait d'Ardeloup ? Le laboureur enviait secrètement l'aura de son rival et, de temps en temps, il lui arrivait d'espérer prendre sa place dans le cœur des villageois. Mais il devait bien admettre que, sans Jehan, il se sentait un peu perdu. Était-il vraiment capable de le remplacer ? Planté sur le parvis de l'église, il le regarda s'éloigner avec appréhension.

Jehan avait disparu de son champ de vision quand un cri retentit, une note si aiguë que le cœur du laboureur bondit dans sa poitrine. Il y eut ensuite des hurlements, un mouvement de panique ; les villageois sortaient de l'édifice paroissial précipitamment, comme s'ils venaient de voir le Malin. Guy fit volte-face, remonta les quelques marches du parvis à contre-courant.

L'église s'était vidée à une vitesse fulgurante, plus personne ne s'y trouvait. Personne, à l'exception du père Éloi, que Guy découvrit à genoux, gémissant près de son pupitre, la soutane relevée. Cette vision le choqua ; les villageois avaient-ils perdu la tête en l'agressant ? Il allait l'aider à se mettre debout, quand il se figea. À plusieurs endroits, les jambes du curé étaient ravagées par la gangrène. Le père Éloi devait souffrir depuis plusieurs jours, sans rien dire. Ou peut-être avait-il consommé les opiacés qu'il conservait au presbytère ? Il avait mentionné leur existence, il y avait longtemps, Guy s'en souvenait. Il avait toujours eu une excellente mémoire.

Le laboureur se redressa. De toutes les émotions qui lui vinrent, allez savoir pourquoi, c'est la colère qui prit le dessus. Ses poings se serrèrent, il les aurait volontiers logés dans la mâchoire d'Éloi si l'homme n'était pas déjà à terre et s'il ne portait pas la soutane ; avec un représentant de Dieu, il fallait rester courtois, question de principe. Il hurla cependant, sans même s'en rendre compte.

— Vous nous avez tous mis en danger en ne disant pas la vérité !

Le père Éloi se liquéfia, son regard devint suppliant.

— Pitié, ne m'envoyez pas à la maladrerie ! Je n'y survivrais pas.

— Vous mourrez de toute façon. Vous cacher ne changera rien à votre état.

Le curé se releva, adopta une autre stratégie.

— Comment enterrerez-vous les morts si je ne suis plus là ?

L'argument déstabilisa Guy ; il n'y avait pas songé. Ardeloup avait connu des périodes difficiles, mais il y avait toujours eu quelqu'un pour administrer les derniers sacrements. Si Éloi succombait, avec toute cette neige, il faudrait des mois avant que le diocèse n'envoie un remplaçant ; les malades rejoindraient leur créateur sans avoir été lavés de leurs péchés.

Le laboureur frissonna. Depuis quelques jours, il vivait un cauchemar éveillé.

Finalement, il résolut de placer le père Éloi à la maladrerie contre son gré. L'isolement des personnes contaminées était leur meilleure chance d'éviter la propagation de l'épidémie, les autres aussi étaient de cet avis. Le curé fut contraint de quitter le presbytère ; on lui lia les poignets, puis on l'installa sur une charrette. Il protesta pendant toute la durée du trajet, mais son escorte demeura inflexible.

★

Les convois de pestiférés se multipliaient. En conséquence, le chemin qui menait à la maison de Silvain était de loin le plus praticable du village ; c'est à peine si on avait besoin de le déneiger. Le plus souvent, quelques coups de pelle suffisaient. De temps en temps, il fallait descendre du chariot et pousser. Quand on savait que le reste de la lande disparaissait sous cinq à six pieds de glace, le tout couronné d'une couche de poudreuse, cela ne paraissait pas si insurmontable.

Guy tira sur la bride de son cheval. L'animal fit encore quelques pas avant de s'immobiliser devant la maladrerie. Près de la porte, Léon et Aymar de Noilat conversaient. Guy sut immédiatement que quelque chose n'allait pas ; l'intuition, peut-être. Le laboureur avança vers les deux hommes, l'estomac noué, redoutant la nouvelle qu'ils allaient lui apprendre.

Le pêcheur lui adressa un signe de tête et dit simplement :

— Silvain est mort.

L'information dans ce qu'elle avait de plus factuel ; Léon n'était pas connu pour ses états d'âme. Aymar, lui, avait l'air embarrassé.

— Je ne comprends pas. La fièvre était tombée, je le pensais hors de danger…

Guy accusa le coup.

— Et mon fils ? demanda-t-il.

L'instant d'après, il regretta d'avoir posé la question. Le médecin cherchait ses mots. Ce n'était pas bon signe.

— Son cœur bat faiblement, commença Aymar, son état s'aggrave plus vite que les autres, sans doute du fait de son jeune âge. Il faut vous préparer au pire. Je vous conseille de rester auprès de lui.

Le laboureur ravala sa salive.

— Mais vous pouvez l'amputer, non ?

Aymar hésita.

— Sa jambe est déjà très endommagée. Je risque de lui infliger des souffrances inutiles…

Il s'interrompit.

— Vous ne pouvez plus rien pour lui, comprit Guy.

— Je ne veux pas vous donner de faux espoirs. Je suis désolé.

Les gémissements du père Éloi brisèrent le silence à peine instauré. Aymar et Léon regardèrent en direction du chariot – jusque-là, ils ne s'étaient pas aperçus de sa présence. Leurs yeux s'écarquillèrent.

— Quoi, lui aussi ? lâcha Léon. Dieu nous a abandonnés, on dirait.

Il s'approcha en maugréant, tira sur le brancard improvisé, qui passa de la charrette au sol enneigé. Le mouvement, sec et brusque, surprit tout le monde, à commencer par le père Éloi, qui cessa aussitôt de se lamenter.

Furieux, Guy attrapa le pêcheur par l'épaule et l'attira à lui. Il parla à voix basse, bien que l'envie de hurler ne manquât pas.

— Si tu traites encore une seule fois un malade comme s'il s'agissait déjà d'un cadavre, c'est moi qui m'occuperai de toi le jour où tu attraperas la marque noire, lui siffla-t-il à l'oreille.

Un sourire abruti passa sur le visage du pêcheur.

— Aide-moi à le mettre à l'intérieur. À deux, on sera plus délicats.

Guy leva les yeux au ciel, mais il s'exécuta.

— Il faut prévenir Jehan de la mort de Silvain, intervint Noilat. Je m'en charge. Je reviendrai examiner le père Éloi lorsque vous l'aurez installé.

★

Aymar avait les oreilles en feu, la poitrine aussi, comme chaque fois qu'il mettait un pied dehors. Son corps avait fini par s'habituer à ces sensations désagréables, en revanche son esprit, lui, refusait de s'y faire. Le médecin pestait toujours autant contre les éléments quand il enfilait ou retirait sa pelisse. Le soir, il lui fallait un temps fou pour se réchauffer. Une heure était nécessaire, parfois plus, avant que l'impression de marcher sur du verre brisé ne se dissipe. De la journée, c'était le moment qu'il détestait le plus, quoi qu'il n'aimât pas non plus que les villageois viennent frapper chez lui à l'improviste, surtout quand il travaillait.

Il leva la tête pour contrôler l'état du chemin. Comme à chacune de ses sorties, le vent lui fouetta le visage. Le plus clair du temps, il marchait tête baissée. À force, il connaissait Ardeloup comme sa poche, les aspérités du paysage lui semblaient familières, il savait les endroits à éviter pour ne pas s'enfoncer jusqu'aux genoux. Ces choses-là rentrent vite, quelques erreurs avaient suffi.

La maison de Jehan apparut rapidement, basse, trapue, sans charme ; elle ressemblait à toutes les autres, c'était un bâtiment fonctionnel, rien de plus, très loin de ce que l'on pouvait voir en ville. Le bois avait vécu et on devinait aisément que la lutte contre les infiltrations était un combat quotidien. La fenêtre de la pièce à feu, bien qu'obstruée, laissait filer un peu de la lumière du foyer.

Aymar donna trois coups secs contre la porte. La femme de Jehan apparut dans l'embrasure, fronça les sourcils, puis soupira. Non, elle ne savait pas où se trouvait son mari. D'ailleurs, celui-là ne perdait rien pour attendre. Jamais là quand on avait besoin de lui. Les hommes, conclut-elle, sans préciser le fond de sa pensée. Mais au regard qu'elle lui lança, le médecin comprit qu'il n'avait pas intérêt à s'attarder. Il la remercia. Pourquoi, il ne savait pas, mais il remercia tout de même. L'habitude.

La porte claqua. Aymar resta immobile, déconcerté. Guy était formel, il avait vu Jehan entrer chez lui. Visiblement, il s'était trompé.

Si le couvreur ne se trouvait pas ici, pas plus qu'à la maladrerie, où pouvait-il être ? À Ardeloup, il n'y avait guère d'endroit où s'attarder, pas de taverne où s'arrêter boire un verre et jouer aux dés. On ne pouvait pas non plus rester dehors sans mettre sa santé en péril.

Le médecin frissonna, un mauvais pressentiment le traversa. Il contourna la maison. La femme de Jehan l'observait, l'œil coincé derrière son volet, puis elle le perdit de vue quand il s'approcha de l'étable, une construction délabrée qui s'appuyait, comme prise de fatigue, contre les murs du bâtiment principal.

Il ne fallut que quelques minutes à Aymar pour retrouver Jehan. De tout son poids, le couvreur se balançait, les pieds dans le vide, la corde au cou, malmenant la plus haute poutre de ses macabres oscillations. Le médecin esquissa un signe de croix machinal, puis son assurance s'envola. Pas par manque d'expérience ; il avait déjà vu des pendus par deux fois... Un sentiment d'injustice d'une rare violence le clouait sur place. Au fil des jours, il s'était pris d'amitié pour Jehan, dont le dévouement forçait l'admiration ; des hommes et des femmes de sa trempe, il n'en avait pas rencontré beaucoup. Le couvreur avait dû apprendre la mort de Silvain, qu'on avait amputé pour rien, et il ne l'avait pas supporté.

Aymar détourna les yeux. Il n'aurait pas cru réagir de la sorte, pourtant cette vision l'incommodait. Non, ce n'était pas le mot ; en vérité, elle le révoltait. Dans son cœur, la colère grondait si fort que ses mains s'étaient mises à trembler. Vint ensuite la question qui, une fois qu'elle s'imposa à lui, se logea dans son esprit pour ne plus en partir. Comment réagiraient les villageois quand ils apprendraient la mort de Jehan ? S'ôter la vie était un péché. Certes, le père Éloi n'était pas en état d'enfoncer le clou, mais tout de même, en temps d'épidémie, les uns et les autres étaient plus prompts à rendre la justice.

Le médecin serra les poings. Le couvreur avait tant fait pour sa communauté, il ne méritait pas d'être traité en criminel. La teneur du châtiment, Aymar pouvait la deviner ; le corps de Jehan serait probablement mutilé, puis enterré hors du village. Il ne serait pas jeté dans la Raire, car la rivière était gelée par endroits.

★

Il y eut un moment de flottement pendant lequel Aymar, foudroyé par des émotions en cascade, se vida de toute son énergie. C'était comme si un troupeau de vaches le piétinait et qu'il ne parvenait pas à se relever.

Il était debout, pourtant, mais ce qui le gardait à la verticale, un reste d'équilibre, ne tenait qu'à un fil. Sa tête tournait, il tomba, pour de bon cette fois, roula sur le côté. Bizarrement, le choc lui remit les idées en place. Une main sur le front, l'autre au sol pour prendre appui, il se hissa sur ses jambes. Au-dessus de lui, le corps de Jehan ne bougeait plus.

Aymar rassembla les forces qui lui restaient, autrement dit pas grand-chose, pour détacher la dépouille. Il grimpa sur le tabouret, ce même tabouret dont s'était servi Jehan un peu plus tôt, et décida de trancher la corde avec un couteau. L'opération demanda plus d'efforts qu'il ne l'imaginait.

Le corps retomba lourdement. Épuisé, Aymar reprit son souffle. Ses bras, peu accoutumés à rester si longtemps au-dessus de sa tête, tremblaient à n'en plus finir. Il attendit un peu, puis entreprit de retirer la corde, qu'il jeta derrière un ballot de paille, là où personne ne risquait de la découvrir.

Le vent s'engouffrait dans la remise et, à chaque bourrasque, la chaîne suspendue à l'entrée, à laquelle plus rien n'était accroché, émettait un cliquetis métallique régulier. Aymar l'entendit à nouveau, en revanche il ne perçut pas tout de suite les bruits de pas qui s'approchaient, une sorte de « scroutch » un peu ouaté.

Scroutch, *scroutch*.

Le médecin se retourna.

C'était la femme de Jehan.

Elle ne cria pas. Elle se contenta de fixer les marques bleutées qui ornaient le cou de son mari, comme si elle ne parvenait pas à y croire.

— Il s'est…, commença-t-elle.

Le regard d'Aymar en disait long, elle ne termina pas sa phrase.

Boudinée dans une cape trop petite qui soulignait la largeur de son bassin, de sa taille et de ses bras, elle passa de la surprise à la panique.

— Que vont-ils dire ? C'est affreux… Je n'ose imaginer ce qu'ils… Oh, mon Dieu ! Pourquoi fallait-il qu'il me fasse un coup pareil ? L'égoïste ! Pas un instant il n'a pensé à moi… Que vais-je devenir… Que va-t-il se passer… Seigneur, aidez-moi, ayez pitié…

Aymar, attristé par ses suppliques, défit l'étoffe qu'il avait placée autour de son cou et l'enroula autour du celui de Jehan pour dissimuler les marques laissées par la corde.

— Je dirai qu'il est mort d'une cause naturelle, dit-il sobrement.

L'épouse du couvreur se calma. Elle se gratta le menton ; oui, très bien, ce plan lui convenait. D'un coup, elle semblait prête à coopérer.

— Que dois-je faire ? demanda-t-elle.

— Allez chercher un drap et de quoi coudre. Nous allons lui confectionner un linceul. Il ne faut pas que le corps reste en vue trop longtemps.

Elle s'exécuta sans discuter.

C'est ainsi qu'Aymar de Noilat dissimula le suicide de Jehan. Il n'avait pas réfléchi à ce que cela impliquait et au risque qu'il encourait. Son instinct l'avait poussé à agir, une conviction profonde qu'il n'expliquait pas vraiment.

Les villageois furent surpris en apprenant la nouvelle. Le couvreur faisait figure de pilier pour la communauté. Quand il fallait prendre une décision difficile, il était là, sa voix comptait plus que les autres ; alors qu'il disparaisse comme ça, du jour au lendemain, sans signes annonciateurs de maladie… Il avait l'air fatigué ces derniers temps, mais de là à passer l'arme à gauche… Le choc était de taille.

On décida de le mettre en terre rapidement. Pour Aymar, c'était un soulagement, car personne ne s'était aperçu de rien. Tous déplorèrent que le père Éloi ne soit pas en mesure de dire la messe, cependant il fallait bien procéder à l'enterrement, sans quoi l'épouse de Jehan ne tarderait pas à trouver l'air irrespirable.

À la demande de Guy et d'autres villageois, le médecin accepta de prononcer quelques mots pendant la cérémonie. Faute de prêtre, il avait été désigné comme le plus à même de s'acquitter de cette tâche. « Il faut quelqu'un d'instruit », affirmait Guy. Aymar n'était pas de cet avis – un paroissien n'eut-il pas été préférable à un étranger ? –, mais il n'avait pas voulu le contrarier. En vérité, tout cela le mettait affreusement mal à l'aise. La mort de Jehan lui laissait un goût amer qu'il ne parvenait pas à chasser. Il y pensait souvent, dormait mal. Sa concentration en pâtissait. Lui qui adorait les livres luttait pour ne pas les reposer dès qu'il les avait en main, et il lui arrivait de relire plusieurs fois la même phrase avant de la comprendre.

★

On n'avait pas encore enterré Jehan que Scévolé mourut à son tour. Trois jours. C'est le temps qu'il avait fallu au mal des ardents pour avoir raison de sa jeune vie.

Les villageois firent d'une pierre trois coups. Dans un cortège de pleurs et de lamentations qui n'en finissaient pas, ils se rendirent au cimetière pour mettre en terre Silvain, Jehan et l'enfant. Puis Aymar s'exprima, et le silence se fit.

Tous écoutèrent le discours du médecin, sobre, bref, précis. L'homme n'était pas un adepte des envolées lyriques, il ne savait faire autrement que d'aller droit au but. Quelques villageois marquèrent leur assentiment ; deux hochements de tête par là, trois par ici, Aymar les percevait du coin de l'œil, cela ressemblait à des encouragements. Personne n'aurait aimé être à sa place.

L'assistance avait froid, les bras se croisaient pour retenir la chaleur, on les frictionnait en permanence pour rester éveillé. On attendait l'instant – il tardait toujours à arriver – où la foule se disperserait ; le moment où, d'un commun accord, elle déciderait qu'il était possible de s'en aller sans que la famille en prenne ombrage.

Drapée dans une couverture ceinturée au niveau de la taille qui faisait ressortir son abdomen, Antoinette pleurait sans arrêt. Les autres hésitaient à s'approcher d'elle, comme s'ils craignaient que sa souffrance ne rejaillisse sur eux, tel un état contagieux qu'il fallait à tout prix éviter de contracter. Le flegme de Guy passait mieux. Au village, on n'aimait pas les démonstrations d'émotion, elles mettaient tout le monde dans l'embarras. On leur préférait les formules toutes faites, pas si différentes de celles que l'on employait dans les milieux aisés, la preuve que, bourgeois, nobles, bref, ces gens-là, n'avaient pas le monopole de la fierté.

Un silence pesant s'installa. On n'entendait que les gémissements d'Antoinette, le bruit du vent dans les cimes, un murmure langoureux, de ceux qui font travailler l'imagination et, pour peu que l'on soit seul, n'inspirent qu'une idée : retourner chez soi et s'y calfeutrer.

L'épouse de Jehan, elle, ne disait rien. Elle ne semblait pas chagrinée, ou alors, elle le cachait bien. Elle avait la tête basse, le regard vide. Comme les autres, elle attendait que tout se termine.

Aymar observa autour de lui, hommes, femmes, enfants, à la dérobée. Leurs yeux roulaient dans tous les sens. Eux aussi se scrutaient les uns les autres, frénétiquement, dans l'espoir de comprendre ce qui leur tombait dessus. Sur leurs visages, rongés par une peur viscérale, se lisaient les prémisses d'une panique générale sur le point d'éclater.

★

Finalement, on organisa la battue le lendemain. Léon n'en démordait pas. On ne trouva rien cependant, ni indice ni trace de pas, rien qu'une végétation désolée aux couleurs monotones. Le groupe ne dépassa pas la lisière de la forêt ; trop dangereuse, impraticable, c'est ce qu'on décréta avant de rebrousser chemin.

Le mystère autour de l'agression de Gaston demeurait intact et, aussi bizarre que cela puisse paraître, les villageois finirent par ne plus y penser, il y avait déjà fort à faire avec les malades. On se persuada que les faits avaient été exagérés, l'existence même de l'agresseur fut remise en cause. Le boulanger avait sûrement abusé de la boisson – il était dévasté, le pauvre, depuis que sa femme avait rejoint la maladrerie –, il était tombé, voilà tout.

L'épidémie prit de l'ampleur. Le cimetière, où l'on peinait à creuser les tombes à cause du gel, devint un lieu de rencontre entre voisins. On y échangeait les nouvelles, on y chuchotait ses théories : châtiment divin, envoûtement, esprit vengeur… Les élucubrations allaient bon train.

Et les gens mouraient, les uns après les autres.

LA SORCIÈRE

1.

Lorsqu'ils sont terrifiés, certains prennent
de mauvaises décisions. Ils avancent.
Cela ne vaut-il pas mieux
que de rester pétrifié par la peur ?

Quand Aymar de Noilat s'assoupit, un livre sur les genoux, ses bésicles en équilibre précaire au bout du nez, Loïse saisit l'occasion pour quitter la maison. Elle poussa la porte en douceur pour ne pas réveiller le dormeur ; il ignorait tout de ses projets et ne s'aperçut pas de son départ.

Couverte de la tête aux pieds, elle disparaissait sous les couches d'une laine rêche et usée. Seule une fine bande de peau laiteuse laissait entrevoir ses yeux bleus et le début de ses narines qui, de temps en temps, s'échappaient du vêtement, bravant l'air froid pour trouver un peu d'oxygène. La température avait chuté. En se dispersant, les nuages avaient laissé place à un soleil chétif qui, de ses rayons sans chaleur, inondait la lande d'une lumière pâle. Loïse plissa les yeux. Tout était blanc. Les feuillus, dont il ne restait qu'un réseau de branches enchevêtrées, se paraient d'une épaisse couche de givre sous laquelle pliaient les brindilles les plus minces. La neige pesait lourdement sur Ardeloup.

La fillette marchait d'un bon pas. Ses sabots usés prenaient l'eau ; elle remuait les orteils de peur qu'ils ne gèlent. Par moments, elle sortait des chemins dont le tracé n'existait plus, coupant par d'anciens pâturages pour aller plus vite. La route était déserte. Les villageois se terraient chez eux ; ils craignaient le froid, la maladie et le mystérieux rôdeur qui avait failli tuer Gaston.

Loïse déboucha sur la place de l'église, le point névralgique d'Ardeloup. Là, entre ces deux rangées de maisons basses, on rencontrait ses voisins, on parlait de la pluie et du beau temps, des récoltes à venir, des enfants, on se plaignait d'un conjoint paresseux, étourdi, bavard, infidèle, avant de reprendre le cours de sa journée. Mais voilà, en dehors des assemblées, plus personne à présent ne s'y rendait ; on ne se donnait plus la peine de déneiger l'endroit. Le mal des ardents privait les villageois de leurs occupations quotidiennes. Les jours s'égrenaient, lentement, et ne se composaient plus que de moments suspendus, interminables, dont on ne voyait pas le bout. Quand la peur se dissipait – on ne pouvait pas craindre pour sa vie en permanence, c'eût été trop fatigant –, il ne restait qu'un ennui accablant avec lequel il fallait bien composer.

La fillette se dirigea vers le presbytère, ignora le portail principal, et rasa les murs jusqu'à la porte arrière. Le père Éloi la préférait à la grande entrée, moins discrète car donnant directement sur la place, et Loïse ne se souvenait pas d'avoir déjà vu ses battants s'écarter. Après s'être assurée une dernière fois que personne ne la suivait, elle fouilla sous ses vêtements, puis, d'un geste triomphal, brandit la clé du presbytère, dérobée au curé le jour de son arrivée à la maladrerie. Aymar ne s'était rendu compte de rien. Elle n'aimait pas avoir de secret pour lui, il était bon pour elle… Malgré tout, elle n'avait pas pu s'en empêcher.

La fillette entra dans un vestibule auquel elle ne prêta pas attention avant d'avoir refermé derrière elle. À l'intérieur, l'air était froid. Aucun des villageois n'enviait au père Éloi cette habitation en pierre de taille qui ne retenait pas la chaleur, contrairement au torchis qu'on retrouvait partout dans les maisons des environs. Un peu fébrile, la fillette explora les pièces attenantes. Elle pénétra d'abord dans une cuisine assez spartiate et s'étonna de son manque d'entretien. Pleines de graisse, les marmites auraient mérité un récurage approfondi. Le père Éloi n'avait pas les moyens d'employer une domestique pour se charger de ces choses-là. Loïse fit volte-face, s'engouffra dans ce qui devait être le salon, mais qui ressemblait davantage à une pièce de travail. Les quelques livres du curé, rangés sur une étagère en bois foncé, s'étiraient sur le mur à sa droite. Il y avait aussi une chaise, une table ronde sur laquelle reposait un bougeoir, et un bureau accolé à la fenêtre. Pour Loïse, le lieu était d'une simplicité déconcertante ; dans son esprit, un bâtiment en pierre abritait forcément une décoration luxueuse, des meubles confortables et des objets d'une beauté inaccessible aux gens du commun.

La déception ne dura pas, et s'évanouit totalement lorsqu'elle vit la petite porte qui se trouvait derrière la table ronde. Elle s'en approcha sans détacher son regard de la serrure. Et si elle avait fait tout ça pour rien ? Elle actionna la poignée ; le battant tressaillit sans s'ouvrir. Dans son ventre, la tension monta d'un cran. Elle recula, prête à retourner la pièce de fond en comble s'il le fallait, avant d'apercevoir la clé, suspendue à un clou juste devant son nez. La fillette saisit l'anneau en fer forgé, inséra la tige dans la serrure, et entra dans la sacristie qui lui tendait les bras.

★

À la ferme, Antoinette avait pleuré toutes les larmes que son corps était capable de produire. Ses orbites rougies s'asséchaient en dépit de son chagrin, intarissable. Son visage, tordu par de douloureuses contractions, se creusait de plus en plus. Elle ne souriait plus, se nourrissait à peine, dépérissait selon certains. Jamais la mort d'un enfant ne l'avait autant dévastée. Pourquoi ne parvenait-elle pas à quitter sa chambre, à reprendre le dessus comme elle l'avait toujours fait ? La violence de sa réaction la dépassait. C'était comme si tous les deuils qu'elle avait vécus ressurgissaient brutalement.

Allongée sur sa couche, elle regardait sa poitrine se soulever et redescendre, tressauter, puis se calmer lorsque la fatigue avait raison de ses pleurs. La présence d'Anne, sa fille, ou de Ghislain, son aîné, ne parvenait pas à la tirer de sa mélancolie. Anéantie, elle attendait qu'on la délivre, d'une manière ou d'une autre.

Elle passait ses journées à ruminer les derniers instants de Scévolé. Ses mains se souvenaient de la chaleur de son front, de la peau de ses jambes, glaciale, de la moiteur de ses cheveux plaqués en arrière. Le souffle de son fils, entrecoupé de cris, résonnait encore en elle, et l'image de son visage, livide, tordu par la peur, privé de tout ce qu'il avait d'enfantin, revenait sans cesse la hanter. Parfois, il lui arrivait d'espérer que tout cela ne soit qu'un vilain rêve ; le sort ne pouvait pas s'acharner avec tant de cruauté. Puis elle croisait le regard de Guy, impuissant, désemparé, qui la ramenait à la triste réalité.

Malgré cela, Antoinette ne se laissait pas complètement aller au désespoir. Une chose l'en empêchait : la colère. Une colère si forte qu'elle en serrait les dents à s'en faire mal. Là dehors, quelqu'un avait causé la mort de son fils ; une conviction profonde qui ne la quittait plus.

Le laboureur vint s'asseoir près d'elle.

— Tu n'as rien mangé depuis deux jours, dit-il, tu dois te forcer pour Anne et Ghislain. Ils ont besoin de toi.

La gorge d'Antoinette se noua aussitôt.

— C'est faux, tu le sais. Je n'ai pas réussi à les protéger. Malgré mes efforts, mes enfants meurent tous les uns après les autres.

— Anne et Ghislain sont en bonne santé.

— Combien de temps avant qu'ils n'attrapent le mal ? Combien ?

Les larmes roulaient à nouveau sur les joues d'Antoinette, qui ne prenait plus la peine de les contenir devant son mari.

— Nous ne devons pas penser à ça, trancha le laboureur sur un ton catégorique.

— Tu as raison, nous devrions d'abord songer à arrêter le coupable, répliqua-t-elle avec véhémence.

— Je ne vois pas comment nous pourrions empêcher le mal des ardents de se propager. Nous avons déjà confiné les malades. On ne peut rien faire de plus. Prions pour que les beaux jours ne tardent pas trop à arriver. Le printemps est notre meilleur espoir.

— Tu ne comprends pas. Je parle du *vrai coupable.*

Elle insista sur ces derniers mots.

Guy soupira.

— Encore cette idée ?

— Tout cela ressemble à une malédiction, ne crois-tu pas ? Dommage que le père Éloi ne soit pas en état de nous éclairer sur la question.

— Depuis le début de l'épidémie, notre curé n'a pas été d'un grand secours, objecta le laboureur. Nous nous passerons de son aide.

Guy n'avait pas l'intention de lui donner raison. Il n'était pas de son avis, ce qui en soi était une raison suffisante ; en outre, de son point de vue, la colère lui donnait meilleure mine. Il préférait la voir ainsi, fulminant contre lui, plutôt que déprimée. L'énervement, chez elle, était un signe de bonne santé. Après trente ans passés à ses côtés, il comprenait ses états d'âme mieux que quiconque, et ce malgré la retenue dont il faisait preuve en sa présence.

— Et que ferions-nous si le père Éloi venait à succomber ? poursuivit Antoinette.

Le laboureur haussa les épaules.

— Oh, ça ? Ils nous en enverront un autre, sois sans crainte.

— À t'entendre, on croirait que cela t'indiffère. Tu devrais avoir honte !

— Éloi ne m'a jamais fait une forte impression. On lui trouvera un successeur tout aussi compétent, j'en suis certain. Je pense même que nous gagnerions au change.

Antoinette s'empourpra. Elle voulut répliquer, mais l'idée que son mari se payait sa tête l'effleura soudain.

— Si tu le dis, maugréa-t-elle.

— Allons. Maintenant, viens. Ta fille t'a préparé de la soupe. Cela te fera du bien.

L'épouse du laboureur se laissa convaincre et quitta son lit. En dépit de sa piètre consistance, le breuvage parfumait la pièce d'effluves réconfortants.

— Maman !

Anne se précipita à sa rencontre, l'embrassa, puis elle tira le banc et l'invita à s'y installer. Depuis que sa mère était souffrante, elle faisait de son mieux pour aider son père, qui semblait un peu perdu, lui aussi ; il lui arrivait de regarder dans le vague pendant plusieurs minutes. Elle remua une dernière fois sa soupe avant de remplir les bols, servant sa mère en premier.

— C'est beaucoup trop, protesta Antoinette en accueillant le récipient fumant entre ses mains.

La chaleur se répandit le long de ses doigts, qui se défirent peu à peu de leur teinte bleutée.

— Mange, cela te redonnera des forces.

Antoinette trouva étrange d'être ainsi maternée par sa fille, mais elle se contenta d'acquiescer. Ces marques d'attention l'apaisaient. Déjà, elle se sentait plus légère. Sa place était là, auprès des siens. Elle avala plusieurs gorgées avec appétit, bien qu'elle ait prétendu ne pas avoir faim, ce qui fit sourire son mari.

Anne l'observait, les yeux brouillés. Lorsqu'elle s'en aperçut, Antoinette reposa sa cuillère.

— Qu'est-ce qui ne va pas ?

Anne baissa le menton.

— J'ai eu si peur, dit-elle en s'affaissant sur les genoux de sa mère.

Antoinette passa ses doigts dans les cheveux de sa fille.

— Oh ! Anne, je suis désolée. Jamais je ne vous abandonnerai, ton frère et toi. Nous nous battrons tous ensemble. Bientôt, cet hiver ne sera plus qu'un mauvais souvenir. Avec l'arrivée des beaux jours, tout rentrera dans l'ordre.

Guy lui adressa un regard entendu.

Ensuite, plus aucune parole ne fut prononcée pendant de longues minutes. Au son des crépitements du foyer et du vent qui exerçait une pression continue contre la porte, la famille savoura le calme autant que les quelques légumes-racines qui flottaient dans la soupe.

La ferme avait retrouvé sa quiétude, quand Antoinette demanda soudain :

— Où est Ghislain ? Pourquoi ne mange-t-il pas avec nous ?

Sa voix tremblait d'inquiétude.

— Ne t'affole pas. Ghislain est sorti, expliqua le laboureur.

— Depuis quand est-il parti ? insista sa femme.

— Deux heures. Peut-être un peu plus. Inutile de s'alarmer.

— Par ce froid, il devrait déjà être rentré.

— Que dis-tu ? Ghislain est jeune, robuste. Il voulait prendre l'air. Je ne vois rien de mal à cela. M. de Noilat lui-même pense qu'il n'y a pas meilleur remède que l'exercice.

— C'est sans doute vrai, à condition qu'aucun rôdeur ne traîne dans les parages. S'il avait été attaqué, comme Gaston ?

Anne n'intervint pas, bien qu'elle semblât inquiète. Guy, lui, montrait des signes d'impatience.

— Tu imagines toujours le pire.

— Le pire ? Il s'est déjà produit, le pire ! Tu ne vas tout de même pas rester les bras croisés.

— J'irai en temps voulu. Pour l'instant, c'est inutile.

Antoinette se tut, l'angoisse au ventre. Elle repoussa la soupe, se leva, puis se dirigea vers la fenêtre. Ses yeux se perdirent dans l'immensité blanche qui luisait sous les rayons d'un soleil passager.

2.

Les villageois ont jugé préférable que Loïse ne sache rien de ses origines. Ils auraient dû se douter qu'elle finirait, en grandissant, par se poser des questions.

Le premier placard que Loïse ouvrit contenait une série d'objets liturgiques. Sur le ciboire et la patène, destinés à recevoir les hosties, la fillette passa ses doigts, fascinée par leur éclat doré et leurs motifs ciselés parfaitement assortis. Ce n'était pas de grandes pièces d'orfèvrerie, mais Loïse appréciait la finesse du feuillage qui courait sur le pied de la coupe et sur les bords de la patène, très loin de la vaisselle ordinaire dans laquelle elle prenait ses repas. En dessous, trois tiroirs parcourus en leur périphérie par une rainure décorative s'étiraient sur toute la largeur du vieux meuble. Loïse les fit glisser un à un, découvrant le linge utilisé pendant la messe, d'une blancheur immaculée ; une croix était brodée au centre de chaque pièce. La fillette reconnut le tissu carré de petite taille, aux bords rigidifiés, qu'on posait sur le calice afin de protéger le vin pendant l'office. Elle le toucha machinalement avant de refermer le tiroir. Ce n'était pas ce qu'elle était venue chercher.

Un dallage usé couvrait le sol de la sacristie. Loïse s'y déplaçait sur la pointe des pieds, craignant que le curé ne surgisse pour lui tirer les oreilles. Sa peur était irrationnelle ; l'homme ne quittait pas la maladrerie, mais elle ne pouvait s'empêcher d'y penser.

Le père Éloi ne l'aimait pas. Elle s'en était vite rendu compte en assistant aux leçons qu'il donnait aux enfants.

Avec elle, il était froid, hostile, pas comme avec les autres. Malgré ses efforts, elle ne parvenait jamais à le contenter. Il la réprimandait sans cesse, elle était toujours coupable de quelque chose.

Il n'était pas le seul à se comporter ainsi. Les villageois d'Ardeloup, de façon générale, ne l'appréciaient pas. En la voyant, ils fronçaient les sourcils comme si elle fomentait un mauvais coup, et quand elle disait la vérité, ils ne la croyaient pas. En marge de la communauté, la fillette n'avait rien connu d'autre qu'indifférence, solitude et rejet. S'il lui arrivait d'être triste, la plupart du temps elle acceptait la situation. De toute façon, elle ne pouvait pas la changer ; elle en avait acquis la certitude.

Avec l'arrivée d'Aymar de Noilat, tout avait basculé. Le médecin lui témoignait de l'intérêt, de la curiosité et, en quelques occasions, de la tendresse. Du moins était-ce l'idée qu'elle s'en faisait. Elle s'en réjouissait, sans comprendre pourquoi il lui offrait ce qu'on lui avait refusé durant tant d'années. À bien y réfléchir, elle ne voyait qu'une seule manière de l'expliquer : Aymar de Noilat n'était pas né ici. Pourquoi aucun adulte ne l'aimait-elle, hormis cet étranger ? Elle voulait la vérité maintenant, quelle qu'elle puisse être.

Loïse se dirigea vers les archives du village, rangées sur une vaste étagère. Le père Éloi y avait regroupé les documents en plusieurs liasses, selon un classement incompréhensible de prime abord. Elle décida de commencer par celles qui se trouvaient en haut à droite. Le tabouret, laissé juste à côté, lui permit de se hisser à la bonne hauteur et de dégager une première pile de documents. Un petit nuage de poussière s'en échappa. Il lui chatouilla les narines tandis qu'elle descendait à reculons, prenant appui sur l'étagère. Elle parcourut rapidement les feuillets, à la recherche d'une date ou de toute indication capable de l'éclairer sur la classification du curé. La tâche était ardue, en particulier pour une enfant qui venait tout juste d'apprendre à lire. Mais Loïse ne se découragea pas, et sa patience finit par payer.

Les plus anciens registres se trouvaient en bas, au niveau du dallage, et reposaient sur une simple planche en bois qui servait à les protéger des remontées humides. Les liasses, qui n'avaient pas bougé depuis la date de leur archivage, étaient collées entre elles. On devinait, à l'inverse, celles qui avaient été consultées au cours de ces dernières années.

Galvanisée par cette première victoire, Loïse redressa fièrement les épaules. Aymar de Noilat lui avait appris à lire. N'était-ce pas un signe que le destin lui envoyait ? Peut-être avait-on placé le médecin sur sa route dans ce but ? L'idée lui plaisait. Grâce à lui, elle déchiffrait assez bien l'écrit pour tenter de percer à jour le mystère qui planait sur ses origines. D'où venait-elle ? Qui étaient ses parents ? Qu'avaient-ils fait pour qu'on la déteste autant ?

Malgré la faim et les privations, l'espoir lui donna un regain d'énergie. Le moment qu'elle attendait depuis si longtemps était arrivé. Elle allait enfin comprendre.

Antoinette avait raison : aucun compte rendu ne manquait à l'appel, les villageois tenaient des archives rigoureuses. Les plus anciennes, jaunies et piquetées, dégageaient une odeur un peu poivrée. Partagée entre l'excitation et la peur, Loïse sélectionna les registres des dix dernières années, jugeant inutile de remonter plus loin, puis les déposa sur le bureau du curé.

Les documents étaient en bon état et parfaitement lisibles. La fillette s'étonna de la régularité des traits, plus habituée à la calligraphie d'Aymar de Noilat qui écrivait à la hâte sans souci d'élégance. À regret, Loïse chassa le médecin de son esprit et se concentra sur les registres qu'elle avait pris soin de disposer par ordre chronologique. Une quantité impressionnante de feuillets recouvraient presque toute la surface du bureau. Elle prit soudain conscience de l'ampleur de la tâche et l'ombre du découragement passa dans ses yeux. Malgré d'indiscutables progrès, elle lisait encore lentement. Il lui faudrait des jours, peut-être des semaines, pour parcourir l'ensemble des écrits qu'elle avait devant elle.

Abattue, elle s'assit sur le tabouret et se mit à réfléchir. Quel âge avait-elle lorsqu'on l'avait confiée à Guy et Antoinette ? À la ferme, personne n'avait rien voulu lui révéler. Elle devait être fort jeune, car elle n'en conservait aucun souvenir. Elle décida d'éliminer les liasses les plus récentes. Quel dommage qu'elle ne puisse pas demander l'aide d'Aymar ! Lui aurait su où chercher. Un instant, elle avait songé à lui en parler avant de se raviser. Le médecin aurait sûrement vu d'un mauvais œil le fait de s'introduire dans le presbytère à l'insu des villageois. Et puis, en lui confiant ses projets, elle aurait pu perdre son estime et son affection : un risque qu'elle n'était pas prête à prendre. Il était son seul allié. Où irait-elle s'il la rejetait ? L'idée de retourner à la ferme, de subir à nouveau les brimades d'Antoinette, les moqueries de ses enfants et l'indifférence de Guy lui était tout bonnement insupportable. Il y avait bien une autre option : quitter Ardeloup. Mais serait-elle capable de survivre livrée à elle-même ?

Il lui fallut ravaler ses peurs pour trouver le courage d'ouvrir la première liasse. Le document qui apparut traitait de l'augmentation des sommes que versaient les villageois pour conserver le droit de pêcher dans la Raire. À cette époque, Jehan avait demandé à s'entretenir avec le seigneur d'Ardeloup et de Theillay pour plaider en faveur d'un prix plus raisonnable. Quelques feuillets plus loin, la fillette apprit que le couvreur avait eu gain de cause. Très vite, elle comprit que les comptes rendus abordaient différents sujets, sans qu'il y ait forcément de lien entre eux. Afin de ne rien manquer d'important, Loïse n'avait pas d'autre choix que de parcourir l'intégralité des pages. L'exercice était éprouvant pour la novice qu'elle était. Elle posa son front entre ses mains, mais cela ne suffit pas à endiguer la douleur qui s'installait dans son crâne.

Une heure passa, puis deux. Le moral de Loïse faiblissait comme la lumière extérieure, voilée par une bande de nuages cotonneux. Elle était venue au presbytère la poitrine gonflée d'espoir. Peut-être le soleil du matin y avait-il été pour quelque chose ? Car maintenant, le gris reprenait ses droits et la fillette doutait de ses chances de succès. Pourtant, elle continuait à lire. Ligne après ligne, page après page… Elle ne parvenait plus à s'arrêter. Et si la vérité se cachait un peu plus bas ou au verso ? Elle ne pouvait pas abandonner si près du but.

À force de persévérance, la fillette tomba sur un texte qui ne ressemblait pas aux précédents. L'écriture était plus nerveuse, plus resserrée, moins appliquée, comme si le père Éloi avait rédigé à la hâte en tentant de faire entrer le plus d'informations possible sur une page. Il y avait plusieurs feuillets comme celui-ci : neuf au total. Tous traitaient d'une même affaire. La respiration de Loïse s'accéléra. Au fond, elle savait de quoi il retournait, mais elle avait besoin de le voir écrit noir sur blanc.

Les faits s'étaient déroulés sept ans plus tôt, durant un été si sec qu'Ardeloup n'avait pas vu l'ombre d'une goutte d'eau pendant des semaines. Dure comme la pierre, la terre avait perdu ses vertus nourricières. Hommes, femmes, enfants… Tous mouraient de faim. Le père Éloi n'en disait pas davantage, mais c'est dans ce contexte qu'eut lieu le procès de Diane, veuve d'Odon, laboureur d'Ardeloup qui, jadis, possédait sa propre parcelle non loin du moulin.

★

À la mort de son époux, Diane avait réussi à reprendre l'exploitation et à la faire prospérer sans l'aide de personne. Au lieu de lui valoir l'admiration des villageois, son succès suscita méfiance et jalousie. Quand la famine s'installa, et bien qu'elle fût confrontée à la sécheresse, elle aussi, on la tint pour responsable.

En marge de la communauté, Diane se confiait peu. Au village, on ne savait rien de son passé, si ce n'est qu'Odon l'avait ramenée de Romorantin pour l'épouser. Charismatique, il avait fait taire les mauvaises langues, sans parvenir à lever les craintes que Diane inspirait à ses voisins. La jeune femme possédait en effet une beauté hors norme, et une particularité physique qui lui valait bien des malheurs : ses yeux n'étaient pas de la même couleur. L'un était d'un brun commun ; l'autre, bleu, aussi froid que les stalactites au bout d'une branche. Son regard troublait les habitants d'Ardeloup, qui n'avaient jamais rien vu de tel. L'arrivée de cette femme ne pouvait être qu'un funeste présage.

Le décès d'Odon, deux ans après, conforta cette opinion. À cause de Diane, le mauvais œil planait sur le village. Privée de la protection de son époux, elle devint coupable de tous les maux. Hiver rigoureux, famine, été sans eau, débordement de la Raire… Ardeloup devait sa misère à Diane et à ses effroyables yeux vairons.

Cependant, personne n'eut assez de cran pour s'en prendre à elle directement. La vie continua sans qu'elle ait à subir autre chose qu'un rejet dont elle s'accommodait déjà depuis de nombreuses années.

Puis, un jour, la lettre de dénonciation arriva. Les villageois ignoraient l'identité de celui ou de celle qui l'avait rédigée, tout autant que le contenu de la missive, qui resta secret. Ils ne cherchèrent pas à résoudre ce mystère : il ne les intéressait pas. Au lieu de cela, ils accueillirent l'inquisiteur avec diligence dans l'espoir de gagner ses faveurs. Si la paroisse lui faisait bonne impression, peut-être rapporterait-il leurs difficultés à la connaissance de l'archevêque ? L'idée d'une possible aide venant de Bourges germa dans les esprits.

L'inquisiteur s'installa au presbytère ; le père Éloi se montra aux petits soins. Au début, l'homme se contenta d'observer les villageois d'un air débonnaire. Il ne ressemblait en rien à la personnalité implacable qu'évoquait sa fonction dans l'imaginaire collectif. Rapidement, il se fondit dans le paysage. Il saluait les habitants lorsqu'il les rencontrait, partageait son pain, s'attirait leur sympathie par ses manières simples et ouvertes. Un mois plus tard, à peine se souvenait-on qu'il appartenait à une juridiction chargée de combattre la sorcellerie. Il semblait avoir toujours été là.

La troisième semaine suivant son arrivée, il entama pourtant une enquête et se mit à interroger les villageois. Il passait de maison en maison, vêtu d'un habit plus cintré que ceux auxquels les habitants d'Ardeloup étaient habitués. Au doigt, il portait une bague ornée d'une pierre rouge qui scintillait au soleil. C'était un bel objet, il attirait les regards. Non, c'était plus qu'un bel objet. Pour les paroissiens, c'était le bien matériel le plus luxueux qui leur ait été donné de voir. Curieux, les enfants suivaient l'inquisiteur dans ses pérégrinations, les yeux fixés sur la pierre, puis se terraient dans les taillis en gloussant lorsqu'il tournait la tête dans leur direction. Celui-ci les contemplait avec la bienveillance et l'indulgence dont il gratifiait, comme une sorte de récompense, tout être sans importance qui lui témoignait de l'admiration ou une forme de respect due à sa position.

Quand ils apprirent les soupçons qui pesaient sur Diane, les habitants d'Ardeloup ne feignirent pas de s'en étonner, ce qui, évidemment, ne plaida pas en faveur de la veuve. Quoi qu'Odon ait pu en dire, cette femme avait quelque chose de bizarre, à commencer par son regard étrange.

L'inquisiteur n'employa pas la force – d'ailleurs, il n'était pas connu pour sa sévérité. Les villageois s'ouvrirent à lui, lui confièrent sans détour leurs craintes au sujet de Diane. Lui se contenta d'écouter, caressant la pierre de sa bague. Il n'avait encore envoyé aucune femme sur le bûcher et n'était pas pressé de le faire, toutefois il devait bien admettre que les témoignages contre Diane s'accumulaient. Peut-être avait-il affaire à une véritable sorcière, après tout ? La première de sa carrière.

Répondant à l'empressement général, l'inquisiteur décida d'emmener Diane à Bourges pour qu'elle y soit interrogée, tout en se promettant de consulter l'un de ses pairs dont il respectait le jugement et à qui il se fiait volontiers.

La jeune veuve songea-t-elle à s'enfuir ? Peut-être. Quoi qu'il en soit, elle n'eut pas le temps de mettre un tel plan à exécution. L'inquisiteur l'escorta jusqu'à la ville avec, dans le ventre, un mélange de crainte et de curiosité. Les yeux de Diane conféraient à cette dernière une beauté froide extrêmement attirante qui fascinait le magistrat. Pendant tout le trajet, il l'épia discrètement, balayant du regard chaque partie de son corps qui, malgré le labeur et l'enfantement, conservait cette délicatesse juvénile ; une forme de pureté qui contrastait avec le désir qu'elle éveillait chez les hommes.

Pendant un instant, il songea à la ramener à Ardeloup. Après tout, nombre de dénonciations étaient le fruit de la jalousie d'une épouse ou d'un voisin. Elle avait dû susciter ce type de sentiments plus d'une fois au cours de sa vie. Rien dans son attitude, douce et résignée, ne laissait supposer que le Malin avait une quelconque emprise sur elle.

Malheureusement, le magistrat, partagé, ne fit pas demi-tour.

En entrant dans Bourges, grouillante d'activités et d'âmes, Diane attira une foule de badauds accusateurs. Pour eux, le simple fait de la voir arriver en compagnie de l'inquisiteur suffisait à la condamner. En découvrant la particularité de son visage, beaucoup se signèrent ou détournèrent la tête, effrayés. Très vite, la nouvelle se répandit. De maison en maison, hommes, femmes et enfants ne parlaient plus que de la sorcière et de son regard diabolique ; fixé trop longtemps, on le disait capable de pervertir un cœur dévoué à Dieu.

L'inquisiteur conduisit Diane à la prison du château, le temps de s'entretenir avec le juge, à qui il confia le résultat de son enquête ainsi que ses doutes concernant la culpabilité de la veuve. Félicité en grande pompe pour le travail accompli, l'inquisiteur demanda ce qu'il adviendrait de sa prisonnière. Le juge resta évasif.

Le lendemain, Diane fut entendue. Ses bourreaux la rasèrent et l'inspectèrent de la tête aux pieds à la recherche d'une marque, celle du Malin ; ils la trouvèrent près du pubis, au niveau de l'aine. C'était un minuscule grain de beauté, rond et sans reliefs. Le procès se tint le jour même. Jugée coupable, Diane perdit connaissance lorsque le tribunal rendit son verdict. Sans doute s'attendait-elle à une peine plus clémente.

L'inquisiteur, lui, assista, impuissant, à l'élévation du bûcher. Il rassembla son courage et tenta de parler au juge, espérant le faire changer d'avis, mais ce dernier demeura inflexible : le peuple meurt de faim, disait-il, il a besoin d'une sorcière. L'inquisiteur comprit qu'il ne pouvait plus rien pour elle.

En colère contre sa hiérarchie, contre lui-même, il n'assista pas à l'exécution. De la chambre qu'il occupait en ville, il entendit la clameur de la foule agglutinée autour du bûcher, le crépitement du brasier charrié par le vent d'été, puis les cris de la malheureuse qui s'élevèrent en une interminable et sinistre mélodie.

La mort de la sorcière s'incrusta dans chaque pierre de la ville telle une encre indélébile. Une odeur tenace de brûlé et de chair rôtie empestait les rues, s'infiltrait dans les bâtisses, jusque dans la cathédrale. Malsain, l'air devint difficilement respirable. Quant à la condamnation, bien qu'accueillie avec ferveur par la population, elle n'eut pas le pouvoir de remplir les estomacs, qui restèrent vides, faute de nourriture. De l'avis de l'inquisiteur, pourtant responsable de son arrestation, Diane avait rendu son dernier souffle pour rien.

★

La nouvelle de sa mort parvint à Ardeloup deux jours plus tard, par l'intermédiaire d'un messager qui arriva l'habit couvert de la poussière des chemins. Personne ne contesta le verdict du tribunal. Les représentants du village se réunirent pour régler les questions matérielles soulevées par la disparition de la veuve, à commencer par le transfert de propriété des parcelles dont elle avait hérité à la mort d'Odon. En l'absence d'un descendant capable de reprendre l'exploitation, le père Éloi décréta que la terre revenait à la communauté et qu'elle serait vendue au plus offrant. À l'époque, Guy était le seul à pouvoir racheter la parcelle, ce qu'il fit.

Il restait néanmoins une dernière question sur laquelle le village dut se prononcer, un détail qui jusque-là n'avait pas encore été évoqué. Que deviendrait la petite Loïse, fille d'Odon et de la sorcière, âgée d'à peine trois ans au moment des faits ?

Depuis que l'inquisiteur avait emmené sa mère, l'enfant refusait de parler. Elle passait ses journées recroquevillée sur elle-même, se balançant d'avant en arrière, les genoux serrés contre sa poitrine. À Ardeloup, personne n'éprouvait la moindre envie de la recueillir. Qui sait ce que leur apporterait l'engeance d'une sorcière ? Rien que des ennuis, pour sûr.

Guy, conscient que le décès des parents de Loïse l'avait favorisé, se porta volontaire, malgré les réticences d'Antoinette. Sa décision soulagea le village, qui l'approuva à l'unanimité. Après tout, Guy était le plus fortuné d'entre eux. N'était-il pas de son devoir d'offrir un toit à la petite ?

★

Bien sûr, tous les faits n'étaient pas racontés avec autant de précision dans le registre que Loïse tenait entre ses mains. Mais il y avait assez de détails pour qu'elle puisse comprendre l'essentiel de l'histoire.

Dans la sacristie où le jour faiblissait, elle avait le dos voûté au-dessus du monceau d'archives. Le simple fait de se redresser lui arracha une grimace. Elle fit un pas en arrière, désappointée et lasse. Elle était arrivée au bout de quelque chose. Que lui restait-il à accomplir à présent ?

Incapable d'imaginer l'avenir, elle se mit à trembler. Sous ses pieds, le sol se dérobait ; dans sa tête, un flot chaotique de pensées se déversait. Sa mère était morte, son père aussi. Elle ne pouvait pas se lancer à leur recherche. Il lui fallait trouver autre chose. Une chose pour laquelle se battre. Au moins connaissait-elle le prénom de ses parents désormais… Maigre consolation.

En songeant au châtiment infligé à sa mère, Loïse estima que les habitants d'Ardeloup avaient bien mérité leur sort. Le mal des ardents, ils ne l'avaient pas volé !

Elle relut les passages relatifs à son adoption ; elle voulait être certaine de ne rien manquer d'important. Guy l'avait recueillie. Sur le papier, elle n'était qu'une acquisition de plus : le texte parlait moins de l'enfant que de la superficie des terres agricoles récupérées. Le père Éloi stipulait que Loïse, à l'âge adulte, serait une aide supplémentaire pour l'exploitation. Les villageois l'avaient toujours considérée comme telle.

La gorge de la fillette se serra. Que deviendrait-elle au départ d'Aymar de Noilat ? La neige n'empêcherait pas éternellement le médecin de reprendre la route. Retournerait-elle travailler à la ferme ? Ou existait-il une autre solution qu'elle ne voyait pas encore, tant elle était troublée par le chagrin et le poids de sa découverte ? Elle n'était qu'une orpheline. Personne ne l'attendait quelque part.

Trop fière pour pleurer, elle ravala ses larmes plus difficilement qu'à l'accoutumée.

Ensuite, ses pensées se dirigèrent vers la maison qu'avait occupée Diane avant son exécution. Quand Aymar avait décidé de s'y installer, elle s'était réjouie, d'abord parce que cela l'éloignait d'Antoinette. Peu à peu, la bâtisse avait éveillé en elle des souvenirs, ou plutôt, une étrange impression, indéfinissable. Elle prenait tout son sens à présent : dans cette maison, elle avait vécu ses plus jeunes années, chérie par des parents aimants – du moins, se plaisait-elle à l'imaginer.

Malgré son désarroi, Loïse s'obligea à ranger les liasses de documents pour ne laisser aucune trace de son passage au presbytère. L'intrusion risquait d'alarmer les villageois, déjà sur le qui-vive depuis l'agression de Gaston. Elle se promit de ne rien dire au sujet de sa découverte, pas même à Aymar, et de continuer à faire semblant le temps de mettre son plan à exécution. Depuis des jours, il mûrissait dans son esprit ; le soir surtout, quand, allongée sur sa couche, elle tardait à trouver le sommeil. Maintenant qu'elle connaissait la vérité, elle n'avait jamais été aussi convaincue de son bien-fondé. Il ne lui restait plus qu'à patienter.

3.

On peut pratiquer le mensonge avec habileté.
Cela ne veut pas dire qu'on le repère
avec plus de facilité chez l'autre.

Le soleil avait disparu lorsque Loïse déverrouilla la porte du presbytère. Le ciel renouait avec de grands aplats gris, tristes et monotones, tellement tristes qu'ils achevèrent de lui ternir le moral.

Elle enfonça la clé dans la serrure, puis tourna le dos à l'église sans un regard derrière elle. Frigorifiée, elle croisa sa cape sur sa poitrine, avant d'avancer, la tête un peu basse. Elle s'engageait à peine sur la place du village lorsqu'une silhouette surgit devant elle.

Comme un voleur pris sur le fait, Loïse recula d'un pas.

C'était Ghislain. Les bras croisés sur son torse, il la toisait et fronçait les sourcils d'un air mauvais.

— Que faisais-tu ? Je t'ai vue entrer chez le père Éloi.

Loïse se mordit les lèvres. Ils se défièrent du regard.

— Rien qui t'intéresse.

Elle voulut avancer, mais le garçon lui barrait la route.

Ghislain insista. Du haut de ses dix-sept ans, il était plus vieux, plus fort, il avait l'ascendant. Il était aussi le fils de Guy ; on prendrait son parti. La plupart du temps, il s'adressait à Loïse comme à une servante à qui il pouvait donner des ordres, et n'hésitait pas à tester son autorité à ses dépens, car, à la ferme, personne n'était jamais intervenu pour y mettre un terme.

— Je veux savoir.

Loïse déglutit. Ghislain la dépassait d'une tête.

— Laisse-moi passer, se défendit-elle.

— La clé, l'as-tu volée ? Je te dénoncerai, sale petite peste.

— Le père Éloi m'a envoyée chercher un onguent pour soulager ses brûlures, inventa-t-elle. Il me l'a donnée.

Les yeux de Ghislain s'étrécirent.

— Tu mens ! Cela fait des heures que j'attends planqué là. Si c'était la vérité, tu serais ressortie depuis longtemps. N'espère pas me faire avaler ça !

Il marqua une pause, sourit de toutes ses dents, avant de reprendre :

— Que dira M. de Noilat quand il apprendra que tu es une voleuse ? Il regrettera de s'être montré gentil avec toi, j'en suis sûr.

La menace ébranla Loïse. Furieuse, elle sentit le rouge lui monter aux joues.

— Il ne te croira pas.

— On verra s'il est toujours aussi indulgent après ça.

Déterminée à reprendre sa route sans se laisser impressionner, Loïse bouscula Ghislain. Il la rattrapa et lui agrippa les deux épaules.

— Si tu penses t'en sortir comme ça, tu te trompes. J'en ai pas fini avec toi.

Loïse se débattit sans parvenir à se libérer. Dans un élan désespéré, elle envoya son poing de toutes ses forces en direction du visage de son agresseur. Surpris, le garçon lâcha prise, recula en titubant, puis porta ses mains à son nez. Du sang s'écoulait de ses narines meurtries.

La fillette en profita pour détaler. Elle courut vers la maison de sa mère, priant pour que le sol glissant ne l'arrête pas dans son élan. L'air froid lui brûlait les poumons, mais elle continua comme si sa vie en dépendait. Sa cage thoracique semblait sur le point d'exploser. Puis ses jambes fatiguèrent, et elle risqua un regard derrière elle : Ghislain ne s'était pas lancé à sa poursuite. Elle courut de plus belle, jusqu'à épuiser le peu de souffle qui lui restait.

Sur la place de l'église, le jeune homme n'avait pas bougé. Plus que son nez, sa fierté venait d'en prendre un sacré coup. Il détestait perdre la face. Son premier réflexe fut de s'assurer qu'aucun villageois n'avait assisté à la scène. Fort heureusement pour lui, l'endroit était désert. Un peu rasséréné, il ramassa de la neige, l'appliqua sur son visage pour apaiser la brûlure qui émanait de sa blessure. Son corps tout entier frissonna. Qu'allait dire Antoinette en le voyant arriver ainsi ? Loïse ne perdait rien pour attendre.

Ghislain songeait à se venger tandis qu'il rentrait chez lui. Ses parents avaient dû remarquer son absence ; ils devaient s'inquiéter, surtout sa mère – elle se mettait toujours dans tous ses états. Il accéléra le pas, craignant les reproches qu'il lui faudrait affronter. Lorsqu'il aperçut la fumée qui s'élevait au-dessus du toit de la ferme, il n'éprouva aucune faim. Sa rencontre avec Loïse lui avait coupé l'appétit. Il poussa le portillon, de méchante humeur.

Comme il s'y attendait, la famille était attablée autour d'un bouillon. Antoinette laissa échapper un soupir de soulagement.

— Dieu soit loué ! Nous étions inquiets.

Moins démonstratif, Guy dévisagea son fils.

— Que t'est-il arrivé ?

Ghislain porta son index à ses narines, d'où il délogea une petite croûte de sang coagulé.

— Ce n'est rien, affirma-t-il pour clore le sujet.

— Si tu as été agressé, tu dois nous le dire, protesta sa mère en agitant les bras.

Le jeune homme rejeta la tête en arrière.

— C'est Loïse. J'aurais pu lui faire mal en me défendant, alors je l'ai laissée faire.

À ces mots, Antoinette bondit sur sa chaise.

— Loïse t'a frappé ? C'est inadmissible ! Cette enfant ne cesse de nous manquer de respect. Elle doit être punie pour ça. M. de Noilat est trop indulgent avec elle. Il n'a pas encore vu sa vraie nature. Je suis sûre qu'il la chassera dès qu'il se rendra compte de son ingratitude et de sa fourberie.

Agacé par les réactions trop vives de son épouse, le laboureur s'adressa à son fils :

— Commence par nous expliquer ce qui s'est passé.

Ghislain enjamba le banc, s'assit près de sa mère, puis il commença à raconter son histoire. Il avait eu tout le trajet du retour pour la peaufiner, et elle était à présent bien claire dans son esprit.

— En traversant la place, j'ai aperçu Loïse. Elle longeait le mur de l'église. Je l'ai observée de loin. Vous n'allez pas me croire, mais je l'ai vue entrer dans le presbytère. Elle devait avoir la clé.

— Le père Éloi ne la lui aurait jamais confiée, coupa Antoinette.

— Je me suis dit la même chose, continua Ghislain, c'est pour ça que j'ai voulu en avoir le cœur net. J'ai essayé de la suivre mais elle avait refermé la porte derrière elle. Alors j'ai attendu dehors, si longtemps que j'ai bien failli perdre mes doigts de pied.

Guy s'étonna :

— Combien de temps est-elle restée à l'intérieur ?

— Près de quatre heures. À sa sortie, je lui ai demandé ce qu'elle faisait là, elle n'a pas voulu me répondre. Elle avait l'air embarrassée de me voir.

— Tenait-elle quelque chose dans ses mains ? s'enquit le laboureur.

— Non, rien.

La colère insuffla à Antoinette un regain d'énergie.

— Elle mijote un mauvais coup, c'est certain. Jamais nous n'aurions dû permettre à cette enfant de rester parmi nous.

— Il n'y avait rien d'autre à faire, se défendit son mari. Inutile de revenir là-dessus.

— Nous voilà bien mal récompensés de la générosité dont nous avons fait preuve.

Une moue sceptique se dessina sur le visage de Guy.

— Demain j'irai parler à M. de Noilat, dit-il. D'ici là, tâche de ne plus y penser.

— Ne plus y penser ? Tu m'en demandes trop ! Elle s'est introduite chez le père Éloi, a frappé Ghislain. Comment pourrais-je dormir sans savoir ce qu'elle manigance ?

Elle insista plusieurs fois, mais son mari s'en tint à son idée : demain, il s'en occuperait. Pas avant.

Antoinette rumina le récit de son fils jusque tard dans la nuit. Pourquoi Loïse avait-elle volé la clé du presbytère ? Sur son matelas usé, la femme du laboureur ne parvenait pas à se sortir cette question de la tête. À ses côtés, et malgré les gesticulations de son épouse, Guy dormait à poings fermés, la respiration bruyante, entrecoupée de quelques ronflements gutturaux. Antoinette l'observa un moment, puis se retourna encore, agacée. Son corps crispé refusait de se détendre, et le sommeil tardait à venir la recouvrir du voile libérateur de l'inconscience.

L'image de Diane s'immisça dans son esprit. Qu'adviendrait-il si Loïse apprenait ce qu'ils avaient fait ? Peut-être était-elle déjà au courant ? Chercherait-elle à se venger ? Cette idée terrifiait Antoinette. À plusieurs reprises, elle avait décelé dans les yeux de la fillette une détermination qui lui avait fait froid dans le dos. Son instinct lui dictait de s'en méfier. Elle l'imaginait capable du pire. Loïse avait beau n'avoir que dix ans, c'était l'enfant d'une sorcière, après tout. Nul doute que la même malice coulait dans ses veines.

Antoinette agrippa la couverture et la rabattit sur son visage. Elle se sentait en sécurité ainsi. Bien que le tissu n'offrît qu'une protection illusoire, c'était un réflexe remontant à l'enfance et qui ne l'avait pas quittée. Elle glissa de quelques centimètres sur la droite jusqu'à ce que son corps frôle celui de Guy. La chaleur qu'irradiait son mari l'apaisa. Elle ne s'endormit pas mais trouva là un peu de réconfort.

La nuit lui sembla interminable. À l'aube, ses yeux brûlaient d'être restés si longtemps ouverts et son humeur était au plus bas. Elle se redressa sur sa couche, le dos calé contre le mur. Elle attendait avec impatience que Guy se réveille pour lui confier ses craintes, mais le laboureur avait le sommeil lourd. Lorsque ses paupières se soulevèrent enfin, il s'étira, poussa un grognement satisfait, puis remarqua qu'Antoinette le regardait fixement.

— Qu'y a-t-il ? lâcha-t-il d'un ton bourru.

— Je n'ai pas réussi à fermer l'œil.

— Rendors-toi quelques instants, suggéra Guy.

Contrariée, Antoinette s'emporta.

— Tu ne comprends donc rien ! Je ne *peux* pas.

— Ressasses-tu encore ce que nous a confié notre fils ? Je m'en occupe aujourd'hui, c'est promis.

— Il ne s'agit pas uniquement de ça. J'ai réfléchi. Je crois connaître l'identité de la personne qui s'en prend à nous.

— Que veux-tu dire ? Tu ne penses tout de même pas à Loïse ? C'est une gamine !

— Elle a une bonne raison de souhaiter notre mort, ne le vois-tu pas ? Depuis qu'elle travaille à la maladrerie avec M. de Noilat, elle est libre d'empoisonner nos malades pour qu'ils périssent les uns après les autres. Isabeau, la veuve de Jehan, m'a dit que Loïse s'y trouvait parfois sans surveillance. Elle cache quelque chose, je le sens ! Sinon pourquoi aurait-elle dérobé la clé du père Éloi ?

— Je ne crois pas à toute cette histoire, soupira le laboureur. Ça ne tient pas debout. Comment aurait-elle appris les circonstances de la mort de sa mère ?

— Elle aura entendu quelqu'un en parler.

— Et Gaston ? Il n'est pas vif, mais qu'une enfant puisse l'assommer aussi facilement…

— Je l'en crois capable. Elle n'a jamais été comme les filles de son âge.

— C'est une orpheline.

— Ça n'explique pas tout !

Guy ne répondit pas. Plus il tentait de la raisonner, plus son épouse s'emportait et laissait libre cours à son imagination, inspirée par la peur. Après une courte pause, le laboureur reprit d'une voix tranchante.

— Je parlerai avec M. de Noilat et Loïse. Nous verrons ce qu'il en ressort.

Sur ces mots, il se dégagea de la couverture qui lui emprisonnait le bas du corps, puis se vêtit en silence. Il passa ses habits les plus chauds, faits de laine épaisse, et quitta la ferme sans prendre le temps d'avaler quoi que ce soit. Les événements qui s'enchaînaient le plongeaient dans un état d'épuisement jamais atteint. Il avait beau dormir, cela ne suffisait pas, il était toujours aussi fatigué. Guy songea à Jehan et à la lassitude qui s'était emparée de lui peu avant sa mort. Peut-être était-il en train d'emprunter le même chemin ?

Le laboureur gagna les rues du village à grandes enjambées, déterminé à se débarrasser de sa mission au plus vite. Une enfant à l'origine du mal des ardents ? C'était grotesque, mais il désirait comprendre les raisons qui avaient poussé Loïse à se rendre en cachette au presbytère. Le vol avait toujours été lourdement sanctionné au sein de la communauté. Pas question de laisser passer ce genre d'écart.

En moins de quinze minutes, Guy atteignit la maison qu'avaient occupée Diane et Odon. Malgré l'heure matinale, Aymar de Noilat accueillit le laboureur et le convia à partager son premier repas de la journée ; il avait la mine affable et de bonnes manières. Guy déclina poliment l'invitation, observa autour de lui. Des livres, des poteries, et quelques objets savants dont il ne comprenait pas l'utilité se bousculaient sur les étagères, laissant peu d'espaces vides et une impression de surcharge générale dans laquelle le médecin se plaisait visiblement.

— Comment se portent vos patients ? demanda-t-il pour entamer la conversation.

Les traits d'Aymar s'assombrirent.

— Hélas, je n'ai pas de bonnes nouvelles à vous donner. Cette maladie… Je crains d'être impuissant face à elle. J'ai appliqué tout ce que je sais. Rien n'y fait. Vous devez me trouver incompétent et je ne peux pas vous en vouloir de le penser.

Le laboureur balaya une nouvelle fois la pièce du regard. Aucune trace de Loïse.

— Nous vous sommes redevables, dit-il. Je ne suis pas un ingrat, monsieur de Noilat. J'ai vu les efforts que vous avez déployés pour tenter de sauver Silvain, Scévolé…

Sa gorge se serra.

Le médecin baissa la tête.

— J'ai essayé, confirma Noilat.

Guy soupira.

— La gangrène continue de se propager, n'est-ce pas ?

— En effet. Nous sommes maintenant à sept morts en comptant Guillemette et Jehan.

— À ce rythme, il ne restera plus de villageois à Ardeloup pour voir l'arrivée du printemps.

— Les amputations ralentissent la progression de la maladie mais, tôt ou tard, la gangrène reprend dans un autre membre, expliqua Aymar.

— Vous avez opéré Eudes ?

Le médecin acquiesça.

— À la jambe gauche. Je le pensais tiré d'affaire jusqu'à hier. En l'examinant, j'ai remarqué de nouvelles taches noires au niveau de son avant-bras.

Guy parut réfléchir.

— Puis-je vous demander une faveur ?

— Bien entendu, répondit Noilat.

— Si j'attrape le mal des ardents, par pitié, ne me découpez pas. Je préfère ne pas retarder l'inéluctable. Que ferait-on d'un laboureur estropié à Ardeloup ?

— Comme vous voudrez.

Aymar se força à sourire.

— Vous ne m'avez pas donné les raisons de votre venue, remarqua-t-il. L'état d'Antoinette s'est-il dégradé ?

— Non. Pour tout vous dire, je ne sais pas par où commencer.

Guy inspira profondément.

— Je suis là pour Loïse, lança-t-il après quelques secondes.

— Pour Loïse ? Je ne comprends pas.

— Ghislain l'a vue pénétrer dans le presbytère avec la clé du père Éloi.

Surpris, le médecin accusa le coup.

— Nous pensons qu'elle l'a prise à la maladrerie, continua Guy. Je dois tirer cette histoire au clair.

— En ce moment, elle dort. Je lui demanderai de s'expliquer à son réveil, promit Aymar.

Le laboureur, embarrassé, passa une main sur son front.

— Ça ne peut pas attendre.

— Pourquoi donc ? Je suis certain que Loïse n'avait pas de mauvaises intentions.

— Je suis également de cet avis, mais les autres villageois ne seront pas aussi cléments lorsqu'ils l'apprendront.

Aymar de Noilat s'éloigna. Il revint avec un récipient rempli d'eau bouillante qu'il versa dans un bol où attendaient quelques feuilles séchées.

— Je peine à vous suivre.

— Son comportement servira de prétexte, poursuivit le laboureur, on l'accusera d'être responsable du fléau qui s'abat sur Ardeloup.

Le médecin fronça les sourcils. L'éclat bleuté de son regard se ternit.

— Pourquoi feraient-ils cela ? Ce n'est qu'une enfant !

Guy pesa ses mots.

— Votre étonnement est compréhensible… C'est parce que vous ne connaissez pas toute l'histoire. Loïse est la fille d'une femme qui a été condamnée pour sorcellerie il y a sept ans. Antoinette et moi l'avons recueillie, mais les habitants – prenez la réaction de mon épouse – n'ont jamais considéré cela d'un très bon œil. Ils ont des soupçons. Certains pensent que lorsque la mère est coupable, sa progéniture l'est tout autant.

— Tiens donc ! Personne ne m'a encore présenté la sorcellerie comme une affliction héréditaire, ricana Aymar.

Guy ignora le sarcasme, même s'il le comprenait.

— En ce moment, les villageois ont besoin d'un bouc émissaire, reprit-il.

— De là à accuser Loïse…

— Monsieur de Noilat, je connais les gens d'ici. S'ils croient reconnaître une sorcière, l'âge de Loïse ne fera aucune différence.

Outré, Aymar se leva.

— Alors la bêtise de ces gens est pire que je le pensais ! se récria-t-il. Je comprends que la peur et la nécessité puissent égarer les esprits, mais tout de même ! Vous partagez leur point de vue ?

— Non, bien sûr !

Le médecin sentait son sang cogner contre ses tempes, les battements de son cœur résonnaient dans sa tête. Voyant le regard affolé du laboureur, il prit le temps d'avaler une gorgée de son infusion avant de poursuivre la discussion.

— Et la sorcière ? Était-elle coupable ?

Guy soupira.

— J'aimerais vous répondre que oui, mais je n'y crois pas vraiment.

— Je vois. Dans ce cas, pourquoi n'avoir pas protesté ? Les habitants d'Ardeloup vous écoutent. Peut-être auraient-ils changé d'avis ?

— Ce n'était pas aussi simple… J'ai manqué de courage, c'est vrai.

Aymar serra les poings. Tout cela était monstrueux, il n'y avait pas d'autre mot.

— C'est moi qui interrogerai Loïse, décréta-t-il.

— Je vous en prie, laissez-moi rester. Vous l'avez dit vous-même, les villageois ont confiance en moi, ils seront moins suspicieux si c'est à moi qu'elle parle.

D'abord partagé, le médecin se rangea finalement à l'avis de Guy. Il était temps de tordre le cou à ces idées ridicules une bonne fois pour toutes. Il se leva. Puis il disparut dans la pièce voisine.

Loïse ne dormait pas. Il la trouva assise sur son lit, ses mains posées sur la couche, tandis que ses yeux parcouraient les murs autour d'elle sans rien fixer de précis. Il lui demanda de venir, elle le suivit en silence. Avait-elle entendu les accusations du laboureur ? Les cloisons étaient trop fines pour que sa présence soit passée inaperçue. En découvrant Guy, elle ne manifesta ni crainte ni surprise. Si elle n'avait cligné des paupières, on l'aurait confondue avec une poupée de chiffon.

Mal à l'aise, le laboureur cherchait ses mots. Aymar se demanda si l'absurdité de ses accusations le rendait gauche, si Loïse l'intimidait, ou si, d'une manière ou d'une autre, il croyait à ces histoires de sorcellerie.

— Ghislain t'a vue entrer dans le presbytère, commença-t-il.

Le médecin l'encouragea d'un hochement de tête.

Guy continua, après un silence :

— Que voulais-tu y faire ?

Loïse ne réagit pas immédiatement. Elle se contenta de baisser les yeux, comme font les enfants pris la main dans le sac. Plongée dans son mutisme, elle garda la nuque inclinée jusqu'à ce que, désespérée, elle finisse par murmurer d'une voix timide :

— Je n'ai rien fait de mal.

Aymar la crut. Elle n'était qu'une enfant effacée et apeurée, méfiante à l'égard des adultes qui la rudoyaient depuis toujours. Pourquoi aurait-elle accordé sa confiance à des personnes incapables d'en faire autant ? Le cœur du médecin se remplit de compassion. Comment les villageois pouvaient-ils porter de telles accusations contre une fillette qu'ils avaient vue grandir ? Leur éducation comportait des lacunes, ils n'en étaient pas responsables, certes… Non, Aymar ne voulait pas leur trouver d'excuses. L'exercice était au-dessus de ses forces. Si cela faisait de lui quelqu'un de prompt à juger, tant pis.

Face au laboureur, Loïse se taisait. Sa silhouette maigrelette paraissait prête à disparaître. Au lieu d'abréger son supplice, Guy reprit de l'assurance et la sermonna d'une voix brusque.

— Ça suffit, maintenant. Dis-moi ce que tu faisais là-bas, bon sang ! Les autres ne seront pas aussi cléments que moi !

Mais plus il haussait le ton, plus Loïse se recroquevillait sur elle-même. Aymar décida d'intervenir. Il attira le laboureur dans un coin de la pièce.

— Vous n'obtiendrez rien en criant, murmura-t-il à son oreille. Laissez-moi faire. Je l'interrogerai quand vous partirez. Je gage qu'elle s'ouvrira à moi.

Guy se gratta la tête, il hésitait.

— Je ne pourrai pas empêcher la nouvelle de s'ébruiter. On ne peut contraindre mon épouse au silence, à moins de l'assommer… Elle croit Loïse coupable… Il faut désamorcer la situation au plus vite ou tout cela risque de mal finir.

Le médecin acquiesça. Guy insista, cependant :

— S'il vous plaît, ne prenez pas mon avertissement à la légère.

— Je vous assure que c'est tout le contraire. Je vous ferai savoir dès que j'ai du nouveau. Vous avez ma parole.

★

Le laboureur quitta la maison, la porte claqua derrière lui. Quelques flocons se faufilèrent à l'intérieur, puis se changèrent en gouttes éparses. Le médecin resta immobile. Cette visite l'avait mis hors de lui. Son ressentiment n'était pas dirigé contre Guy spécifiquement – il avait l'air sincère. Qui était coupable, alors ? Il en voulait aux habitants d'Ardeloup, sans exception, et à la terre entière aussi, car, en vérité, il ne savait pas sur qui rejeter la faute.

Loïse n'avait pas bougé non plus. Son menton se releva lentement, de façon presque imperceptible, après quoi ses yeux se mirent à chercher le regard d'Aymar.

— Je n'ai rien fait de mal, répéta-t-elle.

Le médecin se laissa tomber sur l'unique chaise de la maison.

— Je sais, dit-il simplement.

La fillette parut soulagée, comme si son opinion était la seule chose qui comptait vraiment.

Aymar poursuivit :

— Mais Guy a raison. Les villageois ne se satisferont pas d'une telle explication. Tu as volé la clé du père Éloi, n'est-ce pas ?

Loïse se mordit la lèvre sans répondre.

— Qu'importe ce que tu en as fait, cela suffira à t'attirer des problèmes. Si je dois te défendre contre ces gens, tu dois être honnête avec moi. J'ai besoin de connaître toute la vérité.

La fillette éclata en sanglots, ce qui déconcerta Aymar. Il n'avait pas côtoyé beaucoup d'enfants, à part les petits malades qu'il voyait en consultation. Ceux-là, il essayait de les soigner, rien de plus. C'était aux parents que revenait la lourde tâche de les consoler.

Après une courte hésitation, il se mit debout et enlaça maladroitement Loïse. Peu à peu, ses pleurs se calmèrent. Il attendit encore un moment, puis il tenta de s'écarter d'elle, mais elle s'agrippa à lui, refusant de le lâcher. Finalement, le médecin la souleva, regagna sa chaise, la posa sur ses genoux. La tête enfouie contre sa poitrine, la fillette arrêta de pleurer. Sa respiration était simplement plus bruyante que de coutume.

Aymar lui parla avec douceur.

— Qu'est-ce qui te rend si malheureuse ?

Loïse renifla et porta sa main à ses yeux rougis. Elle avait du mal à articuler.

— Vous allez me renvoyer chez Antoinette.

— Pourquoi ferais-je une telle chose ?

— Quand je dirai la vérité... vous ne voudrez plus me voir.

Ému, le médecin s'empressa de la rassurer.

— Allons, raconte-moi ce qui s'est passé et je te promets de te garder près de moi. D'accord ?

La fillette hocha la tête tandis qu'elle analysait l'information. Puis elle se décida à parler :

— J'ai pris la clé du presbytère. J'ai attendu que le père Éloi dorme... Elle était dans la poche de sa soutane.

Honteuse, elle se mit à guetter la réaction d'Aymar. Celui-ci l'encouragea à poursuivre. Son visage était bienveillant ; il n'avait pas l'air en colère.

— Pourquoi es-tu entrée dans le presbytère sans autorisation ?

— Je voulais comprendre, c'est tout. Ce qui est arrivé à mes parents. J'ai pensé aux archives du père Éloi, et comme je sais lire, maintenant...

Le médecin sourit. Il y avait de la fierté dans ses yeux, mais Loïse ne le connaissait pas assez pour s'en rendre compte. Elle continua – il lui arrivait rarement de parler autant :

— Personne ne veut rien me dire. À chaque fois que je l'interroge sur mes parents, Antoinette répond qu'ils sont morts, et elle change de sujet.

— Tu as songé à lire les archives pour comprendre ce qu'est devenue ta famille ?

Il y eut un « oui », timide.

Aymar n'en revenait pas. Elle faisait preuve d'une maturité incroyable pour son âge. À dix ans, il n'aurait sûrement pas eu ce réflexe, quand bien même un précepteur supervisait son éducation. Loïse, elle, n'avait pas eu cette chance ; d'ailleurs, elle n'avait pas eu de chance tout court. À cet instant, le médecin se félicita de lui avoir appris à lire. Sans doute avait-il contribué à l'éclosion de quelque chose. Cette pensée lui réchauffa le cœur, ce dont il avait grandement besoin.

— As-tu trouvé ce que tu cherchais ?

La fillette hésita avant de répondre. Une teinte rosée colora ses pommettes ; c'était tellement inhabituel chez elle qu'on aurait pu la croire prise d'un soudain accès de fièvre. Le médecin lui lança un coup d'œil interrogatif, ce qui la fit rougir davantage et lui donna vraiment l'air malade. Peut-être avait-elle pris froid ? Les yeux de Loïse se délavèrent, ils brillaient dans la pénombre. Elle luttait pour refouler ses larmes. Un combat perdu d'avance, car elles débordaient déjà de tous les côtés.

— Non, hoqueta-t-elle.

Un vide s'est creusé en moi. Un mal de tête m'accompagne partout où je vais. Je ne suis plus moi-même. Il me faut rétablir l'équilibre. Les habitants d'Ardeloup doivent payer pour ce qu'ils m'ont fait.

4.

Ils voulaient une sorcière.
La trouver ne fut pas long.

La ténacité dont Loïse avait fait preuve pour retrouver la trace de ses parents n'avait pas altéré l'estime que lui portait Aymar de Noilat. Au contraire. Jour après jour, son affection pour la fillette grandissait. Il s'émerveillait de la fluidité de sa lecture, de la vivacité de son esprit. Au départ, il appréhendait de partager son toit avec une enfant, lui qui, depuis des années, s'accommodait si bien de la solitude ; aujourd'hui ses craintes s'étaient toutes dissipées, chassées par la discrétion de la fillette.

Aymar n'avait pas oublié la promesse faite à Guy. Cela étant, il n'avait pas pris la peine de se rendre à la ferme, car il pensait le voir réapparaître, et l'économie d'un déplacement n'était pas pour lui déplaire. L'humidité ambiante mettait à mal ses articulations. Celles-ci, en se raidissant, lui causaient des douleurs persistantes contre lesquelles ses remèdes demeuraient sans effet. Rouillés, ses membres ne se souvenaient plus de l'agilité d'antan, et grinçaient à la moindre occasion.

Le médecin resta sans nouvelles du laboureur pendant une journée entière. Il ne reçut d'ailleurs aucune visite. Le vol de la clé n'avait peut-être pas provoqué le tumulte que Guy avait présagé. Mais plus Aymar tentait de s'en convaincre, plus il se sentait inquiet. Ce silence avait quelque chose d'anormal. Le jour suivant, il décida finalement de sortir pour en avoir le cœur net.

Le froid était vigoureux. Le médecin remonta son col aussi haut qu'il put. À plusieurs reprises, sentant ses genoux se dérober, il serra les dents et continua malgré tout. Comme pour ajouter une difficulté supplémentaire, le brouillard se leva ; Aymar n'aperçut la ferme qu'au dernier moment – jusque-là, il n'était pas certain d'avoir marché dans la direction qu'il fallait.

Guy lui ouvrit avec au moins autant d'embarras que lorsqu'il lui avait confié ses craintes, l'avant-veille. Quant à Antoinette, elle lui réserva un accueil moins enthousiaste que d'habitude, et se contenta de faire bonne figure en lui proposant du potage. Il ne vit ni Ghislain ni Anne et supposa qu'ils se trouvaient dans la pièce voisine.

Après une brève hésitation, le laboureur demanda à sa femme de les laisser ; il désirait s'entretenir avec le médecin seul à seul. Son épouse le fustigea d'un regard noir avant d'obéir à contrecœur. Elle disparut derrière le rideau en traînant les pieds. Bien qu'elle fût partie, Guy parla à voix basse.

— Les villageois sont remontés à bloc contre Loïse. J'ai essayé de calmer le jeu, mais plus personne ne m'écoute, chuchota-t-il.

— Pour ma part, j'ai le fin mot de l'histoire. Nous avons…

— Ça n'a plus d'importance, le coupa Guy. Vos arguments ne suffiront pas à les apaiser.

— Ils entendront raison lorsque je leur expliquerai.

— La raison n'a rien à voir là-dedans. Ils veulent un coupable. Ils l'ont trouvé. Où est Loïse en ce moment même ?

Aymar blêmit.

— À la maison, dit-il.

— Vous n'auriez pas dû la laisser seule.

Le médecin ramena ses deux mains contre son front. Une douleur vive et brusque le traversait de part en part. Il chancela, se rattrapa de justesse à la table.

— C'est impossible…, murmura-t-il, désemparé.

L'expression du laboureur devint grave. Il enfila sa pèlerine.

— Je viens avec vous, déclara-t-il en ouvrant la porte.

Sous le choc, le médecin le suivit en hochant la tête. Le cours de ses pensées, même s'il n'était pas dans son tempérament d'imaginer le pire, prenait de funestes directions. Pourquoi avait-il agi de façon aussi désinvolte ? Guy l'avait pourtant prévenu. Une fois, les habitants d'Ardeloup avaient condamné une femme au bûcher. Rien ne les empêchait de recommencer. La culpabilité lui tordait l'estomac. Oubliant ses rhumatismes, il cala ses pas dans ceux du laboureur.

★

Le chemin qui descendait jusqu'à l'église semblait ne pas avoir de fin. Le brouillard s'était épaissi, la progression était plus dangereuse qu'à l'aller. La soudaineté avec laquelle le temps s'était dégradé surprenait Aymar. Plus il y songeait, plus il trouvait à cette lande quelque chose d'infernal. Une brume sournoise le privait de ses repères, comme pour le happer et l'entraîner loin de tout ce qu'il connaissait. Sans l'aide de Guy, il aurait quitté le sentier. Tiraillé par l'inquiétude, il avançait par automatisme, s'accrochant à la silhouette charpentée qui lui ouvrait la voie.

En dépit du manque de visibilité, Guy retrouva la place du village comme s'il faisait jour et grand soleil. Aux yeux du médecin, cela relevait de l'exploit ; quant à leur échappée, elle frisait l'inconscience. Il se passa ensuite une bonne dizaine de minutes avant qu'ils n'atteignent la maison d'Aymar.

En arrivant à la barrière, à quelques pas de la porte d'entrée, le médecin fronça les sourcils. Il distinguait deux formes qui se tenaient devant chez lui, prêtes à partir.

Son sang ne fit qu'un tour.

— Que faites-vous ici ? tonna-t-il en saisissant le premier individu par le col.

C'était Ghislain. En reconnaissant son fils, Guy ne contint pas sa colère. Il gronda :

— Réponds !

Le jeune homme se dégagea de la poigne du médecin, puis il chercha son compagnon du regard. Gaston se tenait à ses côtés.

— Nous partions, de toute façon, lança le boulanger.

Aymar n'avait pas envie d'en rester là. Les villageois ne venaient pas simplement de violer son domicile ; toute son intimité était bafouée. Sur le moment, il ne comprit pas que les habitants d'Ardeloup reprochaient précisément cela à Loïse. Du moins en partie.

— Je vous ai demandé ce que vous faisiez dans ma maison, répéta-t-il.

Sa voix tremblait malgré ses efforts.

— Loïse doit répondre de ses actes, décréta Ghislain avec dédain.

Aymar l'agrippa de nouveau.

— Que lui avez-vous fait ? Espèce d'idiot !

Volant au secours du jeune homme, Gaston s'interposa.

— Nous savons qu'elle a pris la clé du presbytère. Les représentants du village ont décidé de l'interroger. En attendant le procès, nous l'avons placée en lieu sûr.

— Procès ? C'est le vôtre qu'il faudrait instruire. Vous devriez avoir honte ! Où l'avez-vous emmenée ?

Impressionné par l'intonation d'Aymar, Gaston tira Ghislain par la manche. Ils s'éloignèrent aussi vite que le permettaient le sol verglacé et le brouillard. Les questions du médecin, restées sans réponse, se perdirent dans le paysage enneigé.

Dans la maison, les stigmates causés par le passage des villageois achevèrent de contrarier Aymar de Noilat. Les empreintes boueuses se concentraient près de la porte d'entrée, mais des traces plus clairement identifiables se dirigeaient vers la chambre, souillant le sol d'un mélange de terre et de neige fondue.

Aymar se maudissait, lui et son stupide orgueil qui lui valait parfois de pécher par excès de confiance. Jamais il n'aurait dû laisser Loïse seule à la maison. Il n'osait pas regarder celui qui l'avait pourtant prévenu. Pourquoi avait-il refusé de considérer la gravité de la situation ? Peut-être parce qu'il se pensait capable de tout arranger malgré tout, et aussi parce que, d'une certaine manière, il se sentait supérieur à tous ces gens. À présent, il n'avait plus aucune certitude. Et s'il ne parvenait pas à sauver Loïse ? Si elle était condamnée à mourir prématurément ? Rien que d'y songer, un haut-le-cœur lui secoua l'estomac. S'il lui arrivait malheur, il ne pourrait jamais se le pardonner.

— Le rassemblement est prévu pour demain, expliqua Guy. D'ici là, il n'y a rien à faire.

Les épaules du médecin s'affaissèrent.

— Vous n'avez pas idée de l'endroit où ils ont pu l'emmener ?

— Non. Chez nous, ce n'est pas comme en ville. On n'a pas de prison pour mettre les fauteurs de troubles. Je vous le dirais, sinon.

Aymar hocha la tête.

— Ils ont attendu que je parte, murmura-t-il. Ils savaient que je refuserais de leur livrer Loïse.

— C'est probable. Je suis désolé, docteur.

— La croient-ils vraiment responsable du mal des ardents ? Je peine à l'imaginer tant la chose me paraît insensée.

— Qui d'autre ? L'agression de Gaston reste inexpliquée…

— Parce que vous aussi !

— Je dis simplement qu'ils ne savent plus qui accuser. Comprenez, ils sont désespérés… Cela ne signifie pas que je suis de leur avis.

— Faire d'un être sans défense un coupable, le tout pour dormir plus sereinement la nuit, quel courage !

Guy ne trouva pas d'autres excuses à la sottise de ses compagnons et préféra se taire plutôt que d'énerver le médecin plus qu'il ne l'était. En vérité, il cherchait le bon moment pour s'éclipser. Sa présence était inutile. Rien ni personne ne pouvait soustraire Aymar à la culpabilité qui le rongeait.

— Je ne vous retiens pas, lança Noilat, conscient de la gêne que son compagnon éprouvait.

★

Seul, le médecin reporta son attention sur la pièce. Les traces de pas semblaient danser autour de lui, comme pour lui rappeler la réalité des faits : les habitants d'Ardeloup venaient d'enlever Loïse. Ça avait l'air irréel. Pendant de longues minutes, il resta incrédule, sans savoir quoi faire, puis, lorsqu'il sortit enfin de sa torpeur, son premier réflexe fut d'attraper de quoi nettoyer et de veiller à ce que toutes les marques de passage disparaissent. Au vu de la quantité d'empreintes, il estima à une dizaine le nombre de villageois présents pour s'emparer de la fillette. Elle avait dû avoir très peur. La colère d'Aymar se réveilla instantanément. Antoinette, Gaston, Ghislain, tous… Leur bêtise l'écœurait. Mais c'était surtout contre lui-même qu'il accumulait le plus de griefs : il pestait contre sa propre inconscience.

Sa besogne terminée, Aymar regagna la chaise sur laquelle il aimait s'asseoir pour lire et attrapa machinalement le livre posé juste à côté. À peine eut-il ajusté ses bésicles qu'il commença à le parcourir. Une page, puis deux. Mais plus il avançait, moins il comprenait ce que l'auteur expliquait avec un talent et une pédagogie qu'il encensait en temps normal. Son esprit refusait de se concentrer. Il revenait sans cesse à Loïse. À son absence. La maison semblait avoir perdu quelques degrés, à l'image du cœur de son occupant. C'est à l'ampleur de son inquiétude, à ses remords et à son mal-être qu'Aymar comprit la profondeur de son attachement. Il aurait aimé la protéger. Que pouvait-il tenter pour la soustraire aux griffes des villageois ? Et même s'il y parvenait, où iraient-ils ? Les routes menant à Romorantin ou à Vierzon, au sud, disparaissaient sous plusieurs couches de poudreuse. Dehors, tout était blanc, glacé, hostile.

Aymar abandonna l'idée de fuir, qui les conduirait à une mort certaine. Une nuit suffirait ; ils se blottiraient dans leurs couvertures, s'endormiraient, et ne verraient pas le petit matin, leurs paupières à jamais scellées par la glace. Non. Il devait trouver un autre moyen. Les habitants se réunissaient le lendemain. Avec un peu de chance, il parviendrait à les convaincre.

N'y croyant qu'à moitié, le médecin caressa nerveusement la couverture marron, un peu rugueuse, du livre qu'il tenait toujours entre ses mains. D'habitude, ce simple contact lui procurait une sensation d'apaisement, de quiétude qui lui rappelait la bibliothèque familiale. Mais ce jour-là, l'ouvrage ne faisait pas le poids face au danger imminent qu'encourait Loïse. À part lui, personne ne plaiderait en faveur de la fillette. Il n'avait pas droit à l'erreur. Pour la tirer de ce mauvais pas, il lui faudrait jouer finement.

Le reste de la journée s'écoula sans qu'il avale quoi que ce soit de solide. Son estomac se contractait douloureusement dès qu'il portait de la nourriture à ses lèvres. L'odeur même du ragoût lui donnait la nausée et ravivait ses coliques. Il n'avait pas connu un tel état depuis des années. Lui qui côtoyait des malades, certains très atteints, avait développé une belle résistance face aux infections. À tel point que l'idée qu'il risquait d'être contaminé dans l'exercice de sa profession ne lui venait pas à l'esprit.

Aymar prit une profonde inspiration. Aucun médicament ne pouvait le guérir de ce mal. Ce qu'il ressentait, c'était la peur dans ce qu'elle comportait de plus instinctif. Sans doute la même que connaissaient les habitants d'Ardeloup.

Comme pour le persuader de renoncer, à cette peur se mêlait un fort sentiment d'impuissance. Baisser les bras, succomber aux sirènes de la facilité… Le médecin l'envisagea un instant avant de se ressaisir et de se maudire d'avoir eu de telles pensées.

Cette nuit-là, il resta les yeux grands ouverts, rivés sur la charpente décrépie qui recouvrait la maison. Chaque bruit parvenait à son esprit. Le craquement des poutres, les chuintements d'une chouette qui avait élu domicile non loin de là ; il entendait aussi le vent qui soufflait doucement, et il l'imaginait mettre en mouvement les minuscules flocons qui tombaient dehors, leur insufflant une danse hésitante. Un ballet qu'il avait observé de nombreuses fois derrière la fenêtre, perdu dans la contemplation d'une neige virevoltante, se détachant sur un ciel noir.

Aymar ne chercha pas à lutter contre l'insomnie. Il se contenta d'accepter la situation, laissant son esprit aller là où il en avait envie. Et celui-ci vagabondait, le guidait dans de curieuses directions, quelque part entre le rêve et le réel, là où tout semblait avoir du sens avant qu'il ne prenne conscience de son égarement.

Sur la table, le carnet dans lequel il consignait ses notes était ouvert. Aymar se releva pour s'en emparer. Un grand format, sans signe distinctif, aux pages piquetées de taches brunes. Il le contempla longuement, toucha l'épais papier avec la ferveur d'un dévot, comme s'il s'agissait d'un bien hautement précieux. Il coinça la première page entre ses doigts et la tourna avec une infinie délicatesse. Il avait parcouru ce carnet si souvent qu'il le connaissait par cœur. Chaque ligne, chaque schéma, la moindre bavure lui étaient familiers.

★

Comment ce carnet peut-il être à mes yeux à la fois un trésor et une malédiction ?

Un trésor, car il s'agit de mon héritage. Depuis toujours, ma famille possède le talent de soigner par les plantes. Ma mère m'a laissé cet ouvrage fascinant, annoté, rempli d'informations sur les maux et leurs remèdes. Elle le tenait de sa mère. Toutes deux n'éprouvaient plus le besoin de le consulter : elles en savaient le contenu sur le bout des doigts.

Une malédiction, car j'y ai apposé mon empreinte. Mes observations, mes hypothèses, mes calculs, les dosages que j'ai essayés. Un travail de longue haleine. Macabre.

Le mieux aurait été de le détruire. Ainsi, personne ne saurait jamais. Une fois, j'ai essayé de le brûler, mais le courage m'a manqué.

Ce que je tiens entre les mains, c'est le journal d'Aymar de Noilat.

Le journal d'un tueur.

5.

Il y a deux mois, je venais à Ardeloup
avec un projet précis.
Dans mon esprit, il se dessinait avec une telle
limpidité que rien ni personne n'aurait pu
m'en détourner.
Il répondait à un besoin viscéral.
Je n'avais pas d'autre choix.

Bien avant les premières lueurs de l'aube, Aymar de Noilat quitta sa couche, sans pour autant abandonner la couverture qui l'avait protégé du froid pendant la nuit. Il se dirigea vers son foyer, réveilla les braises à l'aide d'un pique-feu, puis souffla jusqu'à obtenir quelques flammèches. Il contempla ensuite en frissonnant le récipient d'eau glacée qu'il avait préparé la veille, en vue de se laver. De la neige fondue, ni plus ni moins. Il s'en approcha et commença sa toilette, car il désirait faire bonne impression, tout à l'heure, lors de l'assemblée du village.

Le médecin quitta sa maison moins de quinze minutes plus tard, le ventre vide, sans réfléchir. C'était presque devenu une habitude.

Dehors, l'horizon s'éclairait à peine. On entendait seulement le bruit du vent, toujours impitoyable. Mais Aymar, habitué aux vagabondages nocturnes, le trouva moins rude que la nuit d'avant. Pour les habitants du village, ce changement était imperceptible ; lui en était certain : la situation s'améliorait, les températures n'allaient pas tarder à se radoucir. Cela signifiait une chose : ses jours à Ardeloup étaient comptés.

Atteindre le moulin lui prit une vingtaine de minutes. Son pas était lent. La prudence lui dictait de s'arrêter régulièrement pour regarder en arrière. Même la nuit, il voulait s'assurer que personne ne l'avait suivi ou ne l'attendait, tapi dans l'ombre, comme le boulanger qui s'était un soir caché derrière un muret. La suite, tout le monde la connaissait. On avait retrouvé Gaston inconscient, blessé à la tête et pratiquement couvert de neige ; il aurait bien pu y rester si Léon n'était pas passé près du moulin au moment opportun. Un petit miracle, ou presque. Seul Aymar avait été contrarié en apprenant la nouvelle. Heureusement, le boulanger n'avait pas vu son agresseur et le décrivait comme une espèce de géant. Il mesurait deux mètres au moins et laissait des traces de pas énormes sur la neige, avait-il prétendu. Était-ce un moyen de justifier qu'il n'avait pas su se défendre, ou la peur avait-elle réellement altéré ses souvenirs ? Aymar n'avait pas eu le temps de creuser la question.

Il jeta un coup d'œil à la maisonnée et constata qu'aucun rai de lumière ne filtrait par la petite ouverture carrée. Gaston dormait probablement à poings fermés. Sur les murs, l'ombre des arbres donnait vie à un virevoltant ballet, pas dénué de charme, mais inquiétant tout de même.

Aymar s'approcha de l'entrée du moulin. Les villageois aimaient l'appeler ainsi, or, en réalité, le bâtiment ressemblait davantage à une grange. Une grange de belle taille, mais une grange. Lorsque le médecin avait posé la question, Gaston lui avait expliqué que cela sonnait mieux, tout simplement. Et puis, s'était-il énervé, on pouvait bien l'appeler comme on voulait, non ? Une fois de plus, Aymar ne s'était pas attardé sur le sujet. Il se fichait bien de savoir si les habitants d'Ardeloup employaient le bon vocabulaire pour désigner telle ou telle construction. Il ne souhaitait pas non plus se les mettre à dos ni attirer l'attention.

La porte fermait à l'aide d'un crochet qu'Aymar s'empressa de soulever. À l'intérieur, il faisait très sombre. Pour autant, il n'alluma pas la chandelle qui se trouvait au mur, préférant se déplacer à tâtons. Il connaissait la position des sacs, des outils, et tout l'agencement des lieux sur le bout des doigts. À droite se dressait une vieille mangeoire ; devant lui, un four ; à gauche, posée contre le mur, une échelle à laquelle il manquait le quatrième barreau. Le médecin se faufila dans la grange avec l'agilité d'un chat, comme si, malgré l'absence d'éclairage, il pouvait y voir quelque chose. Une acuité à mettre sur le compte de l'expérience.

Il se dirigea vers le fond de la pièce, là où se trouvait l'échelle, entière celle-là, qui permettait de grimper sous la charpente. Il se hissa jusqu'aux premières poutres ; Jehan avait construit un plancher rudimentaire afin que le boulanger, peu agile, puisse circuler entre les sacs de farine. C'était la condition pour que Gaston accepte de les stocker en hauteur, et non plus à même le sol, comme il le faisait auparavant. Heureusement, le couvreur avait toujours une solution pour contenter tout le monde. La mort de ce chef charismatique, intelligent de surcroît, avait été une perte sèche pour Ardeloup.

L'espace, trop exigu pour y tenir debout, obligea Aymar à se plier en deux. Cette position lui arracha une grimace, mais il ignora la brûlure qui lui mangeait le bas du dos. Il avança encore de quelques pas, puis s'arrêta soudain, le regard tendu vers un sac de farine. Dans la pénombre, il ressemblait à tous les autres, mais le médecin avait repéré la marque tracée à la craie blanche, celle qu'il avait apposée deux jours plus tôt lors de sa précédente expédition.

Il s'approcha, tira sur les liens qui fermaient le sac et prit une poignée de farine. Elle était grossière comparée à celle qu'il avait connue à Orléans ou à Poitiers, néanmoins ici tout le monde s'en contentait ; lui-même voyait d'un bon œil ce manque de finesse, car il diminuait grandement les chances que l'on découvre son crime.

Aymar ouvrit la sacoche qu'il portait en bandoulière, la souleva bien haut, puis il vida son contenu avec précaution – il avait mis tant de temps à le préparer, et Loïse aussi, sans le savoir. Une poudre noire se répandit sur la farine, lentement, jusqu'à former une couche épaisse de huit centimètres environ.

Satisfait, le médecin réajusta sa besace, retroussa ses manches ; deux bras blancs apparurent, parsemés de poils qui se hérissèrent sous l'effet du froid. Il les plongea dans la farine et commença son brassage. Plus difficile qu'elle n'y paraissait, l'opération exigeait toujours un effort important. Cela faisait partie de sa routine, pourtant, en quelques minutes à peine, son souffle devint bruyant. Sa bouche s'ouvrit, sa respiration s'accéléra, son cœur cogna plus fort, plus vite. Il transpirait sous son manteau, il avait chaud malgré le froid... L'exercice était éreintant. C'est pour cela qu'il procédait un sac après l'autre, malgré son impatience.

Il en restait six. Six qui n'avaient pas encore subi le *traitement*. Mais Aymar s'était occupé des sacs les plus proches de l'échelle, ceux que Gaston prenait en premier. Il pouvait finir sans se presser, tout serait terminé avant la fin des gelées.

Aujourd'hui, il hésitait sur la conduite à tenir. Bien sûr, il avait des idées. Il pouvait s'attarder, regarder mourir les habitants d'Ardeloup, un à un, jusqu'au dernier, et ne partir qu'une fois le village rayé du cadastre. Il pouvait aussi s'enfuir dès que les routes seraient de nouveau praticables, laisser tout cela derrière lui. De toute façon, la grange contaminée terminerait son œuvre, il n'avait plus besoin d'être présent, il pouvait tirer un trait, passer à autre chose, reprendre le cours de sa vie là où il l'avait laissé.

Le cours de sa vie. Une expression simple, mais qui pour lui était devenue floue, presque insaisissable ; rien que d'y penser, il en avait le tournis. Que faisait-il avant ? À quoi aspirait-il ? Qu'est-ce qui le rendait heureux, qu'est-ce qui le faisait sourire, s'émouvoir, se lever, lui donnait envie de travailler, de soigner tous ces gens qu'il ne connaissait pas, mais dont il se préoccupait jadis avec sincérité ? Cet homme-là, existait-il encore ? Ou était-ce seulement un souvenir ? Depuis longtemps, il ne songeait qu'à sa vengeance. Dans son esprit, elle occupait toute la place. C'était elle, son moteur, l'énergie qui lui maintenait la tête hors de l'eau. Il ne vivait plus que pour elle, obéissait à ses moindres désirs, à ses caprices, tel un chiot en quête de caresses. Elle le définissait. Il faisait corps avec elle. Tout recul semblait impossible. Aymar avait cessé de s'interroger sur son avenir car ce qu'il y lisait le glaçait d'effroi. Qu'adviendrait-il une fois que tout serait fini ? Que ferait-il lorsque les villageois d'Ardeloup auraient rendu leur dernier souffle ? Quand il n'y aurait plus personne à tuer ?

Son projet n'avait jamais été aussi près de se concrétiser. Que lui restait-il ? Rien. Ni famille ni ami, pas de descendance. Un loup solitaire pétri de haine, voilà ce qu'il était.

Cette haine l'avait changé. Il ne ressemblait plus au jeune homme qu'il était autrefois, son cœur n'avait plus la même bienveillance, ni cette générosité dont on avait un jour chanté les louanges, ni cette insouciance. Tout cela avait disparu, oublié. Il se remémorait ses souvenirs, sans conviction, comme s'il ne s'agissait pas vraiment de lui. La mort, quand elle survenait, ne l'indignait plus autant – avant, cela le mettait dans tous ses états de songer aux enfants malades et, plus largement, à la brièveté de l'existence. À présent, il prononçait les condoléances d'usage par habitude, parce que c'était ce que l'on attendait de lui – un médecin se devait de compatir –, sans se sentir concerné par la souffrance des autres. La sienne, trop grande, avait eu raison de son empathie. Il était devenu ce qu'il avait toujours détesté. Un égoïste.

C'est ce qu'il aurait dit, naguère. Un monstre ? Non. Le mot était trop fort. Il existait bien pire, d'après lui. Certains naissaient avec la méchanceté inscrite en eux ; en grandissant, ils en devenaient pratiquement l'incarnation. D'autres prenaient plaisir à contempler les malheurs du monde. Ceux-là, on ne pouvait rien pour eux. La seule chose à faire était de se mettre à l'abri. Non, Aymar n'était pas un monstre. En voyant la détresse des villageois, il n'éprouvait ni satisfaction ni joie. Il la vivait comme un passage obligé, une étape vers sa propre guérison. Il se contentait d'observer les tourments qu'il infligeait comme on regarde l'eau couler. Très vite, l'esprit s'égare ; il était là sans être là.

Quoi qu'il en soit, ce qu'il vivait ces dernières semaines était loin, très loin de tout ce qu'il avait pu imaginer. Qu'espérait-il trouver à Ardeloup ? Un soulagement, un remède à son mal… Ce remède, il l'attendait encore. Au début, il pensait que cela viendrait, la maladie commençait seulement à montrer ses premiers symptômes, ce n'était pas assez, il fallait frapper plus fort. Puis la peur des villageois était devenue palpable, un vent de panique s'était levé et s'intensifiait à mesure que l'on creusait les tombes. Aymar aurait dû s'en réjouir. Après des mois de préparation, de calculs, tout se passait comme il le souhaitait. Une vraie réussite.

Mais, non. Il demeurait là, impassible. Parfois, à sa grande surprise, il ressentait une certaine forme de compassion à l'égard de ses victimes. Pour Guy qui cachait son grand cœur afin de paraître plus fort. Pour Antoinette qui craignait de voir ses enfants tomber malades. Pour Jehan qui s'inquiétait secrètement de la santé de Silvain. Il s'était même donné la peine de maquiller le suicide du couvreur, désireux de protéger la mémoire de cet être aimant et loyal. Pour la première fois depuis des années – au pire moment ! –, sa compassion, longtemps éteinte, renaissait. Elle lui compliquait la tâche et risquait de tout compromettre. Aymar faisait de son mieux pour l'ignorer ; il devait aller au bout, en finir avec cette histoire.

Quand la poudre noire fut mélangée, le médecin se redressa, replaça sa besace sur son flanc droit – il n'aimait pas la sentir se faufiler dans son dos. Après avoir effacé toute trace de son passage, il referma le sac, puis quitta la bâtisse.

Des nuages cuivrés se regroupaient à l'horizon, affublant les toitures d'une auréole de couleur. La couverture neigeuse crissait sous ses semelles, il s'y enfonçait de plusieurs pouces à chaque pas. Son regard fixait le clocher sans ciller. Ses pensées passèrent du moulin à Loïse. Qu'on l'accuse à sa place, ça, il ne l'avait pas vu venir.

Devant l'église d'Ardeloup, il s'arrêta. La fillette se trouvait peut-être enfermée dans l'une des habitations construites aux abords du parvis ? Il observa les façades un moment, puis se remit en mouvement, incapable de rester immobile trop longtemps.

En s'ouvrant, la porte de l'édifice paroissial creusait un sillon dans le seuil et produisait un grincement détestable. Le médecin se dépêcha d'entrer et constata qu'il était le premier. Pour se réchauffer, il se mit à arpenter la nef et son unique bas-côté, jusqu'à ce que quelqu'un d'autre actionne le portail ; le grincement retentit à nouveau.

Aymar fit volte-face. Léon, Gaston et deux villageois à qui il n'avait jamais adressé la parole pénétraient dans l'édifice. Ils le saluèrent timidement en hochant la tête, évitèrent le plus possible de croiser son regard, puis ils s'assirent à l'opposé de l'endroit où il se trouvait.

Ignorant les chuchotements qui montaient entre les quatre hommes, le médecin s'installa sur le banc le plus proche. Il patienta encore cinq minutes avant que le laboureur n'arrive en compagnie de Ghislain. Aymar jugea de bon augure de les voir marcher côte à côte. Guy était-il parvenu à raisonner son fils ? Mais ses espoirs s'envolèrent lorsqu'ils se séparèrent : Ghislain prit place près de Gaston tandis que Guy vint s'asseoir à la gauche d'Aymar. Le visage du laboureur était déconfit, maussade et gris.

L'appréhension du médecin monta d'un cran.

Quatre autres villageois s'installèrent sur les bancs de l'église, et deux retardataires s'apprêtaient à faire de même lorsque Léon décida d'ouvrir la séance. L'ascendant exercé par le pêcheur, avec le soutien de Gaston et d'une poignée de fidèles, étonnait Aymar à plus d'un titre. Deux semaines plus tôt, Guy semblait encore le plus qualifié pour succéder à Jehan ; lui qui rêvait de cette responsabilité depuis tant d'années tenait enfin l'occasion de s'imposer. Mais, à présent, rien dans son attitude ne montrait qu'il nourrissait une telle ambition : il conservait le silence, la tête basse, le dos rond, le regard éteint. Ses membres pendaient, sans force, comme privés de leurs os.

Léon rejoignit l'autel d'un pas décidé, se retourna vers ses compagnons et commença son discours. Comparée à celle de Jehan, sa voix manquait de puissance et de fermeté. Elle ne possédait pas non plus l'intonation solennelle du père Éloi. C'était une voix sans style, en quête de légitimité.

— Mes amis, vous me connaissez de longue date. Vous savez ma valeur. Avec vous, ce n'est pas la peine d'y aller par quatre chemins. Et puis, cette église est trop froide pour qu'on s'y attarde. Je dois vous faire une confidence : en ce moment, je vendrais ma femme pour revoir au plus vite les flammes d'une cheminée.

Des ricanements discrets vibrèrent à l'arrière de la nef.

— Assez plaisanté, reprit Léon, une décision importante nous attend. Que fait-on de la fille ? On l'a interrogée plusieurs fois. Malgré notre patience, elle refuse de parler. Son silence a tout d'un aveu, mais je vous laisse le soin de juger par vous-mêmes.

Une vague d'approbations se répandit dans les rangs, consternante aux yeux d'Aymar.

Guy réclama la parole d'un geste de la main. Le pêcheur la lui accorda en cachant son déplaisir derrière un sourire forcé.

— Je comprends votre colère, commença le laboureur, mais condamner une enfant n'est pas un acte à prendre à la légère. Il nous hantera tous jusqu'à notre mort. Je vous supplie d'écouter M. de Noilat. Il a pu obtenir la confession de Loïse avant que vous ne l'arrachiez à sa maison.

— A-t-elle besoin d'un étranger pour plaider sa cause ? Elle pouvait parler. Nous lui avons donné l'occasion de le faire.

Guy ne se laissa pas démonter.

— Je ne sais pas où tu as enfermé cette pauvre petite. Par contre, je suis sûr d'une chose : elle doit être terrifiée. Il suffit de voir la tête de son geôlier, ajouta-t-il. À sa place, je me pisserais dessus.

Les villageois rirent à nouveau. Léon s'apprêtait à répliquer, quand Aymar lui coupa l'herbe sous le pied en se levant. Son assurance instaura le silence sans qu'il ait besoin d'ouvrir la bouche. Il se tint debout, droit comme un *i* ; personne n'osa plus ricaner. On se contenta d'attendre qu'il parle.

Le médecin prit son temps. Il rejoignit Léon et s'installa à ses côtés, le dépassant d'une tête au moins. Après seulement, il s'adressa à l'assemblée :

— Loïse n'est pour rien dans le malheur qui sévit à Ardeloup. Elle est allée au presbytère, c'est vrai. Mais pas dans l'intention de nuire, pas plus que dans l'idée de voler les biens de votre église. Elle voulait simplement connaître l'identité de ses parents. Bien sûr, elle n'a rien trouvé. C'est une enfant.

Dépossédé de son autorité, le pêcheur s'énerva.

— M. de Noilat n'est pas un représentant d'Ardeloup, il n'a rien à faire là.

Sur les bancs, les villageois indécis changeaient de camp au gré des reparties qui fusaient. Ils approuvaient Aymar, ils saluaient les propos de Léon ; ils ne voulaient pas choisir leur camp, craignant de s'attirer les foudres de l'un ou de l'autre.

— C'est à nous de régler ça, renchérit Gaston.

Le médecin ne prit pas la peine de ravaler son dédain.

— Je ne puis me trouver ailleurs alors que vous menacez une petite fille.

— Cette petite fille, comme vous dites, est mauvaise, répliqua Léon. Elle a réussi à vous duper mais pas nous ! C'est une sorcière, comme sa mère. Elle s'acharne sur la paroisse depuis des semaines. Les malades, les morts, l'agression dont Gaston a été victime… Tous ces malheurs arrivent d'un coup ! Vous croyez vraiment à une coïncidence ? Eh bien, pas moi. Un démon est à l'œuvre. Le père Éloi serait d'accord avec moi.

Léon parlait vite, sa gorge s'asséchait.

— Nous aurions dû nous en débarrasser bien avant, conclut-il.

Aymar gardait le dos droit, immobile. Ses poings se serrèrent, si fort que ses ongles s'enfoncèrent dans ses paumes. Il avait dit la vérité mais les villageois ne voulaient pas l'entendre ; ils voulaient une sorcière. À bout de nerfs, il interpella le boulanger.

— Donc, si je comprends bien, Loïse vous a assommé et laissé pour mort.

Ses paroles déplurent à Gaston. C'était l'effet escompté.

— Une sorcière aurait très bien pu faire le coup, décréta-t-il. Après tout, elle a bien frappé Ghislain au visage.

— Vraiment ? ironisa Noilat.

Le jeune homme releva la tête, rougit. Il aurait préféré ne pas avouer une telle faiblesse devant les autres.

— C'est la vérité, dit-il.

Les représentants d'Ardeloup se répandirent en murmures indignés, ce qui redonna à Ghislain un peu de couleur et assez d'aplomb pour en rajouter.

— J'ai simplement cherché à savoir ce qu'elle faisait au presbytère. Au lieu de répondre, elle est devenue folle ; une vraie furie. J'ai pas osé répliquer. J'voulais pas lui faire de mal, *moi*.

Gaston donna une tape amicale au garçon, puis il demanda à s'exprimer à son tour. Aymar n'eut pas d'autre choix que de lui céder la parole.

— La sorcellerie se transmet de mère en fille, le père Éloi n'a cessé de nous le répéter. Souvenez-vous ! Diane avait le pouvoir de faire tomber la grêle. Combien de récoltes avons-nous perdues à cause d'elle ? Son enfant porte en elle la malédiction. Nous devons l'empêcher de nuire car rien ne l'arrêtera ; des sorts, elle en jettera toujours. Pire ! Elle risque de dévoyer les gamins de son âge si nous la laissons faire. Pour Léonor, je veux que justice soit rendue.

Comme s'il portait malheur, le prénom de la sorcière fit trembler les villageois, certains martelèrent le dallage du talon, effrayés à cette évocation. Dans leurs esprits superstitieux, la menace planait toujours en dépit du châtiment que les autorités avaient réservé à la veuve d'Odon.

— Je pense comme Gaston, déclara Léon. Il doit y avoir un procès. C'est le seul moyen de savoir si Loïse participe au sabbat.

— Comment fait-on pour la livrer à un tribunal ? Les routes sont bloquées, objecta un paysan.

— Tu as raison, dit Léon, il faut constituer un tribunal exceptionnel.

Aymar manqua de s'étrangler.

— Vous n'allez pas rendre la justice vous-même ! C'est de la pure folie ! Dieu vous regarde. Jamais Il ne vous pardonnera cette conduite indigne. Quant à la justice des hommes, elle est entre les mains du seigneur d'Ardeloup, et vous risquez gros à vous y substituer.

— Nous ne pouvons pas communiquer avec lui. Au printemps, nous serons tous morts. C'est le seul moyen de nous en sortir.

Les mots du pêcheur résonnèrent. Implacables. Dans la nef, les représentants du village approuvèrent. On décida d'ouvrir un procès. Cette fois, le père Éloi n'était pas là pour en prendre note, et son absence condamnait tous les événements qui allaient suivre à l'oubli.

6.

Il n'y a rien de plus surprenant,
de plus imprévisible qu'un enfant.
Tandis que j'en prends conscience, j'ai peur
et je m'émerveille, tout cela en même temps.

Le sentiment d'impuissance qu'éprouva Aymar à la sortie de l'église le plongea dans un état où colère et détresse se liguaient pour l'abattre. Craignant qu'il ne tente de libérer la fillette, les villageois refusèrent de lui révéler l'endroit où ils la retenaient prisonnière. Pour les mêmes raisons, ils décidèrent de le tenir à l'écart des préparatifs du procès. Malgré ses supplications, tous gardèrent le secret.

Lorsqu'il lui rendit visite, Guy lui trouva mauvaise mine. Les yeux du médecin paraissaient s'enfoncer dans leurs orbites ; l'effet était accentué par les poches qui lui creusaient les joues et par la barbe de trois jours qu'il arborait, lui qui se rasait toujours de près.

Le laboureur jura qu'il n'en savait pas davantage. Pour lui redonner espoir, il promit que les représentants d'Ardeloup lui offriraient l'occasion de s'exprimer en tant que témoin lors du procès. Mais Aymar devinait à son regard apitoyé que la situation était mal engagée. Il imaginait la pauvre Loïse, enfermée dans d'effroyables conditions, privée de nourriture et d'eau, peut-être même torturée afin de recueillir ses aveux au plus vite. S'il envisageait le pire, c'est qu'il avait déjà entendu parler de certains cas d'enfants-sorciers que les juges avaient condamnés sans état d'âme. Malgré leur jeune âge, ils subissaient des châtiments similaires à ceux de leurs aînés : flagellation, bannissement et, parfois, mise à mort par le feu.

Après le départ de Guy, Aymar s'effondra sur sa chaise. Il était responsable du malheur de Loïse. Sans doute les événements auraient-ils pris une tout autre tournure s'il n'avait pas cherché à emmener la fillette loin de la ferme, dans la demeure d'une femme reconnue coupable de sorcellerie. En pensant lui venir en aide, il l'avait exposée à la suspicion des villageois.

Le médecin jeta un coup d'un œil à la pièce et prit conscience de la saleté qui régnait chez lui. Incapable de bouger le petit doigt, il reposa la tête contre le dossier.

L'attente du procès lui parut durer des semaines. En vérité, trois jours s'écoulèrent, pendant lesquels il passa des heures entières assis sans se lever, sans aucun ouvrage entre les mains. Il n'éprouvait pas la moindre envie de lire, d'étudier ou de se livrer aux activités qui lui plaisaient en temps normal. Lorsqu'il sondait ses pensées, tentant d'analyser la situation, il lui arrivait de songer à Jehan et à la léthargie qui l'avait happé peu avant son suicide. Allait-il se donner la mort lui aussi ?

Non. Aymar ne voulait pas mourir. Autrement, tout aurait été plus facile ; il se serait dénoncé. Loïse aurait retrouvé sa liberté, du moins le peu qu'elle pouvait espérer dans sa vie de domestique.

Mais le médecin n'était pas prêt à un tel sacrifice, Léon et Gaston ne l'épargneraient pas s'ils découvraient la vérité. Aymar avait compris une chose en assistant à l'assemblée d'Ardeloup : son intelligence ne le tirerait pas d'affaire. Au début, il pensait qu'il pourrait endormir les villageois, retourner leurs esprits malléables à coups de grands discours rhétoriques, or les choses étaient loin d'être aussi simples. Son influence n'était pas assez forte. Il pouvait tenter de les convaincre. Rien ne garantissait que ce soit un succès ; il avait déjà échoué une fois. À la fin, le nombre primait. Et même affaiblis par le mal des ardents, les villageois étaient plus nombreux.

★

C'est dans cet état d'esprit qu'il se rendit au procès, se reprochant son défaitisme sans pour autant s'en débarrasser. Avant de quitter la maison, il prit néanmoins le temps de se raser. Inutile de montrer du laisser-aller.

L'atmosphère avait beau se réchauffer, un froid dévorant lui saisit les mâchoires, brûlant la peau là où elle restait nue. Les bras croisés devant lui, le médecin marcha jusqu'à l'église sans un regard vers le ciel. Au dernier moment seulement, il remarqua la silhouette chaudement emmitonnée qui venait à sa rencontre. Guy lui adressa un salut silencieux ; ils terminèrent de cheminer ensemble.

Les familles au grand complet se massaient dans l'édifice, une nouvelle fois réquisitionné faute de mieux. Certaines, arrivées en avance pour bénéficier d'une place avec vue dégagée sur l'autel, grelottaient sur les bancs depuis une vingtaine de minutes. Seuls les malades et les morts manquaient à l'appel. L'engouement que suscitait l'événement – un procès pour sorcellerie, ce n'était pas tous les jours – se lisait sur les visages blanchis par la température. En se frayant un chemin à travers la foule, Aymar, les traits crispés, refréna une furieuse envie de crier, avant de s'installer parmi les villageois. Le laboureur, lui, remonta la nef et prit place sur les bancs réservés aux représentants d'Ardeloup. Ces derniers feraient office de juges. C'est du moins ce qu'apprit Aymar en tendant l'oreille.

À la demande de Léon, le brouhaha cessa. Les murmures s'évanouirent peu à peu, puis, dans un silence solennel, chargé d'anxiété, les villageois attendirent que le pêcheur ouvre la bouche, puisque c'était lui qu'ils avaient désigné pour conduire le procès. Au fond de la nef, quelques paroissiens se dandinaient pour mieux voir, ou se hissaient sur la pointe des pieds tels des enfants impatients.

— Nous allons commencer, déclara Léon en levant la main vers la clé de voûte.

La porte de la sacristie pivota sur ses gonds ; un long grincement plaintif accompagna le mouvement du battant.

Le cœur d'Aymar se serra. La silhouette de Loïse venait d'apparaître dans l'embrasure, escortée par Ghislain qui, le menton relevé, se donnait de grands airs. La fillette cachait son visage couvert de crasse derrière des cheveux tout aussi sales. Elle gardait la tête baissée et se laissait guider par son geôlier sans lui opposer de résistance. Aymar la scruta d'un œil attentif, à la recherche de signes de maltraitance. Il ne vit rien qui lui rappelât la torture comme la pratiquaient certains inquisiteurs, mais cela ne le rassura qu'à moitié. Pauvre Loïse. Il n'avait qu'à l'observer pour deviner la faim qui tiraillait son estomac, la pâleur sous ses mèches emmêlées, et sa peur, probablement à l'origine du tremblement qu'il percevait dans ses jambes, à moins que ce ne soit le froid. Par-dessus sa chemise, la fillette portait une simple tunique, trouée par endroits. Le médecin s'offusqua de la voir si peu couverte. Si les juges avaient voulu qu'elle tombe malade, ils ne s'y seraient pas pris autrement.

Ghislain l'emmena jusqu'à une chaise placée près d'un pilier et lui demanda de s'asseoir face aux habitants d'Ardeloup. Ces derniers avaient les yeux fixés sur elle, ils scrutaient le moindre de ses mouvements, s'appliquant à déceler la malice dans ce petit corps fragile.

Enfin, Léon rappela les accusations de sorcellerie qui pesaient sur la fillette.

— Les froidures, la maladie et les terribles catastrophes qui nous accablent sont l'œuvre d'un esprit malfaisant, clama le pêcheur. Ils nous obligent à tenir ce tribunal malgré nous, car, à l'heure où je vous parle, nous sommes livrés à nous-mêmes.

Léon marqua une pause, avant de reprendre, le doigt pointé vers Loïse.

— Cette enfant est la fille d'une femme connue pour avoir pactisé avec le Malin. Si elle est coupable, ce procès le montrera. Dans un moment de lucidité, le père Éloi m'a expliqué comment procéder. Nous suivrons ses recommandations à la lettre, ajouta-t-il d'un ton rassurant.

Le pêcheur redoutait que certains villageois, comme Guy, se laissent attendrir – il s'agissait d'une enfant après tout. En impliquant le curé, il espérait lever les derniers scrupules et convaincre l'assemblée du bien-fondé de son action. Même Aymar, peu enclin à reconnaître la moindre subtilité chez ce rustre, dut l'admettre : c'était fort bien joué.

— Nous avons mené un interrogatoire dans les règles, se rengorgea Léon, mais l'accusée a refusé de répondre aux questions qui lui ont été posées. Je vous propose donc de commencer par le témoignage d'Isabeau. C'est elle qui était chargée de pratiquer l'examen.

À l'évocation dudit examen, Aymar se raidit. Il cessa de respirer.

La veuve de Jehan s'extirpa de la rangée où elle avait pris place quelques minutes auparavant, avança vers l'autel et s'installa à l'endroit que Léon indiquait. Face aux représentants d'Ardeloup, elle ne semblait nullement impressionnée. Il y avait de l'aisance dans son attitude, et peut-être aussi une sorte de plaisir à se retrouver ainsi au centre de l'attention.

Campé sur ses jambes courtaudes, Gaston, à qui incombait la charge d'interroger les témoins, se racla la gorge, un peu hésitant.

— Peux-tu nous dire si cette enfant a déjà connu... heu... des relations charnelles avec le Malin, comme c'est souvent le cas chez les sorcières ?

Isabeau secoua la tête de droite à gauche.

— Elle est intacte, fit-elle, catégorique.

— T'es sûre ? s'étonna Léon qui, au passage, venait d'abandonner son ton cérémonieux.

— Certaine.

Soulagé, Aymar expira tout l'air qu'il contenait jusque-là dans ses poumons. Mais en voyant la déception du pêcheur, il ne se détendit pas. Sa colère monta. Un instant, il s'imagina lui planter sa serpette entre les deux yeux, celle dont il se servait pour faucher les herbes médicinales avant de les ranger dans ses sacoches. Quel bruit ferait la lame en s'enfonçant dans son crâne ? Un bruit sourd probablement… à moins que cela ne sonne creux.

Le médecin ravala sa bile, puis reporta son attention sur les visages autour de lui. Il les trouva moins hostiles, comme adoucis par les déclarations d'Isabeau ; ou peut-être était-ce seulement le fruit de son imagination.

Isabeau quitta le banc du témoin, remplacée par Ghislain. Aymar grinça des dents. Fallait-il vraiment lui donner la possibilité de s'exprimer ?

Le fils ressemblait à son père, trait pour trait. Ils avaient le même nez, un peu tordu, la même ossature, puissante et anguleuse. Leurs personnalités, en revanche, n'avaient pas grand-chose en commun. Impulsif, Ghislain ne brillait pas par sa vivacité d'esprit. Du point de vue d'Aymar, il ne brillait pas du tout. Peut-être l'aîné de Guy n'avait-il pas encore atteint l'âge de la maturité. Le médecin doutait cependant que le temps lui soit d'un grand secours.

Le jeune homme jura de dire la vérité. Une nouvelle fois – cela devait bien être la cinquième –, il raconta sa rencontre avec Loïse devant le presbytère, en insistant sur le coup qu'il avait reçu en pleine figure. Aymar sourit à cette évocation. *Bien fait*, songea-t-il, avant de prendre conscience que le coup n'avait pas laissé de trace. L'agressivité qu'il prêtait à Loïse ne tenait pas la route.

— Bien, le remercia Gaston. Maintenant, penses-tu que l'accusée soit coupable de sorcellerie ?

Ghislain n'hésita pas longtemps.

— Oui, je la crois coupable.

— Qu'est-ce qui te fait dire ça ? Parle en toute franchise.

— Scévolé, Anne et moi, on vit avec elle depuis qu'on est enfants. Elle a toujours été bizarre. Parfois, lorsqu'on jouait dehors, elle voulait qu'on la suive jusqu'en haut de la colline. Nous, on refusait parce que c'était interdit. Maman n'arrêtait pas de le répéter. Du coup, Loïse y allait seule. Je sais pas ce qu'elle y faisait, mais un jour j'ai voulu la suivre, par curiosité. Je me suis caché dans un taillis, juste dans la dernière montée. C'est là que je l'ai vue. Elle dansait en marmonnant des choses incompréhensibles. Après, il y a eu un coup de tonnerre et la grêle s'est mise à tomber. J'ai eu si peur que je suis retourné à la ferme en courant dans la descente.

À côté d'Aymar, une villageoise aux joues creuses laissa filer un cri étouffé.

— C'est affreux, souffla-t-elle à sa voisine.

L'autre dame porta son mouchoir devant sa bouche.

— Si nous avions su cela plus tôt, dit-elle.

Dans l'église, elles n'étaient pas les seules que les révélations de Ghislain avaient secouées. Des chuchotis se répandirent dans les rangs. Léon tenta de restaurer le calme, mais les villageois, pressés de commenter le témoignage, ne faisaient plus attention à lui.

Aymar était au supplice, simple spectateur de la bêtise qui se propageait autour de lui et contre laquelle il ne pouvait rien. L'histoire allait-elle se répéter ? Après la mère, la fille. L'idée lui retournait l'estomac.

Ignorant le haut-le-cœur qui montait, il posa son regard sur Léon. Ce dernier tentait de reprendre le contrôle du procès. Même s'il ne parvenait pas à se faire entendre, il jubilait, à coup sûr ; il tenait tant à ce que Loïse soit reconnue coupable. C'était pour lui un moyen habile de marquer les esprits, de se poser en sauveur. Et, visiblement, la communauté semblait prête à s'accommoder du premier venu, pour peu qu'il promette d'enrayer la maladie.

Le médecin se tourna ensuite vers Loïse. Elle n'avait pas bougé. S'ils n'avaient pas vécu sous le même toit, il aurait pu croire à son indifférence.

Soudain, la fillette leva les yeux droit sur lui, comme si, depuis le début, elle savait exactement où il était assis. Aymar peina à soutenir ce regard pur et sans reproches qui plaçait une loupe devant ses fautes. À cet instant, que faisait-il pour l'aider ? Se morfondre ne servait à rien.

— Silence ! s'époumona Léon.

À regret, les villageois s'arrachèrent à leurs conversations. Profitant de l'accalmie, le pêcheur annonça le témoignage suivant. Celui d'Anne. Antoinette lança un regard d'encouragement à sa fille, qui remplaça Ghislain avec une appréhension manifeste. Lorsqu'elle jura de dire la vérité, ses mains se tordirent dans tous les sens comme deux choses encombrantes dont elle ne savait que faire. Un étranger n'aurait pas réussi à deviner qui d'elle ou de Loïse était accusée.

— Ton frère vient de révéler que Loïse montait souvent seule sur la colline. Peux-tu nous en dire plus ? demanda Gaston.

Anne ne répondit pas tout de suite.

— C'est que je n'y suis jamais allée…

— Loïse t'a pourtant proposé de l'accompagner, n'est-ce pas ? s'impatienta le boulanger.

— C'est vrai… oui, hésita-t-elle. Mais je n'ai jamais voulu la suivre. J'avais peur de m'éloigner de la maison.

— Est-ce que tu te souviens d'un détail dans son attitude, quelque chose qui laisserait penser qu'elle s'adonnait à la sorcellerie ?

Une rougeur monta aux joues de la jeune fille, accentuant la saillie de ses pommettes.

— Je ne sais pas comment reconnaître une sorcière, avoua-t-elle.

Le boulanger pivota sur lui-même, cherchant Léon du regard.

— Nous en avons fini, dit ce dernier. Anne, tu peux retourner sur les bancs.

La jeune fille ne se le fit pas répéter et reprit place près de sa mère.

Aymar n'y tenait plus. Même si ce témoignage n'accusait pas Loïse, il donnait du crédit au récit de Ghislain ; récit que ce dernier avait probablement inventé de toutes pièces. Léon et Gaston pouvaient bien le lui avoir soufflé.

Le témoin suivant était un homme maigrelet, vêtu de chausses rafistolées et couvert d'une peau de bête qu'il serrait sur ses épaules en guise de pèlerine. Sa voix, aussi fluette que lui, ne portait pas ; on entendait surtout ses quintes de toux qui survenaient dès qu'il reprenait son souffle. Dans sa bouche, des phrases à rallonge se succédaient à toute vitesse, comme s'il était pressé de cracher son récit et de rejoindre les rangs. Pas une seule fois il ne regarda Loïse ou les membres de la communauté. Il fixait la paume de sa main. S'il avait su écrire, on aurait pu croire qu'un pense-bête y était imprimé. En tout cas, il était préparé. Son discours avait tout d'un texte récité qu'il débitait par obligation. Au fond de l'église, certains villageois se plaignirent de ne rien entendre, mais Léon les rabroua d'un regard glacial.

L'homme resta factuel. Quand elle avait huit ans, Loïse s'était introduite dans son poulailler. Elle courait derrière la volaille avec, selon lui, l'intention évidente d'arracher quelques plumes aux poulets en déroute. Un acte d'une extrême cruauté, évité de justesse par son intervention providentielle, et dont il s'indignait encore aujourd'hui. Évoquer ce souvenir le mettait d'ailleurs hors de lui. En dépit du froid ambiant, il virait au cramoisi. Visiblement, il n'avait pas passé l'éponge. De façon plus générale, il n'aimait pas beaucoup les enfants. Aymar se demanda ce que venait faire cette histoire au milieu d'un procès pour sorcellerie, mais, autour de lui, les gens n'avaient pas l'air de trouver ça bizarre. Léon écoutait le vieux grincheux avec le plus grand sérieux, sans l'interrompre, ce qui était plus grotesque encore.

Deux autres interventions comme celle-là suivirent. Le médecin commençait à croire que tout cela n'était qu'une farce qu'on lui jouait. Sauf que les villageois ne riaient pas. Ils agissaient comme si les faits racontés étaient impardonnables. Ce n'était pourtant que les bêtises d'une enfant. Rien d'extraordinaire. N'avaient-ils jamais couru après les poules ? Depuis quand bloquer une serrure ou se chamailler avec les jeunes de son âge était-il puni par la loi ?

La voisine d'Aymar bâilla à s'en décrocher la mâchoire.

Lui se frictionna les épaules. Contraint à l'immobilité, son corps perdait peu à peu de sa chaleur. Ça en devenait presque douloureux. Sous ses semelles, le froid irradiait du sol et un courant glacé remontait dans ses jambes. Ses orteils ne répondaient plus. Quant à ses doigts, ils auraient connu le même sort s'il ne les agitait pas en permanence pour lutter contre les fourmillements.

En entendant prononcer son nom, Aymar oublia toutes ces sensations. Guy avait tenu parole ; Léon l'invitait à se présenter devant les représentants d'Ardeloup.

Tandis qu'il avançait vers le chœur, l'assistance claquait des dents. Le procès avait suscité la curiosité, l'exaltation, mais à présent les villageois ne rêvaient plus que d'une chose : rentrer chez eux pour se réchauffer près d'un bon feu. Aymar arrivait au plus mauvais moment. Coïncidence ? Il avait peine à le croire, mais avait-il d'autre choix que de s'installer devant cette assemblée somnolente dont les esprits fonctionnaient déjà au ralenti ?

À sa droite, Loïse le dévisageait. Ses yeux se gorgèrent d'espoir et d'une émotion plus intense encore. Déstabilisé, Aymar tourna la tête et focalisa son attention sur le boulanger. Car ce dernier s'apprêtait à l'interroger.

— Monsieur de Noilat, jurez-vous de dire la vérité ?

— Rien que la vérité, jura Aymar.

— Bien. Vous viviez avec l'accusée, est-ce exact ?

— Ça l'est.

— Pourquoi la prendre avec vous ?

Le médecin pesta en son for intérieur. Gaston le traitait-il en témoin ? Ou cherchait-il à instruire son procès ?

— Je ne m'en suis jamais caché. J'avais besoin de son aide pour préparer des remèdes. Mes provisions devaient tenir pendant toute la durée de mon voyage. À Romorantin, j'aurais ensuite trouvé de quoi pratiquer la médecine. Mais c'était sans compter toute cette neige qui m'a obligé à rester parmi vous.

— Toute cette neige, comme vous dites, on a rarement vu ça par ici, et pourtant, Dieu sait ce qu'on a enduré ! Ne croyez-vous pas que ces conditions… anormales puissent être l'œuvre d'une sorcière ?

— Certains hivers sont plus rigoureux que d'autres. La nature nous met parfois à l'épreuve. Elle est ainsi faite. Je ne pense pas qu'il soit juste de chercher un coupable.

Gaston fit la moue, celle qu'il arborait dès que la discussion n'allait pas dans son sens ; et ce qui, soit dit en passant, lui faisait une tête de poisson. Sans doute n'en avait-il pas conscience.

— Depuis que vous partagez le même toit, Loïse s'est-elle souvent absentée ?

Aymar repensa au jour où la fillette s'était rendue au presbytère pendant qu'il dormait. Si Ghislain ne l'avait pas aperçue, le médecin n'aurait jamais rien su de son manège. Il pesa ses mots avant de répondre.

— Il lui arrive de sortir seule, mais à ma demande. Quand certains d'entre vous me consultent, je lui laisse le soin de s'occuper des alités. Elle se rend à la maladrerie pour m'épauler. Du reste, personne ne serait assez stupide pour vagabonder dans la neige.

— Les sorcières ne ressentent pas le froid comme nous, intervint Léon.

Agacé, le médecin ne répondit pas.

— Tout ce temps passé en compagnie des malades, commenta Gaston, c'est plutôt curieux qu'elle n'ait pas attrapé le mal à son tour.

— Une preuve de plus qu'elle en est à l'origine, ajouta le pêcheur.

Aymar protesta :

— Je lui ai montré comment se protéger.

Cela ne servit à rien. Les villageois le considéraient comme un naïf, berné par une enfant. En jetant un regard circulaire sur les visages devant lui, Aymar fut frappé par une dure réalité ; tous croyaient à la culpabilité de Loïse, et tout ce qu'il disait les confortait dans cette idée.

— Si je peux me permettre, insista-t-il, Loïse m'a révélé les raisons de son intrusion dans le presbytère. Elle souhaitait savoir ce que sont devenus ses parents. C'est tout ! N'y voyez aucune malice.

— Elle vous a raconté ce que vous vouliez entendre, répliqua Gaston.

Aymar ne parvint pas à se contenir plus longtemps :

— C'est faux ! Vous aviez décidé de sa culpabilité avant même d'ouvrir son procès. Tout ceci n'est qu'une chimère destinée à alléger vos consciences. Vous irez en enfer. Tous !

Les accusations du médecin réveillèrent les villageois. Ils regardèrent à droite, puis à gauche, guettant les réactions de leurs semblables.

Léon s'efforça de faire bonne figure, mais sa bouche se pinçait.

— Nous avons terminé, dit-il, dédaigneux.

Aymar dut se résigner à regagner sa place, encore sonné par le manque total d'intérêt que l'assemblée avait montré pour son récit. Ses facultés s'envolèrent, de la mélasse se logea entre ses oreilles et l'empêcha d'entendre ce qui suivit.

— Nous allons délibérer. Le verdict vous sera annoncé d'ici peu, déclara Gaston.

Les représentants quittèrent la nef en file indienne, la lourde porte de la sacristie se referma sur eux dans un grincement sinistre. Le médecin sentit une sueur froide le parcourir. Il avait perdu ; son échec l'accablerait jusqu'à la fin de ses jours.

Alors qu'il attendait le verdict, la peur lui perforait l'estomac. Le jour s'assombrit dehors, comme pour accentuer le drame qui se jouait à l'intérieur, et les rayons de lumière qui pénétraient un peu plus tôt par les fenêtres hautes s'évanouirent.

★

Surveillée de près par Ghislain, Loïse n'avait pas bougé. Son corps fragile disparaissait sous sa tunique trop ample, et la peau de ses mains, aux longs doigts effilés, paraissait presque transparente, comme aspirée par le camaïeu de gris qui l'entourait. Aymar avait le sentiment que la fillette n'existait déjà plus. Elle avait renoncé. Il ne restait d'elle qu'une enveloppe vide prête à s'évaporer.

Les larmes montèrent aux yeux du médecin. Il y avait si longtemps qu'il n'avait pas pleuré. Lui qui refusait de montrer le moindre signe de faiblesse s'en étonna, puis il se laissa aller. La colère n'était rien comparée à la culpabilité qui lui dévorait l'âme. Tout était arrivé par sa faute.

Après une attente interminable, la porte s'ébranla de nouveau, tournant sur ses gonds grippés avec autant de difficulté que les fois précédentes. Il faut dire que le père Éloi ne l'empruntait plus, lui préférant une entrée située derrière un autel secondaire. Ce dernier avait été édifié par Odon – le laboureur qui avait épousé Diane – du temps de sa prospérité. Si seulement il n'était pas mort, celui-là.

Le rythme cardiaque d'Aymar avait perdu toute régularité. Sa respiration soulevait sa poitrine de façon saccadée, ses jambes s'agitaient, incontrôlables. En apercevant

Gaston et Léon, il chassa ses larmes d'un revers de la main, fermement décidé à ne pas leur laisser cette satisfaction, mais les deux hommes évitèrent soigneusement de le regarder. À côté d'eux, Guy affichait une expression lugubre.

Pour Aymar, elle n'était pas seulement un mauvais présage, elle confirmait ses craintes. Les jambes du médecin se dérobèrent, incapables de supporter son poids une minute de plus. Il posa une main sur le banc pour retrouver l'équilibre et s'assit. Il avait perdu la notion du temps. Autour de lui, la scène paraissait se jouer au ralenti. Les mots, les gestes s'étiraient à l'infini, et les sons résonnaient comme s'ils provenaient de plus loin. Puis, Léon ouvrit la bouche. Très vite, sa voix s'imposa, occupant tout l'espace et chassant le reste. Aymar n'entendait plus qu'elle. Il résista à l'envie de porter ses mains à ses oreilles : il le faisait, enfant, lorsqu'il craignait d'apprendre une nouvelle de nature à le contrarier. Plus qu'un moyen de fuir, cela lui donnait l'illusion de contrôler ce qu'il ne pouvait pas contrôler. Mais il avait passé l'âge pour ce genre de sottises. Il devait se comporter en adulte à présent, même si, à certaines occasions, la simplicité de la jeunesse et l'absence de responsabilités qui en découlait lui manquaient durement.

Enfin, ce qu'il redoutait retentit, implacable. Les mots étaient aussi froids que la température extérieure, et aussi sombres que les nuages qui saturaient le ciel, au-dessus de l'église.

— L'accusée est reconnue coupable de sorcellerie. Cette… pratique lui a été transmise par sa mère. Nous ne pouvons rien faire pour l'aider. L'esprit du Malin plane au-dessus d'elle, il guide chacun de ses mouvements à nos dépens. En conséquence, Loïse subira le châtiment réservé aux sorcières. Compte tenu de son jeune âge, elle sera étranglée avant que les flammes ne l'emportent. Puisse Dieu lui venir en aide, conclut Léon.

L'annonce resta un moment en suspens, puis un vacarme assourdissant lui succéda, celui des bancs qui raclaient le sol. Pressés de rentrer chez eux, les villageois les repoussaient et sortaient précipitamment de l'édifice. Sans un regard pour Loïse, que Ghislain reconduisait déjà là où on la retenait prisonnière.

Aymar se leva sans savoir comment il en trouvait la force, puis il se mêla aux habitants d'Ardeloup qui l'entraînaient en dépit de sa volonté. De rage, il résista à la pression qui s'exerçait autour de lui, remonta la nef dans l'autre sens et se faufila jusqu'à Guy.

— Votre fils, vous devez le convaincre de revenir sur ses accusations. Son histoire n'est qu'une abominable invention destinée à prouver la culpabilité de Loïse. Vous le savez, n'est-ce pas ?

Le laboureur secoua la tête d'un geste lent, très lent, plein de honte et de lassitude.

— C'est trop tard, soupira-t-il.

— Non !

— Votre indignation est naturelle, mais il n'y a plus rien à faire.

— Quand doit…

La voix du médecin mourut dans sa gorge. Il ne parvint pas à formuler sa question tant la situation lui paraissait absurde et cruelle à la fois. Néanmoins, le laboureur comprit.

— Dès demain, si le temps le permet.

Pour Aymar, ce fut le coup de grâce. Il se figea. L'édifice, lui, continuait de se vider inexorablement. Même Guy, après un dernier regard d'une gravité extrême, s'achemina jusqu'au porche d'un pas fataliste. Le médecin se trouva bientôt seul, une douleur immense fichée dans la poitrine.

Le poison se cache dans la farine, puis dans le pain que Gaston fabrique.

Seul Silvain en a reçu directement, dans sa soupe, le soir où il a croisé ma route, dans la cabane du bûcheron. J'ai versé la poudre noire dans son bol. Contre le rhume, il n'y a pas mieux, ai-je affirmé. Silvain a bu. Il ne s'est pas méfié. Depuis le temps que son nez coulait, il n'allait pas dire non à un bon remède, surtout si cela ne lui coûtait rien.

J'y ai vu une occasion unique de tester le dosage susceptible de provoquer une mort rapide et spectaculaire. Mes calculs – l'aboutissement d'années de recherche – se sont révélés exacts. La quantité administrée à Silvain n'a pas tardé à produire les effets escomptés.

En revanche, j'ai eu plus de mal à estimer la dose nécessaire pour contaminer un sac de farine. À plusieurs reprises, j'ai dû ajuster les quantités, les premières semaines surtout, car je trouvais que les symptômes tardaient à apparaître.

7.

*La soif de vengeance est une maladie qui,
lorsqu'elle se dissipe, comporte un risque de rechute,
en particulier quand de nouveaux éléments
dont vous n'aviez pas connaissance sont révélés.*

L'humidité ambiante constituait un frein, et non des moindres, au projet des villageois. Dans la réserve du moulin, il n'y avait pas de bois assez sec pour ériger le bûcher voulu par les représentants de la communauté. La neige tombait inexorablement, presque sans interruption, et même les plus âgés disaient n'avoir jamais connu un hiver aussi rigoureux. Certains y voyaient l'approche de la fin des temps, d'autres se contentaient de croire à une malédiction jetée par Loïse, qu'on accusait de déchaîner les éléments pour repousser la date de son exécution.

Malgré ce contretemps, Guy savait que l'issue pour la fillette était inéluctable. Cela le désolait. Il ne cessait de penser à elle. Il songeait aussi à Diane, à sa beauté énigmatique dont le souvenir était si frais dans sa mémoire, à croire que quelques mois à peine s'étaient écoulés depuis sa disparition.

Le laboureur tapa machinalement ses semelles pour déloger la neige qui s'y accrochait, et franchit le seuil de chez lui. Antoinette rapiéçait une chemise à la lumière d'une chandelle fatiguée, nimbée d'un discret halo qui l'obligeait à plisser les yeux pour distinguer le morceau de tissu. Il faisait jour. Mais la flamme vacillante, allumée par la maîtresse de maison, ne suffisait pas à inquiéter la pénombre.

Guy se dévêtit, se dirigea vers le foyer pour se réchauffer près des braises rougeoyantes et s'adressa à son épouse.

— Ghislain est ici ?

Sa voix était sèche, bourrue. Il voulait une réponse mais n'avait aucune envie d'engager la conversation.

— À côté, fit Antoinette en reposant son ouvrage. Arrête un peu de l'embêter.

— J'ai encore le droit de parler à mon fils.

— Dès que tu ouvres la bouche, c'est pour lui faire des reproches.

Guy agita la main devant lui.

— Je n'ai pas envie qu'on se dispute, dit-il pour couper court.

Il passa dans la pièce voisine sans se soucier d'Antoinette qui maugréait dans son dos.

Ghislain somnolait sur le lit quand son père fit irruption. En le voyant, il se redressa immédiatement et prit un air revêche. Depuis le procès, ils n'avaient pas échangé plus de quelques mots, et le jeune homme n'avait pas l'intention de faire le premier pas.

— J'ai besoin de comprendre, dit le laboureur.

— Quoi donc ?

— Pourquoi mon fils a-t-il menti alors qu'il avait juré de dire la vérité ?

— Je n'ai pas menti.

Les mâchoires de Guy se crispèrent.

— À mes yeux, tu seras responsable de la mort de Loïse.

— Elle s'est condamnée elle-même en s'adonnant à la sorcellerie.

— Foutaises ! N'en as-tu pas assez de raconter des fables ? Ou les crois-tu à force de te les répéter ?

Ghislain s'empourpra, mais il n'était pas à court de réparties.

— C'est le seul moyen pour chasser le mauvais sort, argua-t-il. Après, tout redeviendra comme avant.

— Si vous brûlez Loïse, rien ne sera plus comme avant. Nous sommes peut-être coupés du monde, mais ça ne durera pas. À ton avis, comment réagira le tribunal de

Bourges en apprenant ce que nous avons fait ? Nous substituer à son autorité. Rendre un jugement en son nom. Il y aura des sanctions prises contre la paroisse.

Un peu déstabilisé de ne pas y avoir songé, Ghislain répliqua avec véhémence :

— Que faut-il faire, d'après toi ? Attendre la mort ?

Guy secoua la tête en signe de désapprobation.

— Tu ne fais que répéter ce que dit Léon. Il obtient de toi tout ce qu'il veut.

— C'est faux !

— Si tu décides de contester mon autorité, fais-le. Mais que Loïse ne finisse pas sur le bûcher à cause de tes bêtises.

La peau de Ghislain prit une teinte cramoisie. La sévérité de son père lui passa l'envie de répliquer. Il quitta la chambre précipitamment et aurait sans doute claqué la porte, s'il y en avait eu une. La présence de sa sœur dans l'embrasure le fit sursauter.

— N'as-tu rien de mieux à faire que d'écouter les conversations des autres ? aboya-t-il.

Anne s'écarta pour le laisser passer. Son père, lui, n'avait pas bougé. En voyant sa fille approcher, ses lèvres s'étirèrent en un sourire de façade qu'il affichait lorsqu'il ne voulait pas inquiéter sa famille.

— Tout va bien ? s'enquit Anne.

Guy haussa les épaules.

— On se dispute, ton frère et moi.

La jeune fille acquiesça simplement.

Guy la connaissait assez pour savoir qu'elle avait une question à poser. Il fronça les sourcils. Ce n'était pas dans les habitudes d'Anne d'hésiter aussi longtemps, pas plus que de s'adresser à lui. Guy endossait rarement le rôle de confident, en général les enfants allaient voir Antoinette. Pourtant, c'était bien devant lui que sa fille se tenait, la bouche indécise.

— Quelque chose te tracasse ? Raconte-moi, si tu veux.

— Est-ce que Loïse est une sorcière ? lâcha-t-elle de but en blanc.

Le visage de Guy s'adoucit. Sur son front, les rides devinrent soudain moins profondes.

— Et toi, qu'en penses-tu ?

— Je ne sais pas. Je ne me rappelle pas l'avoir vue danser ou faire venir la grêle. Les sorcières ne sont-elles pas plutôt de vieilles femmes ?

— Aucune idée.

— Mais tu ne crois pas que Loïse en est une. Je t'ai entendu parler à Ghislain. Tu l'as accusé d'avoir menti lors du procès.

— C'est vrai, je n'y crois pas. Ce n'est qu'une pauvre enfant. Elle n'a plus de mère ou de père pour veiller sur elle.

Anne hocha la tête, songeuse. Ses lèvres, connues pour leur volubilité, restèrent muettes. Guy sonda un moment l'expression de sa fille, puis, ne parvenant pas à la déchiffrer, profita de son silence pour s'éclipser. Sans doute avait-elle besoin de méditer sur la teneur de leur conversation. Lui-même l'avait déjà expérimenté : la solitude aide parfois à trouver des réponses.

Lorsqu'il regagna la pièce principale, Antoinette lui apprit que Ghislain avait quitté la maison et qu'il ne comptait pas rentrer pour le dîner.

— J'imagine que Léon lui offrira le gîte et le couvert, commenta-t-il avec amertume.

Son épouse le fusilla du regard. D'expérience, Guy savait qu'elle refuserait de lui adresser la parole pendant une heure, peut-être deux. Puis, voyant que son manège ne le perturbait pas outre mesure, elle reviendrait vers lui avec de nouveaux griefs et plus énervée encore. Il aurait pu y mettre fin si la situation, tellement prévisible, ne l'amusait pas autant, même après vingt ans de mariage.

Il s'installa devant le feu et ferma les yeux. L'odeur du gruau lui titilla les narines et décupla une faim devenue familière, mais à laquelle son corps refusait de s'habituer. Depuis combien de temps n'avait-il pas senti la peau de son ventre se tendre sous l'effet d'un copieux repas ? Des mois ? Des années ? Le laboureur se força à chasser cette pensée, avant de constater que rien de plus réjouissant ne lui venait à l'esprit. Toute la journée, il avait déambulé dans un froid glacial, de maison en maison, dans l'espoir qu'une oreille finisse par lui prêter attention ; expédition qui n'avait pas été d'une grande utilité. Les villageois n'avaient pas l'intention d'abandonner leur affreux projet, et Guy n'était plus le bienvenu chez eux. On lui reprochait sa prise de position, et son manque de fermeté vis-à-vis de la sorcellerie.

★

Ce soir-là, Guy, Antoinette et Anne mangèrent dans un silence quasi religieux, tous les trois absorbés par des ruminations qu'ils ne souhaitaient pas partager. Les cuillères s'affairaient au fond des bols, machinalement, et les raclements qu'elles produisaient étaient les seuls sons que l'on entendait, avec le crépitement discret du foyer en arrière-plan. Par moments, Antoinette jetait des coups d'œil excédés à son mari, qui mangeait trop bruyamment à son goût. Elle s'empêchait toutefois de le lui faire remarquer en se mordant les lèvres.

Après avoir vidé son assiette, Guy s'essuya la bouche du dos de la main, se leva et s'approcha de la fenêtre qui donnait sur la cour. Le vent chassait la neige contre les murs de la grange, à laquelle on ne pouvait plus accéder à cause des congères. Seule la bergerie était encore accessible.

— La nuit va être froide, murmura-t-il.

Son épouse et sa fille ne levèrent pas les yeux, elles se mirent à débarrasser le couvert. Le laboureur, lui, entreprit de retirer les miettes de pain disséminées un peu partout sur la table ; miettes qui, il le savait, étaient de son fait. Il délogea celles qui s'étaient incrustées dans les rainures du bois, puis les récolta dans sa paume, tellement large qu'elle aurait pu contenir toute la miche. Il les jeta ensuite dans le foyer et partit se coucher.

Antoinette se glissa sous la couverture quelques minutes après. Guy ne dormait pas encore. Il l'avait regardée se dévêtir sans dire un mot. Comme chaque soir, par habitude, elle lui colla un baiser sur la joue avant d'ajuster son oreiller, tapant de-ci de-là pour lui donner une forme plus confortable. Elle s'apprêtait à souffler sur la chandelle quand il l'interrogea à brûle-pourpoint.

— Pourquoi tenais-tu absolument à ce que Loïse soit coupable ? Qu'a-t-elle fait pour que tu prennes le parti de Léon plutôt que le mien ?

Un soupir d'agacement lui répondit.

— Cette fille ne m'a jamais inspiré confiance, ça ne date pas d'hier ! N'ai-je pas toujours dit qu'elle avait le démon chevillé au corps ?

— C'est vrai, mais de là à la condamner à une mort aussi atroce… J'ai du mal à comprendre.

— On élimine les sorcières de cette façon. C'est ainsi, je n'y suis pour rien.

Guy marqua une pause.

— Si tu parviens à dormir, tant mieux pour toi, glissa-t-il.

Antoinette repoussa la couverture.

— Quoi ? Après Ghislain, c'est mon tour ? Je ne suis pas une gamine que tu peux sermonner quand ça te chante ! Garde tes leçons, tu m'entends, ou je jure de rejoindre notre fils.

Le laboureur ricana, expulsant un peu de l'amertume qu'il refoulait.

— J'aimerais bien voir ça. Tu mourrais de froid avant d'atteindre la première maison.

Fâchée, son épouse croisa les bras.

Ils auraient pu en rester là, mais elle ne supportait pas l'idée de lui laisser le dernier mot.

— Tu te crois plus malin… N'empêche, tout le monde au village est de mon avis.

Sur le front de Guy, les rides horizontales se multiplièrent.

— Que leur as-tu raconté ? Que Loïse t'a proposé d'aller au sabbat pour te détourner du chemin de la messe ?

— Ne vois-tu pas que tout est de sa faute ? s'emporta Antoinette. Elle est vicieuse, comme sa mère.

— Diane n'était pas une sorcière.

— Tiens donc ! Ses récoltes prospéraient alors que les tiennes flétrissaient sur pied. Comment l'expliques-tu ? D'ailleurs, les terres qu'elle travaillait auraient dû te revenir.

Abasourdi, Guy tourna la tête.

— De quel droit ? Odon et moi n'étions pas parents. Les parcelles appartenaient à Diane. Ce que tu dis n'a aucun sens.

Le visage d'Antoinette s'assombrit, voilé par une jalousie contenue trop longtemps.

— De toute façon, tu te rangeais toujours de son côté. Il n'y en avait que pour Diane.

Le laboureur écarquilla les yeux. Pour lui, la conversation prenait un tournant complètement inattendu.

— Que dis-tu ?

— Cette façon de lui rendre service, de te rendre indispensable… Que crois-tu ? Je voyais clair dans ton jeu. Le pire, c'était ta manière de la regarder. N'importe quel crétin aurait compris que tu la voulais !

— Il ne s'est jamais rien passé…

— Qu'importe, coupa-t-elle. Au village, tout le monde l'avait remarqué. Les gens se moquaient de moi.

Antoinette ne savait pas quelles faveurs Diane avait accordées à son mari. Sans doute pas plus que des baisers, car Guy était un homme de principe. Au fond, cela n'avait pas grande importance. Ce qui l'avait vraiment blessée, c'était les remarques que s'autorisaient ses voisins, comme si son statut de femme bafouée, contre lequel elle ne pouvait rien, la privait désormais de leur respect. Dès lors, chaque regard concupiscent que Diane et Guy échangeaient était une humiliation de plus, un énième coup qu'on lui portait.

Pour fuir les railleries, Antoinette avait cessé de se rendre au village. Elle demeurait à la ferme auprès de ses enfants, et ne la quittait qu'en de rares occasions. Le souvenir de cette période, même après toutes ces années, lui comprimait encore la poitrine. Lorsque quelqu'un prononçait le nom de Diane, des picotements parcouraient tout son corps. Guy n'en avait jamais eu connaissance ; elle avait caché sa détresse du mieux possible, préférant donner à ses enfants l'image d'un foyer en paix. Tout avait changé, pourtant. Depuis, Antoinette ne pouvait s'empêcher de réprimander son mari, de le critiquer à la première occasion. Ces disputes répétées avaient terni ce qui restait de leur relation.

★

Sur le visage de Guy, de la stupeur d'abord. Puis, de la gravité. Une idée avait germé dans son esprit. Proche du champ de sa conscience, elle était là, le chatouillait, sans qu'il y ait encore accès. On aurait dit qu'une force supérieure l'empêchait de mettre le doigt dessus. Finalement, après un vague malaise qui dura plusieurs minutes, l'idée s'imposa à lui. Au fond, il avait toujours su. Il avait simplement refusé de le voir.

— La lettre de dénonciation… c'était toi, n'est-ce pas ? C'est toi qui as écrit pour dénoncer Diane.

Ce n'était pas une vraie question. Il connaissait la réponse et, tandis qu'il en prenait conscience, le choc lui retournait l'estomac.

Antoinette ne chercha pas à nier. Le sang quitta brusquement son visage, privant le rebondi de ses pommettes et l'arête de son nez des couleurs qui les paraient d'ordinaire. Elle ne trouva rien à répondre et baissa les yeux.

Comment justifier un geste aussi ignoble ? En expliquant que son quotidien était devenu un enfer et que la disparition de sa rivale lui était apparue comme la seule échappatoire ? En révélant que chaque nuit, pendant des mois, elle avait cherché le moyen de s'en débarrasser sans s'attirer d'ennuis ? Pouvait-elle parler du soulagement qu'elle avait ressenti en apprenant son exécution ? Dire que jamais elle n'avait éprouvé le moindre remords ? Qu'une part d'elle s'était même réjouie des souffrances que Diane avait endurées ? Non, on n'avouait pas de telles horreurs.

De son côté, Guy, l'esprit brumeux, peinait à réfléchir.

— De quoi as-tu peur ? Que Loïse décide de se venger ?

Encore une fois le silence d'Antoinette lui donna raison.

— C'est pour ça que tu t'es arrangée pour la condamner, afin de te protéger ? Ne me dis pas que tu as soufflé à Ghislain ces histoires de sabbat à dormir debout ?

Le laboureur parlait vite, d'une voix rauque. Il était furieux. Des larmes avaient jailli des yeux de son épouse et coulaient maintenant sans retenue. Incapable de la regarder plus longtemps, il se rua hors du lit, quitta la pièce. Il alla s'installer sur la couche réservée aux enfants, près d'Anne qui dormait – ou, compte tenu du vacarme, qui feignait de dormir.

Dehors, la grêle martelait le toit en staccato. Le bruit était insupportable. Ne pouvant fermer l'œil, Guy ressassait ce qu'il savait, ses souvenirs, la conversation qu'il venait d'avoir avec Antoinette. Tout cela tournait en boucle, comme s'il cherchait à résoudre un problème insoluble.

Au début, la colère fut le sentiment qui prédomina en lui. Comment son épouse avait-elle pu ? Jamais il ne l'aurait crue capable d'une telle chose. D'ailleurs, elle n'avait pas rédigé la lettre ; comme tous les habitants d'Ardeloup, elle ne savait ni lire ni écrire. Quelqu'un l'y avait forcément aidée. Quant à l'identité du complice, elle n'était pas difficile à deviner. Le père Éloi était le seul à pouvoir tenir ce rôle. Dire que pendant des semaines Guy avait cherché à percer le mystère qui entourait la dénonciation de Diane ! Il avait interrogé tous les villageois, vieillards, femmes, hommes et enfants, sans jamais rien apprendre qui puisse le mettre sur la piste. Et depuis tout ce temps, la réponse se trouvait sous son toit. Qu'il avait été aveugle !

Puis, à mesure que l'insomnie se dessinait, Guy commença à envisager sa part de responsabilité dans toute cette histoire. Ses tempes bourdonnaient. S'insurger contre le comportement d'Antoinette était plus facile que de reconnaître ses propres fautes. Car Diane aurait peut-être survécu s'il ne s'était pas livré à ce jeu dangereux. S'il ne l'avait pas séduite dans l'espoir qu'elle finisse par l'admirer autant que lui l'admirait. Peut-être était-il le seul coupable, après tout.

Un sifflement profond s'échappait à présent du corps de sa fille.

Le laboureur songea qu'il lui incombait de sauver Loïse. Or il n'avait aucune idée de l'endroit où elle était retenue prisonnière. Ghislain avait gardé le secret et il n'était pas près de le lui révéler après leur discussion houleuse. Et si Antoinette se confessait publiquement ? Les villageois abandonneraient peut-être leurs accusations de sorcellerie. Non. Il connaissait assez son épouse pour savoir qu'elle refuserait de revenir sur ses propos.

Guy enfouit son visage entre ses mains et se laissa aller au désespoir.

8.

Elle ne peut pas mourir. Pas elle.

Une lumière blanche filtrait à travers le givre. Encore espacés de quelques centimètres, les barreaux, emprisonnés par la glace, grossissaient inexorablement. Bientôt la neige les recouvrirait d'une couche translucide qui, en durcissant, scellerait le soupirail pour de bon, et priverait l'occupante des lieux de son seul contact avec l'extérieur.

Loïse ramena ses genoux tout contre sa poitrine, comme pour retenir le peu de chaleur que contenait son corps frigorifié. Ghislain et Léon lui avaient laissé juste assez de couvertures pour qu'elle ne meure pas de froid durant son sommeil, mais pas assez pour lui apporter un réel confort. Tous les jours, le fils du laboureur déposait devant elle un reste de gruau confectionné par Antoinette – Loïse l'aurait reconnu entre mille –, sans un regard pour sa jeune détenue. Il se contentait d'accomplir sa besogne, puis il repartait pour ne revenir que le lendemain, au moment où la crypte bénéficiait du plus de clarté.

Loïse jeta un coup d'œil circulaire autour d'elle, songeant qu'elle n'avait aucun moyen de quitter sa prison. Partout son regard se heurtait à une pierre nue, glaciale, contre laquelle elle n'osait même pas s'appuyer. Il y avait aussi une porte, façonnée dans un bois ancien, et le fameux soupirail, promis à disparaître sous la couche de poudreuse qui s'amoncelait. Elle avait renoncé à s'évader.

La mort lui semblait la seule issue possible : ce n'était qu'une question d'heures avant qu'on vienne la chercher.

Lors du procès, elle avait espéré encore un autre dénouement, convaincue que l'intervention de Guy ou d'Aymar aurait suffi à convaincre les villageois d'en rester là. Puis la sentence était tombée, aussi brutale que la poigne de Ghislain lorsqu'il l'avait reconduite à sa cellule avant de claquer la porte. En entendant le bruit sec de la clé dans la serrure, Loïse avait compris que son heure était venue. Ensuite, tout était devenu flou, comme si son esprit avait refusé d'admettre l'inévitable. Elle n'avait ressenti ni tristesse ni peur, elle n'avait pas versé une larme et ne s'était pas mise à prier. Dans la crypte, il y avait pourtant un petit autel dressé juste en dessous de l'autel principal, formant une réplique souterraine de l'église.

Loïse réajusta ses couvertures et souffla dans ses mains. Plutôt que d'implorer pour le salut de son âme, elle se mit à observer le va-et-vient de son esprit, les pensées qui arrivaient, vagabondaient un peu, puis repartaient, se succédaient, obéissant à une logique étrange. Une phase hypnotique qu'elle vivait souvent quelques minutes avant l'endormissement, quand le rêve et le réel parviennent à cohabiter, et que l'absurde devient subitement plausible.

Heureuse d'échapper au présent, Loïse laissa son cerveau dériver. Elle resta ainsi plusieurs minutes, jusqu'à ce qu'un morceau de glace vienne s'écraser dans la crypte. La fillette contempla le glaçon d'un œil indifférent, puis retourna à ses réflexions.

En dressant le bilan de son court passage sur terre, elle s'aperçut que deux regrets la chagrinaient. Le premier était de n'avoir connu ni sa mère ni son père. Le second de n'avoir rien tenté pour découvrir le monde. Parfois, en observant le cours de la Raire, l'envie lui prenait de suivre les eaux jusqu'à Romorantin. Elle ignorait tout de la ville, de ses activités commerciales, de ses autorités administratives, et des occupations de ses habitants. Elle se la représentait comme un village en plus grand. Une vision un peu simpliste, mais dont il fallait bien s'accommoder, faute de mieux.

Finalement, elle n'avait jamais sauté le pas. Il suffisait pourtant de quitter la ferme au petit matin, quand tout le monde dormait, de pousser la barrière et d'emprunter le chemin qui partait vers l'ouest. Il y avait aussi la route de Vierzon, ou celle qui remontait en direction d'Orléans. Les choix ne manquaient pas. Personne n'aurait eu l'idée de se lancer à ses trousses. Les villageois se seraient même réjouis de son départ ; une bouche en moins à nourrir.

Pourquoi n'avait-elle pas quitté ce lieu pendant qu'il en était temps ? Elle n'avait aucune raison de rester dans un endroit où elle vivait en paria, travaillait sans relâche – bien plus que les autres enfants –, sans qu'aucun de ses efforts ne soit récompensé. Qu'importe ses agissements ; sa terrible hérédité lui valait l'hostilité de tous. Que se racontait-elle, déjà, pour justifier son manque de courage ? Ah oui… Elle ne pouvait pas partir sans comprendre ce qu'étaient devenus ses parents. Une excuse, rien de plus. Inutile de se voiler la face alors qu'on est sur le point d'être exécutée. Car en découvrant la vérité sur la mort de sa mère, elle avait éprouvé de la colère. Assez pour songer à s'en aller ; pas suffisamment pour passer à l'acte. Comment aurait-elle subvenu à ses besoins, loin de la ferme et du toit que Guy lui offrait, dans un monde dont elle ne connaissait pas les usages ? Que pouvait bien faire une enfant de dix ans, sans ressources, sans parents et sans talent particulier ? La raison lui dictait de rester.

Mais dans sa cellule, promise à une mort brutale, la fillette avait à présent tout le loisir de regretter la peur qui lui avait cloué les pieds au sol. Pour elle, la vie s'achèverait avant d'avoir commencé.

★

Loïse se pencha en avant, la tête dans les genoux. Malgré les difficultés, les privations, elle ne voulait pas mourir, pas maintenant. Recroquevillée sur elle-même, elle se balançait d'avant en arrière, comme pour se réconforter. Lointain, le bruit de frottement des couvertures se noyait dans le néant qui s'épaississait autour d'elle. Cela dura une heure, ou plus. Puis un glissement étouffé la tira de sa transe. Il provenait de l'escalier qui permettait de rejoindre la crypte, et dont la dernière volée de marches débouchait juste derrière la porte de sa prison. Le cœur de Loïse bondit. Ghislain revenait-il pour la conduire sur le lieu d'exécution ? Il n'était pas aussi discret d'habitude…

La fillette tendit l'oreille. Rien. Elle n'entendait que le bruissement du vent qui, dehors, amoncelait la neige contre les parois de l'édifice, et sa propre poitrine qui résonnait comme un tambour. Son imagination trop fertile lui jouait encore des tours. *J'ai dû rêver*, songea-t-elle, mais le son se produisit à nouveau, plus distinctement.

Scratch, *scratch*…

Cette fois, elle se mit debout, s'approcha de l'ouverture et glissa son œil devant le trou de la serrure. Il était assez large pour qu'elle puisse entrevoir une partie des marches, façonnées dans la pierre grise qui avait servi à bâtir le reste de l'église. N'apercevant personne, Loïse se détendit un peu. Sans doute un rongeur qui sondait les murs en quête d'un abri. À moitié convaincue, la fillette décolla l'œil de la serrure et retourna à ses couvertures. Malgré tout, elle conservait l'impression oppressante d'être observée.

Scratch, *scratch*…

— Qui est là ? risqua-t-elle d'une voix rauque.

La gorge sèche, rétrécie, elle grimaça de douleur, réalisant à cette occasion qu'elle n'avait pas dit un mot depuis trois jours.

— C'est moi.

Surprise, Loïse se colla à nouveau contre le battant.

— Anne ? C'est toi ?

Elle craignait de se tromper. Cela ne ressemblait pas à la fille du laboureur de sortir seule, de parcourir la lande dans le froid, à cette période de l'année, alors qu'un voile opaque empêchait le soleil de briller. Sans compter la menace de ce mystérieux rôdeur qui, après avoir frappé Gaston, demeurait toujours introuvable.

Pourtant, c'était bien la voix de la jeune fille qui chuintait derrière la porte.

— Oui, c'est Anne.

Loïse garda le silence, ne sachant comment interpréter sa présence. Venait-elle pour la libérer ? Cela paraissait trop beau pour être vrai.

— Tu as la clé ? hasarda-t-elle.

— Non, je ne l'ai pas.

Bien sûr, quelle idiote ! se maudit Loïse, étonnée de voir à quelle vitesse l'espoir avait refait surface.

— Qu'est-ce que tu fais là ? Tu vas attraper froid, s'entendit-elle prononcer.

S'inquiéter du bien-être de la fille du laboureur alors qu'elle ne sentait presque plus ses doigts, voilà qui était un comble !

— Je n'ai pas chaud, admit Anne, seulement, je voulais savoir…

— Savoir quoi ?

— Es-tu vraiment une sorcière ?

Loïse marqua une pause.

— Ah, ça… Tu connais déjà la réponse.

— Qu'est-ce qui te fait croire ça ? s'enquit Anne, un peu troublée.

— Tu ne serais pas venue si j'en étais une. Moi, je ne voudrais pas m'approcher d'une sorcière ! Pas toi ?

Loïse sourit en songeant que ses propos avaient dû effrayer Anne. En tout cas, elle resta muette un moment.

— C'est vrai, dit-elle enfin. Tu ne me feras pas de mal, alors ?

— Non. Et si j'avais des pouvoirs, je les utiliserais plutôt pour sortir d'ici.

Anne reprit d'une voix plus assurée, avec un débit rapide, proche de celui qu'on lui connaissait d'habitude.

— Maman pense que tu es coupable. Papa lui en veut terriblement à cause de ça. Je ne l'avais jamais vu aussi en colère…

La jeune fille s'interrompit. Elle préférait taire qu'Antoinette était à l'origine de la mort de Diane – connaissance qu'elle avait acquise grâce à une écoute assidue derrière les cloisons. Loïse n'était peut-être pas une sorcière, mais l'idée d'une vengeance risquait de germer dans son esprit.

— … Je voulais connaître la vérité, savoir qui de papa ou de maman a raison, ajouta-t-elle.

Une gifle. Brutale. C'est l'effet que la désillusion fit à Loïse. *Quelle sotte !* Anne n'avait pas l'intention de lui venir en aide. Elle s'intéressait à elle parce que le procès mettait en péril l'équilibre familial. Permettre à une innocente d'échapper au sort injuste qui l'attendait n'était visiblement pas dans ses projets. Dans un élan de colère, Loïse répliqua avec une véhémence non contenue :

— Ton père sait que je ne suis pas une sorcière. Si je meurs, il détestera ta mère autant qu'elle me déteste. La culpabilité le rongera jusqu'à ce qu'il ne puisse plus la regarder dans les yeux. Tu m'entends ? Ils se haïront pour le reste de leurs jours.

Derrière la porte, Anne recula. Il y eut d'abord un froissement de tissu, puis les sabots de la jeune fille martelèrent le sol. Très vite, leur vacarme s'estompa avant de disparaître tout à fait. Loïse était seule. Autour d'elle, le silence avait déjà repris ses droits, le néant tendait vers elle son grand manteau, prêt à l'envelopper de nouveau. Alors elle pleura sans retenue, jusqu'à ce que ses yeux se vident et que son esprit s'embue.

Recroquevillée en position fœtale, elle ne sortit la tête de ses genoux qu'une heure après. Sans le vouloir, Anne lui avait redonné de l'espoir, un sentiment qu'elle ne s'autorisait plus à éprouver, et qui s'était volatilisé aussi vite qu'il était apparu. Au fond d'elle, une minuscule étincelle s'était ravivée cependant. Elle lui dictait de se battre, de ne pas accepter la mort à laquelle les villageois voulaient la condamner.

La fillette essuya son visage dans les couvertures, se redressa, soudain déterminée à trouver le moyen de fuir. Elle longea les murs de la crypte à la recherche d'un détail qui aurait pu lui échapper. Un système d'aération qu'elle n'aurait pas décelé, un conduit dans lequel elle pourrait se glisser pour regagner l'extérieur. Sa petite taille lui permettait de se faufiler dans des endroits étroits. À la ferme, elle s'en était souvent servi pour se cacher lorsque Ghislain et Scévolé lui couraient après. Par exemple, cet interstice entre les murs de la grange, créé par une paroi intérieure qui offrait une protection supplémentaire contre le gel. Les fils du laboureur ne l'avaient pas remarqué. Elle y avait vu une occasion unique de se soustraire à leur méchanceté.

Ce regain d'énergie fut de courte durée. Les maçonneries qui servaient de soubassement à l'église formaient un ouvrage massif, solide et cohérent, qui n'avait absolument rien en commun avec les constructions d'Ardeloup, aux cloisons mal rafistolées, laissant passer les courants d'air.

Son inspection terminée, Loïse repensa à Anne et regretta de s'être emportée. Elle venait sans doute de gâcher sa meilleure chance de survie. En insistant, peut-être serait-elle parvenue à la convaincre de l'aider ? Elle secoua la tête pour elle-même. Non, la manœuvre aurait échoué. La fille de Guy pensait rarement aux autres ; son propre confort était tout ce qui comptait à ses yeux. Elle l'aurait donc laissée là.

Ce raisonnement permit à Loïse de fermer l'œil, cela valait mieux que de ressasser son erreur. Et si... Quoi de plus nuisible qu'un *et si* ?

Elle tomba dans un sommeil lourd, sans rêves, et se réveilla au son d'une cloche qu'on agitait. Elle crut d'abord que quelqu'un annonçait l'heure de son exécution. Mais le tintement s'éloigna en direction du cimetière. Derrière lui, la neige crissait sous les piétinements d'une foule silencieuse. Loïse frissonna. Le souvenir du cortège funéraire auquel elle avait pris part, à la mort de Jehan, lui revint subitement en mémoire.

Le mal des ardents avait encore frappé.

Elle n'avait aucune idée de l'identité de la victime – ou des victimes, allez savoir. On aurait dit que des semaines s'étaient écoulées depuis son arrestation. La maladrerie, les soins qu'elle prodiguait à ses occupants, tout cela semblait si loin. Elle se concentra et se remémora les couches, leur disposition, ses allées et venues de malade en malade – ou peut-être fallait-il parler de mourants ? En tout cas, elle n'avait vu personne s'en sortir, et elle doutait que cela soit possible.

Puis la fillette songea au père Éloi. Comment avait-elle pu l'oublier ? Alors qu'elle repliait sa soutane, un bruit métallique l'avait fait sursauter. Sur le sol en terre battue, la clé du presbytère avait chu juste à côté de ses sabots. Loïse s'était penchée, ses doigts s'étaient délicatement refermés sur la tige. Puis, au lieu de la remettre à sa place, elle l'avait glissée sous son tablier. Quelle bêtise ! Elle la regrettait à présent. Ce qu'elle avait appris ne méritait pas un tel sacrifice ; l'ignorance aurait été préférable. Le passé était le passé. Sa mère – malgré l'attachement naturel que Loïse ressentait à son égard – demeurait une inconnue que personne ne pouvait plus sauver.

★

Durant les heures qui suivirent, Loïse perdit la notion du temps. Elle n'avait plus la force de rester à l'affût des changements de luminosité, de guetter les bruits provenant de la place du village, ou d'attendre tout autre indice susceptible de la renseigner sur l'avancée du jour. Seule la tombée de la nuit lui apparaissait distinctement, car la crypte plongeait dans les ténèbres et la température chutait ; si bas qu'au matin la fillette s'étonnait d'être encore en vie. Ses paupières résistaient toujours légèrement avant de s'ouvrir. Quant à ses membres, ils refusaient de bouger au début, puis ils finissaient par tolérer quelques mouvements, engourdis et maladroits, qui lui permettaient de se réchauffer un peu.

Loïse rabattit la couverture sur son visage et ferma les yeux. Combien de temps allait-elle encore patienter ? L'attente était aussi cruelle que le châtiment.

Plusieurs heures s'égrenèrent avant que des pas ne résonnent enfin dans la cage d'escalier, et que ne retentisse le tintement provocateur d'un trousseau qu'on agite.

— *Psssttt.*

— Anne ?

Elle n'y croyait qu'à moitié, pourtant c'était bien elle. La fille du laboureur était revenue.

— J'ai la clé.

La voix d'Anne vibrait de façon étrange. Loïse y décela un mélange d'excitation et de fierté, mais elle était en bien trop mauvaise posture pour que l'idée de s'en alarmer la traverse. Elle avança sur ses genoux et se cala derrière la porte.

— Tu vas m'aider à sortir ? Tu sais, je regrette la manière dont je t'ai parlé tout à l'heure, dit-elle, réalisant au passage que c'était la vérité.

Silence. Anne ne répondit pas tout de suite.

— Tout dépend, lâcha-t-elle enfin.

— Que veux-tu dire ?

— Je t'aiderai à une condition : que tu m'aides toi aussi.

Loïse fronça les sourcils. Comment pouvait-elle aider qui que ce soit depuis sa cellule ? Anne avait-elle perdu la tête ? Elle avait eu de la fièvre après tout…

— Je ne comprends pas.

— Papa et maman refusent de se parler. J'ai besoin que tu fasses quelque chose pour les réconcilier.

— Quoi donc ?

— Je n'en sais rien. C'est à toi de trouver.

… Ou alors, elle se moquait d'elle.

— Mais c'est impossible.

Anne se renfrogna.

— Dans ce cas, tu ne sortiras pas d'ici, décréta-t-elle.

— Attends ! fit Loïse, paniquée. Je peux essayer.

Nouveau silence. Puis il y eut un bruit de récipients qui s'entrechoquent.

— Je t'ai amené tes affaires et tout ce que j'ai pu rassembler pendant que M. de Noilat était à la maladrerie.

— Comment ça ?

— J'ai des poudres et des… feuilles séchées, on dirait. J'ai aussi de l'eau, un brasero, un chaudron. Je ne savais pas ce dont tu allais avoir besoin.

— Tu veux que je prépare un philtre ?

— Oui…

— Tu penses toujours que je suis une sorcière.

— Tu as failli me convaincre, c'est vrai. Mais je suis allée chez toi et j'ai compris que tu m'avais trompée.

Loïse sentit son estomac se nouer. Il devait y avoir un moyen de tirer parti de la situation. Mais lequel ?

— Montre-moi ce que tu as apporté.

— Oui, si tu t'éloignes de la porte.

Loïse recula et se colla au mur opposé. Son cœur manqua de s'arrêter lorsque la clé tourna dans la serrure. Anne entrebâilla le battant, vérifia que la prisonnière se trouvait à bonne distance, puis elle ouvrit en grand, poussa son butin dans la cellule, s'y engouffra à son tour, et referma derrière elle.

— On n'y voit rien, maugréa-t-elle.

Elle tenait à la main une chandelle qu'elle agitait dans tous les sens.

— Ah, te voilà !

La fille du laboureur jeta un bref coup d'œil à la prisonnière, sans paraître s'émouvoir de la trouver si peu vêtue. Immédiatement, elle se mit à lui présenter les ustensiles dont elle disposait, un peu comme les marchands qui écoulaient leurs cargaisons à la foire de Romorantin.

Perplexe, Loïse l'observa sans rien dire, puis elle avança dans sa direction. Le matériel appartenait à Aymar, à l'exception du petit chaudron qui se trouvait déjà dans la maison quand ils s'y étaient installés. Il devait être à sa mère. La fillette contempla longuement l'objet ; il faisait partie de son héritage. Elle qui n'avait jamais rien possédé savoura cette idée, avant de reporter son attention sur Anne, dont les yeux erraient dans le vague. Après un moment d'absence, cette dernière demanda d'un ton abrupt :

— As-tu tout ce qu'il te faut ?

— Si je te prépare le philtre, tu me laisseras sortir ?

— Pas avant d'avoir vérifié qu'il fonctionne.

Loïse soupira.

— Rien ne me dit que tu reviendras me libérer. Sans compter que ton frère pourrait arriver d'un instant à l'autre. Je ne peux pas accepter.

Anne fronça les sourcils.

— C'est vrai, dit-elle, mais tu n'as pas d'autre choix que de me faire confiance.

— Tu vas devoir te débrouiller sans moi.

— Tu refuses ?

— C'est ça.

— Quelle idiote ! C'est ta seule chance !

Butée, Loïse croisa les bras. Voyant qu'elle s'entêtait, Anne s'énerva de plus belle.

— Tu crois que quelqu'un d'autre viendra t'aider ? Personne ne sait que tu es ici. Il n'y a que Ghislain et Léon qui sont au courant.

Le découragement gagna la prisonnière, cependant elle tâcha de n'en rien montrer et de conserver un air inflexible. Les deux filles se toisèrent pendant d'interminables secondes, chacune tentant d'intimider l'autre dans l'espoir de prendre l'avantage.

Anne se résigna la première.

— Je vois que tu n'as pas confiance en moi. Très bien, prépare le philtre et je te laisse partir.

— Jure-le.

— Je le jure. Maintenant, dis-moi ce que tu comptes faire.

Loïse s'approcha des plantes, les porta à ses narines et se perdit dans une longue réflexion qui fit trépigner l'autre d'impatience. Tandis que les herbes séchées dansaient sur la pulpe de ses doigts, elle déclara :

— J'ai besoin d'eau chaude.

À l'aide du brasero, elles improvisèrent un foyer de fortune et y placèrent le petit chaudron. L'eau tarda à frémir car le feu manquait de vigueur. En fixant la surface du récipient, inexorablement lisse, Loïse songeait qu'à chaque seconde Ghislain pouvait faire irruption, la surprendre en train de préparer ce breuvage qui avait tout l'air d'un aveu. « Ah, vous voyez ! Je vous l'avais bien dit que c'était une sorcière. » La fillette s'efforça de ne pas y penser et de se concentrer sur sa tâche. Elle poussa tout de même un soupir de soulagement lorsque de petites bulles firent leur apparition. Aussitôt, Loïse y jeta plusieurs pincées d'herbes qu'elle piocha dans ce qu'elle avait à disposition.

La fille du laboureur l'observait, l'œil étincelant de fascination. Antoinette – quand elle préparait une infusion – accomplissait pourtant les mêmes gestes, mais Anne n'y avait jamais prêté attention.

— Il ne reste plus qu'à filtrer, commenta Loïse.

— Quoi, c'est tout ?

La fillette hocha la tête.

— Quelle odeur ! Papa et maman s'en rendront compte si je verse ce mélange dans leurs coupes. On peut difficilement passer à côté.

— Tu n'auras pas besoin de le leur faire avaler.

— Non ? À quoi bon préparer un philtre, dans ce cas ?

Avant de répondre, Loïse jeta un coup d'œil en direction de l'escalier. Elle tendit ensuite le chaudron encore fumant à Anne.

— Il est pour toi. Bois-le.

Horrifiée, la fille du laboureur eut un mouvement de recul. Loïse s'y attendait et se glissa jusqu'à elle pour lui dire quelques mots à l'oreille, comme s'il s'agissait d'un secret que les murs eux-mêmes n'avaient pas le droit de connaître. Anne se détendit, puis esquissa un sourire enjoué. L'instant d'après, elle avalait le contenu d'un trait.

IGNIS INFERNALIS

La maladie a tout l'air d'une épidémie. Je l'étudie depuis si longtemps... Quinze ans, si j'en crois les premières notes de ce journal. Au départ, j'avais de bonnes intentions. J'étais loin de me douter que ces connaissances deviendraient une arme de destruction.

Ce qui m'a mis sur la piste de l'intoxication, c'est le pain. Je me suis aperçu que les malades que je traitais étaient ceux qui en consommaient le plus. Plus tard, j'ai fait le lien avec le seigle et les longues excroissances brunes sur les grains. Un champignon. À chaque fois, la farine de mes patients en était infestée. Impossible qu'il s'agisse d'une coïncidence.

J'ai interrogé des meuniers. Certains anciens retirent les épis contaminés de leur production. Ils ne savent pas pourquoi ils le font, mais ils les jugent impropres à la consommation.

Pourquoi y a-t-il toujours autant de morts ? Pourquoi la gangrène continue-t-elle à se répandre ? L'humidité de la Sologne est favorable au développement du champignon. Les gens ont faim. Ils préfèrent utiliser un seigle de mauvaise qualité plutôt que de voir leurs réserves s'appauvrir. L'estomac qui tiraille est peu exigeant.

1.

Ai-je mauvaise conscience ?
Au fond, cela ne change pas grand-chose.

À l'aube, Aymar fut tiré du sommeil par le martèlement pugnace d'un poing qu'on écrasait contre sa porte.

Il ouvrit un œil, puis l'autre, sans se presser pour accueillir son visiteur. Accablé par des douleurs articulaires et par un mal de tête particulièrement tenace, il n'aspirait qu'à rester couché dans la pénombre. Depuis la condamnation de Loïse, il connaissait un état de faiblesse et de fatigue inhabituel. Le moindre bruit l'incommodait. Sous ses tempes, son sang donnait le tempo à un orchestre imaginaire. Il manquait d'énergie et n'était plus capable de grand-chose, hormis de s'insurger contre la bêtise des villageois, ou de ruminer sur ce qu'il aurait pu faire – ou ne pas faire – pour éviter la tragédie des derniers jours. Parfois, son esprit se contentait d'observer les sensations qui apparaissaient dans son corps ; les picotements dans ses orteils, les tensions dans son cuir chevelu. Quand cela le prenait, il demeurait immobile pendant des heures.

À contrecœur, Aymar se mit debout, laissant ses jambes le porter cahin-caha jusqu'à l'entrée.

— Ouvrez, bon sang !

Dehors, le boulanger s'époumonait d'une voix rauque. Lorsque le médecin ouvrit la porte, il s'engouffra dans l'habitation en pestant, suivi par Léon et Ghislain qui claquaient des dents dans son sillage.

Les trois hommes jetèrent à Aymar des regards furieux. Le médecin choisit de faire comme si de rien n'était.

— Messieurs, les salua-t-il, moqueur.

Il ne parvenait plus à faire semblant. La répugnance qu'ils lui inspiraient était trop forte. Si son éducation le lui avait permis, il les aurait gratifiés de tous les jurons de sa connaissance. Mais, malgré la colère, Aymar était un homme de retenue. Elle était si profondément ancrée en lui qu'il ne pouvait y déroger, même lorsqu'il bouillonnait de haine.

Pour ne rien arranger, le mal des ardents tardait à s'occuper de ces trois-là. C'était l'un des inconvénients de sa méthode : on ne pouvait pas décider qui, où et quand. Certains villageois se révélaient plus résistants ; d'autres mangeaient moins de pain. Il fallait donc plus de temps pour que les symptômes apparaissent.

Sous le regard abasourdi du médecin, Ghislain se mit à fouiller la maison de fond en comble, soulevant les rideaux, le matelas, renversant la chaise, ouvrant le coffre à vêtements.

— Rien, lança-t-il à ses camarades, une fois son examen terminé.

Il semblait déçu. Léon haussa les sourcils.

— Noilat, où est-elle ?

Aymar écarquilla les yeux.

— De qui parlez-vous ?

— Pas de ça avec moi ! s'emporta le pêcheur. Je parle de la sorcière !

— Loïse ? Loïse s'est échappée ?

La poitrine du médecin se gonfla d'espoir. Sa surprise était telle que Léon ne douta pas de sa sincérité.

— On a retrouvé la cellule fermée à double tour, mais elle n'était plus à l'intérieur. Elle s'est volatilisée. Les couvertures aussi ont disparu.

— Peut-être aviez-vous affaire à une sorcière, après tout, ironisa Aymar.

— Vous ne devriez pas prendre ça à la légère, Noilat. Comment dormirons-nous avec cette diablesse qui rôde près de nos maisons ? Sa condamnation était notre seule chance de mettre un terme au fléau qui ravage Ardeloup. Si nous ne la retrouvons pas, il y aura encore plus de morts.

Le médecin haussa les épaules.

— Loïse n'a rien à voir avec le mal des ardents.

— Elle a échappé au bûcher, mais elle mourra de toute façon, intervint Gaston. Le froid ne pardonne pas. Dehors, je ne lui donne pas plus de quelques heures. Je sais de quoi je parle !

— C'est vrai. La crypte n'était pas si inconfortable, en fin de compte, renchérit Ghislain.

Le jeune homme jeta à Aymar un sourire provocateur.

Le médecin ne répondit pas, pourtant, en lui, l'espoir retomba tel un soufflet. Gaston avait raison. Personne ne pouvait survivre à ce froid sans un foyer et un toit. Ainsi, depuis tout ce temps, Loïse était sous l'église. Pourquoi n'y avait-il pas songé ? C'était le seul bâtiment en pierre des environs.

Ne trouvant aucune trace de la fillette, Gaston mit fin à l'entrevue.

— Demain, nous chercherons le corps, lança-t-il froidement.

Ses acolytes le suivirent et quittèrent la maison.

Aymar, sonné par ce qu'il venait d'apprendre, trépignait intérieurement. Loïse était parvenue à s'échapper. Comment avait-elle réussi cet exploit ? L'avait-on aidée ? Où était-elle à présent ? Pourquoi ne lui avait-elle pas demandé assistance ? Elle avait dû deviner que les soupçons des villageois se porteraient sur lui.

Le médecin enfila sa pelisse, se couvrit la tête, jeta un copieux morceau de bois dans l'âtre rougissant, puis quitta la pièce. Il cala ses pas dans les empreintes laissées par Ghislain, Gaston et Léon, qui apparaissaient clairement tout le long du chemin et se séparaient sur la place du village.

Aymar poursuivit sa route vers le nord. Il ne connaissait pas assez la région pour savoir où Loïse aurait l'idée de s'abriter. Trop pressé de mettre son plan à exécution, il avait bâclé son travail de reconnaissance. Existait-il seulement un endroit sûr, à même de la protéger du froid et de la folie des villageois ?

Au bout d'un moment, il s'arrêta net, plissa les yeux. Le brouillard s'épaississait. Il ne distinguait rien hormis une vaste étendue blanche, s'effaçant dans un ciel laiteux. Son pas désabusé n'obéissait plus qu'au hasard et à la direction du vent, qu'il valait mieux conserver dans son dos. Frigorifié, il errait sans savoir où chercher. Une heure s'égrena au compte-gouttes, puis une autre. Les bourrasques qui sifflaient dans ses oreilles le poussaient vers l'avant, l'obligeant à avancer. Il leur obéissait, incapable de leur opposer la moindre résistance.

Où se trouvait-il à présent ? Autour de lui, tout se ressemblait, tout se mélangeait, tout était flou. Son esprit se brouillait, happé par des pensées sans cohérence, tandis que ses yeux pleuraient des larmes de fatigue, de tristesse, il ne savait pas vraiment. Il avait le sentiment d'être passé dans un univers parallèle, un univers décoloré, où il évoluait sans but, sans savoir s'il était mort ou vivant.

Une heure s'écoula encore. Son dos se voûtait, ses genoux ployaient sous l'effort. Ses muscles brûlaient, se déchiraient. La douleur irradiait dans tous ses membres. Il se retourna et chercha la route qu'il venait d'emprunter, mais elle avait déjà disparu dans la brume. Peut-être tournait-il en rond ? Quelle heure était-il ? Il leva la tête, mais ne vit pas le soleil, à croire qu'il s'était évaporé pour de bon, comme le chemin derrière lui. Il était perdu. Qu'importe la direction qu'il prenait, rien ne changeait.

Quand la stupidité de son comportement lui apparut, l'heure n'était déjà plus aux regrets. Ses forces l'avaient abandonné, ses jambes ne le portaient plus. Il s'écroula.

Avant de perdre conscience, deux ultimes pensées lui vinrent. La première fut qu'il allait mourir ; la seconde, que Loïse connaîtrait probablement le même sort.

★

En retrouvant ses esprits, le médecin s'étonna d'être toujours de ce monde. Au-dessus de lui, Antoinette, le visage rubicond, l'observait en se rongeant les ongles. Jamais il ne l'avait vue d'aussi près et, sous cet angle, il lui trouva un air encore plus empâté que d'habitude.

— J'ai bien cru que vous alliez y passer. Dans quel état vous vous êtes mis, grand Dieu ! disait-elle.

Aymar s'étonna de cette marque de considération. Depuis qu'il avait soutenu Loïse lors du procès, la femme du laboureur n'était plus aussi bien disposée à son égard.

Elle l'obligea à se redresser, pressée de lui faire avaler le contenu du bol qu'elle tenait entre les mains. Le médecin se sentit vulnérable. Cette femme avait décidé qu'il était temps pour lui de manger. Et, lui, incapable de protester, ne pouvait rien y faire. Il était à sa merci.

Dans un sursaut d'orgueil, Aymar tenta d'attraper la cuillère, mais ses doigts refusèrent d'obéir. Le froid les avait-il endommagés ? Combien de temps était-il resté dans la neige ? Pris de panique, le médecin eut à peine le loisir d'examiner ses membres supérieurs et de se rassurer à leur sujet qu'Antoinette lui présentait la première bouchée. Il l'accueillit sans enthousiasme, comme un prisonnier tenu d'ingurgiter la pitance de son geôlier.

La femme du laboureur fronça les sourcils.

— C'est de l'omelette, vous n'aimez pas ?

— Si, souffla-t-il.

Antoinette parut se satisfaire de sa réponse. Elle lui administra une autre cuillérée. Materné de la sorte, incapable d'aligner deux mots, Aymar était au supplice. Cela rendait son repas plus amer qu'il n'était. Il accueillit l'arrivée du laboureur avec soulagement, alors même que sa mine morose ne laissait rien présager de bon.

— Je vous ai cru mort. Vous avez eu de la chance que je vous trouve.

— Dix minutes de plus, ma foi, et c'en était fini, renchérit Antoinette, au cas où le médecin n'aurait pas compris qu'il leur était redevable.

Aymar se redressa de quelques centimètres. Sa gorge lui brûlait, il osait à peine déglutir.

— Vous n'auriez pas dû sortir de chez vous, le sermonna Guy.

— Loïse, dit-il enfin, je… cherchais Loïse. Savez-vous où elle a pu aller ?

Antoinette laissa tomber la cuillère. Le rouge lui monta aux joues.

— Je pensais qu'elle était enfermée.

— Elle s'est échappée, déclara Guy.

— Bon sang ! J'espère que tu ne l'as pas libérée, ou je jure de te dénoncer !

— Quelqu'un l'a aidée, mais ce n'est pas moi.

— Elle va revenir pour se venger. Nous ne sommes plus en sécurité, s'affola-t-elle.

Le laboureur la rabroua sèchement.

— Va plutôt veiller sur ta fille.

Antoinette sanglotait à présent, cependant Guy détourna le regard.

Rien n'allait plus entre ces deux-là. Était-ce à cause de leur désaccord au sujet de Loïse, ou y avait-il autre chose ? Aymar, qui retrouvait peu à peu sa clairvoyance, penchait pour la seconde hypothèse.

Guy lui attrapa l'épaule et l'aida à se mettre debout. Un instant, le médecin se crut trop faible pour marcher. Ses jambes tremblaient de façon incontrôlée. Il se cramponna au laboureur, le temps de reprendre ses esprits, puis il posa un pied devant l'autre. Le sang reflua lentement dans ses membres qui, sous ses vêtements, se colorèrent un peu – il avait toujours eu la peau très blanche.

Ses forces revenaient. Plus de peur que de mal. *Quel homme chanceux tu fais !*

Sûrement qu'un jour il paierait pour toutes ces imprudences restées sans conséquences. Mais pas aujourd'hui ; c'était tout ce qui comptait.

Il s'approcha de la chambre, tira sur le rideau de laine. Antoinette se retourna, il croisa son regard gorgé d'eau. À genoux, les mains jointes devant son visage, elle priait. Ses traits se crispaient à chaque nouveau gémissement que poussait sa fille.

Étendue, les bras le long du corps, les yeux fermés, Anne ressemblait à une morte, si ce n'était que sa tête dodelinait de droite à gauche, et que des soupirs plaintifs s'échappaient d'entre ses lèvres. La gravité de son état ne faisait aucun doute. Si le père Éloi était encore en vie – on l'avait inhumé la veille, sans cérémonie ; le vent avait dissuadé les villageois de passer au cimetière plus de temps qu'il n'en fallait pour le mettre en terre –, le médecin aurait sollicité sa présence au chevet de la jeune fille.

La chambre sentait la tisane, la fièvre et la transpiration.

Aymar avança en silence, puis il se posta aux côtés d'Antoinette. Depuis le début de l'« épidémie », il avait appris à reconnaître le mal des ardents dès les premiers signes. Or, ce qu'il voyait ne ressemblait pas à une intoxication à l'ergot de seigle ; *sa* maladie. Il n'avait d'ailleurs pas vraiment anticipé que les villageois puissent souffrir d'autre chose. Encore une erreur dans un plan qu'il croyait si bien ficelé.

— Souhaitez-vous que je l'examine ? proposa-t-il.

Les yeux d'Antoinette débordèrent de gratitude.

— Faites donc, je vous en prie.

Le médecin s'agenouilla à son tour, posa sa main sur le front de la jeune fille. Il retira ensuite sa couverture, remonta sa chemise jusqu'à ses cuisses. Ni brûlure ni noirceur sur cet épiderme immaculé qui conservait un velouté enfantin.

— Depuis combien de temps est-elle aussi affaiblie ? A-t-elle mangé ?

Antoinette secoua la tête.

— C'est arrivé pendant la nuit, subitement. Elle s'est plainte de crampes et n'a rien avalé depuis.

Aymar lui recouvrit les jambes et palpa l'abdomen, dur et enflé, de la jeune fille. Il suffisait d'appuyer pour qu'elle se mette à hurler.

— Pouvez-vous nous laisser seuls ?

Antoinette fronça les sourcils. Un peu méfiante, elle demanda pourquoi. Il répondit tout bas :

— Les enfants ne sont pas toujours très honnêtes en présence de leurs parents. J'ai besoin de l'interroger. Je vous dirai de quoi il retourne, bien entendu.

Tentée de protester, la femme du laboureur ravala finalement ses objections. Après toutes ces semaines, dont deux passées sous le même toit, elle connaissait assez le médecin pour savoir qu'il ferait à sa manière, quelles que soient ses contestations. Avec lui, il était vain d'insister. Elle s'éclipsa.

Aymar prit la main de la jeune fille. Il craignait qu'elle ne parvienne pas à parler.

— Comment te sens-tu ?

Anne gémit. Ses paupières se soulevèrent. Elle garda les yeux mi-clos, comme si les ouvrir en entier lui demandait trop d'efforts.

— J'ai mal au ventre.

Le médecin se pencha vers elle, renifla son haleine. Cette odeur lui disait quelque chose. Il la respira une nouvelle fois pour corroborer ses soupçons.

— Qu'as-tu pris ?

Pour se soustraire à son examen, Anne tourna la tête.

— Tu as ingéré du poison. Tu dois me dire ce que c'est, ou tu pourrais bien mourir.

Aymar sentit qu'elle hésitait.

— Qu'est-ce que c'était ? insista-t-il.

Finalement, la jeune fille lâcha :

— Je ne sais pas.

— Comment ça ? Tu dois bien le savoir.

Anne secoua la tête. Non, elle n'en avait aucune idée. Sa voix se changea en un murmure à peine audible.

— C'est Loïse qui me l'a donné…

Aymar écarquilla les yeux. Dans son esprit, les questions se bousculaient. Il tenta d'échafauder des hypothèses – un réflexe –, mais la situation lui échappait complément. Il n'y comprenait rien. Anne, prise de panique, le supplia de se taire. C'est à peine s'il l'entendait.

— Pitié, ne dites rien à papa et maman.

Le médecin expulsa tout l'air que contenaient ses poumons, inspira lentement. Il retrouva son calme en un rien de temps.

— Je garderai ça pour moi, tu as ma parole. Cependant, tu me racontes toute l'histoire.

Une moue discrète lui répondit ; elle semblait signifier « Bon, d'accord », ou quelque chose d'approchant.

— Je voulais juste qu'ils arrêtent de se disputer. Que tout redevienne comme avant. Il leur arrivait de s'énerver, mais pas autant, pas comme maintenant…

— Qu'est-ce que Loïse vient faire là-dedans ?

— Je lui ai demandé de m'aider. En échange, j'ai ouvert la porte de sa cellule. Ne le dites pas, s'il vous plaît ! Ils seraient furieux contre moi.

Aymar la rassura d'un hochement de tête.

— La potion devait me rendre malade le temps que mes parents se réconcilient. Quand Scévolé a attrapé le mal, ils se disputaient moins, se justifia-t-elle.

Le médecin n'en revenait pas. Même lui n'aurait pas eu l'idée d'un stratagème aussi tordu.

— Et comment comptais-tu guérir ? C'était très imprudent !

— Loïse a dit que vous sauriez quoi faire… Vous allez me soigner, n'est-ce pas ? demanda-t-elle, soudain inquiète.

— Oui.

Anne se détendit.

Il baissa la voix.

— Et Loïse, où est-elle allée ?

Haussement d'épaules.

— Aucune idée. Je n'ai pas vu dans quelle direction elle partait.

Son intonation montrait un désintérêt total pour le sort de celle qui avait passé avec elle toute son enfance. Aymar, lui, était fébrile. Loïse avait réussi à fuir. Quel coup de maître ! Cette nouvelle lui procurait une immense fierté. Fierté illégitime, car Loïse n'était pas sa fille, et il ne s'était pas occupé de son éducation – un peu, ces dernières semaines, mais il n'avait aucun mérite. Pourtant, son évasion était comme un baume passé sur son amour-propre.

Puis, d'un coup, son enthousiasme retomba. Son esprit logique venait d'estimer les chances de survie de la fillette qui errait dehors, enroulée dans quelques couvertures, au plus fort de l'hiver. Une nouvelle fois, Aymar était impuissant quand elle avait besoin de son aide. Quel piètre ami il faisait ! Il n'était bon qu'à la destruction et à l'empoisonnement collectif – sur ce point, il en savait un rayon.

Sa tête tournait. Ses repères l'abandonnaient, un à un, y compris sa soif de vengeance qui occupait pourtant toutes ses pensées depuis des années. Elle lui parut soudain accessoire. Il s'indigna : elle ne pouvait pas le laisser là ; pas comme ça ; pas maintenant qu'il était en passe de concrétiser tout ce qu'elle lui susurrait à l'oreille.

Des gouttes de sueur perlèrent à son front. Il sonda son esprit, mais ses désirs de représailles demeurèrent silencieux. Tout ce qu'il avait entrepris perdait de son sens. Peut-être parce que la mort de Loïse n'en avait aucun ?

Anne ne disait rien, craignant d'interrompre quelque chose. Le médecin se ressaisit de son mieux, mais ses lèvres tremblaient encore. Il pria pour qu'elle ne le remarque pas.

— Que vous arrive-t-il ? demanda-t-elle d'une voix innocente.

Il s'éclaircit la gorge.

— Rien… ce n'est rien. Je suis resté dehors trop longtemps.

— Vous cherchiez Loïse.

Le médecin haussa un sourcil.

— C'est vrai, admit-il, j'aurais aimé la sauver du froid. Quant à toi, jeune fille, il faut que tu prennes un remède au plus vite. J'apporterai de quoi te remettre sur pied.

Elle le remercia d'un faible sourire.

Il s'apprêtait à s'éloigner, lorsqu'une question le chatouilla. Ce n'était peut-être rien, mais une intuition lui soufflait le contraire. Et, dans ce genre de situation, il se fiait toujours à son instinct.

— Tu as pris un grand risque en avalant ce poison. J'imagine qu'il s'est passé quelque chose de grave. Sais-tu pourquoi tes parents se disputent ?

Il avait prononcé ces mots avec détachement, sur le ton de la conversation, pour ne pas alarmer Anne. Malgré tout, la jeune fille, mal à l'aise, s'enfonça sous les draps.

Il changea de tactique.

— Je pourrais t'aider, qui sait ?

Cet argument eut plus de succès. Elle se redressa, sa bouche se tordit très légèrement ; elle avait l'air de soupeser l'idée. Pouvait-il lui prêter main-forte ? Peut-être bien. De toute façon, elle l'aimait bien, ce médecin. Ça la flattait, aussi, qu'il s'intéresse à elle. Elle n'avait pas la moindre envie qu'il prodigue ses attentions à un autre. Après avoir bu une telle dose de poison, il était bon de le savoir tout près. Elle décida de parler.

Elle pinça les lèvres et murmura, un peu coupable :

— Je ne devrais pas vous le raconter.

Aymar s'assit sur le bord du lit. Patient, il attendit sans la brusquer.

— Maman a fait une chose terrible. Papa aussi. Ils n'arrivent pas à se pardonner l'un l'autre. Pourtant, c'était il y a longtemps… J'aimerais bien qu'ils passent à autre chose.

Anne modulait sa voix, elle voulait s'exprimer en adulte.

— Certains le peuvent..., fit Aymar, pensif.

— Comme Jehan. Il finissait toujours par trouver des excuses à tout le monde. Ça exaspérait mon père.

Le médecin sourit.

— Ce qu'ils ont fait, est-ce vraiment si terrible ?

— Oh oui, ça l'est ! La sorcière, celle dont vous occupez la maison : c'était la mère de Loïse. Vous le saviez ?

— Non, je ne le savais pas.

Encore un mensonge. Il ne les comptait plus, son quotidien était ainsi fait.

Anne le crut, en tout cas. Elle se délecta du plaisir que procure une information dont on détient la primeur.

— C'est ma mère qui l'a dénoncée. Elle a demandé au curé d'écrire au tribunal. Sans elle, il n'y aurait pas eu d'enquête. Depuis que mon père le sait, il lui en veut terriblement.

Une vague de cinq mètres aurait pu s'abattre sur Aymar, la sensation eut été la même. Vague qui, après l'avoir fauché de plein fouet, aurait continué à l'emporter au gré de la houle. Il se sentait comme un pauvre pantin désarticulé en train de boire la tasse, impuissant face aux éléments déchaînés. Oui. Ça devait produire cet effet-là, à peu de chose près.

La jeune fille, trop absorbée par son récit, ne remarqua rien.

Il posa une main sur le lit, s'y appuya. Il manquait d'air. Celui de la pièce lui paraissait vicié, irrespirable. N'aérait-on jamais dans cette maison ?

— Apparemment, papa, il l'aimait bien, Diane...

Cette fois, la nausée le guettait. Il alla à la fenêtre, l'ouvrit tout en restant dos au lit. Anne n'avait toujours rien perçu de son malaise.

— Maman était jalouse. C'est pour ça qu'elle l'a dénoncée. Elle voulait garder papa rien que pour elle.

Trop, c'était trop. Il vomit.

Anne poussa un cri de surprise. Alertée par le bruit, Antoinette, qui nettoyait la vaisselle dans la bassie, abandonna la cuve qu'elle récurait, se rua vers la chambre et tira le rideau. Elle cria à son tour, car elle ne s'attendait pas à trouver le médecin plié en deux, en train de rendre le peu qu'elle avait réussi à lui faire avaler. Elle n'osa pas approcher. Était-il infecté ? Fallait-il se méfier ? À Ardeloup, les malades, on en avait une peur bleue.

— Que se passe-t-il ? risqua-t-elle. Allez-vous bien ?

Aymar se redressa, mais la figure d'Antoinette, rougeaude, qui se détachait dans l'encadrement de la porte, lui donna un nouveau vertige. Il resta près du mur, paralysé.

Puis Guy arriva. Un peu outré, le laboureur s'avança, proposa ses épaules puissantes en guise de soutien et aida le médecin à quitter la pièce. Aymar se retrouva sur la même banquette que précédemment. Il n'avait qu'une envie : partir loin, très loin, sortir de cette maison, mais il ne tenait pas debout et sa tête tournait. Tout devint flou. Il s'évanouit.

★

Lorsqu'il reprit connaissance, il regarda autour de lui avec appréhension, craignant de voir Antoinette surgir dans son champ de vision. Il prit une grande inspiration, les battements de son cœur s'apaisèrent.

Près de l'âtre, Guy l'observait. Il arborait cette même expression, mi-lasse, mi-inquiète, qui lui collait au visage depuis des semaines ; elle semblait s'être enracinée si profondément qu'il ne pouvait plus en changer. Par chance, il ne posa aucune question. Il se contenta d'attendre que le médecin reprenne ses esprits.

— Mon séjour dans la neige ne m'a pas réussi, on dirait, lâcha Aymar après un long silence.

— Le temps est plus calme. Je vais vous aider à rentrer chez vous.

Le laboureur, comme son épouse, craignait qu'il ne couve le mal des ardents. Autrement, il n'aurait pas été aussi pressé de le voir s'en aller. Guy n'avait aucune certitude, néanmoins, le doute était là. Et par les temps qui couraient, le doute n'était pas permis. Il agissait pour la sécurité des siens. Quant à Aymar, il n'y trouva rien à redire ; cela arrangeait ses affaires.

Ils quittèrent la ferme, bras dessus, bras dessous. Le vent avait faibli. Une lumière décolorée auréolait maintenant la crête formée au loin par les arbres. La marche ne fut pas aussi pénible que prévu.

Pendant toute la durée du trajet, les pensées du médecin ne prirent qu'un seul chemin : Antoinette. La dénonciation de Diane, c'était elle. La mort de Diane, c'était elle ; indirectement, certes, mais à ses yeux cela ne changeait rien. Lui qui avait toujours rejeté la faute sur Ardeloup ne s'attendait pas à démasquer un véritable coupable. Cette découverte le déroutait. Tout devenait subitement moins abstrait. Antoinette, qui ne montrait encore aucun signe de gangrène, méritait de souffrir plus que les autres. Elle avait perdu un fils, Scévolé. Pour autant, le désir de vengeance d'Aymar, réveillé par cette révélation, demeurait inassouvi. Ce n'était pas assez. Tout ce que son imagination déployait, les châtiments les plus infâmes, les pires cruautés, rien de tout cela ne suffisait.

Aymar fondit en larmes. Il pleura dans sa manche, s'excusa auprès de Guy, puis pleura encore. Il n'arrivait pas à refouler les vagues d'émotions qui s'entrechoquaient dans sa poitrine.

Le laboureur s'inquiétait de voir le médecin dans cet état. Malgré cela, il continua d'avancer cahin-caha, en silence. Il savait se taire quand il le fallait. *Un bon compagnon*, songea Aymar qui, doucement, apprenait à l'apprécier. Puis, il se souvint des paroles d'Anne : *Papa, il l'aimait bien, Diane*, et cette pensée amicale le quitta aussitôt. La nausée le reprit. Que s'était-il passé après la mort d'Odon ? Diane avait-elle connu d'autres hommes ?

Guy en faisait-il partie ? Son sens du devoir, ses mains gigantesques, sa force tranquille, son regard, pas spécialement intelligent, mais pas non plus dénué de charme…

Les yeux brouillés, le médecin tourna la tête vers son sauveur. Sans lui, il aurait péri, tel un idiot. Peut-être aurait-il mieux valu qu'il en soit ainsi ? La douleur qui lui compressait la poitrine, le feu qui lui léchait le cœur, le brouillard qui lui obscurcissait l'esprit et l'empêchait de penser… Tout cela disparaîtrait. Finies les soirées à ressasser, à se sentir coupable. Un instant, il s'imagina flottant dans ce doux néant, sans joie ni souffrance. Et si c'était la seule paix qu'il puisse espérer ? Ce chemin, comme ultime recours, Jehan l'avait emprunté. Alors pourquoi pas lui ?

En réalité, Aymar se posait la question pour se mettre à l'épreuve, mais la réponse n'avait aucun secret pour lui : l'espoir. En lui, l'espoir, malmené après toutes ces années d'errance, se cramponnait malgré tout. Même lorsque la situation semblait désespérée, il finissait toujours par refaire surface. C'est pour cela qu'Aymar ne pouvait mettre fin à ses jours ; en lui, une voix le sommait de ne pas baisser les bras. Elle murmurait que tout n'était pas perdu, qu'il trouverait le moyen de passer le cap, d'une façon ou d'une autre.

Ses larmes se tarirent en même temps que le vent s'apaisait. À présent, la lande baignait dans une quiétude presque irréelle. Seuls les arbres, recroquevillés dans de curieuses positions, conservaient les stigmates de la tempête.

En pénétrant dans sa maison – ou plutôt, dans celle de Diane –, Aymar fut saisi par le froid glacial qui régnait à l'intérieur. Dans la cheminée, il ne restait qu'un tas de cendres mortes. La température était tombée si bas que la pièce mettrait des heures à se réchauffer.

Guy aida le médecin à s'asseoir, déposa une couverture sur ses genoux comme il aurait pris soin d'un vieillard.

Il entreprit ensuite de faire du feu. Plusieurs coups secs retentirent, le briquet percutait le silex sans ménagement, puis des étincelles jaillirent et embrasèrent le petit bois entassé par le laboureur. Une odeur de fumée se répandit dans l'air, et, après plusieurs minutes de travail acharné, le premier crépitement survint, suivi par quelques flammèches.

De sa chaise, Aymar dévisageait Guy, scrutant ses moindres gestes à la manière d'un savant devant l'objet de son étude. Sa façon de se déplacer, surtout, le laissait perplexe. Il existait un contraste étonnant entre ses mouvements, qu'un citadin aurait qualifiés de lourds, et sa dextérité. Quand on voyait la taille de ses doigts, on ne soupçonnait pas qu'ils puissent avoir en eux cette précision et, par moments, cette délicatesse. Quant à son cœur, il était bon. Aymar voulait le haïr pour tout ce que son imagination lui suggérait, mais il n'y parvenait pas. Et cela nourrissait sa détresse.

Il rompit le silence le premier :

— Votre fille, Anne, est mourante.

Le laboureur leva vers lui des yeux rougis, presque humides. Il avait vu le médecin pleurer. Cela l'avait libéré, d'une certaine façon ; à son tour, il avait le droit de montrer son chagrin sans se soucier du qu'en-dira-t-on. Il laissa les larmes rouler sur ses joues, puis les essuya, calmement, sans se précipiter.

— Je sais, dit-il simplement.

Aymar, lui, était assiégé par des sentiments contradictoires. Ses mains tremblaient, sans qu'il puisse les en empêcher. Au prix d'un effort immense, il repoussa la couverture, se mit debout. Ses jambes le portaient à peine, mais se débarrasser de son fardeau une bonne fois pour toutes était la seule chose qui comptait. Il devait saisir l'occasion qui se présentait, quoi qu'il puisse lui en coûter.

Il tituba vers l'étagère où il stockait ses herbes. Ses mains mal assurées se refermèrent sur le bocal le plus à gauche. Il le posa sur la table, près d'un reste de souper refroidi et d'un morceau de hêtre dont il se servait comme marque-page. Il répéta la même opération avec un bocal qui, contrairement au précédent, ne portait aucune étiquette. Le verre, opaque, laissait tout de même entrevoir une poudre fine, couleur charbon.

Le médecin ouvrit les bocaux, mélangea une petite quantité des deux poudres au fond d'un mortier, avant de transférer le tout dans une fiole qu'il tendit à Guy.

— Donnez cela à Anne au plus vite… En une seule prise, précisa-t-il.

Le laboureur s'empara de la fiole, qui disparut à l'intérieur de sa pelisse.

— Dieu vous bénisse, docteur.

Aymar le regarda partir. Dans son dos, ses mains tremblaient encore. Le sifflement de la bise qui s'était faufilée à l'intérieur rebondit sur les parois en torchis, puis se perdit entre les poutres de la charpente. Le chambranle sursauta quand la porte, repoussée par Guy avec force, revint vers lui.

Pris d'un vertige, le médecin s'appuya contre la table. Sa tête s'affaissa. Il resta longtemps ainsi, sans bouger. Jamais il ne s'était senti vulnérable à ce point, pas même lorsqu'on lui avait appris la mort de Diane, et pourtant, il avait été anéanti.

★

C'était il y a sept ans, mais je m'en souviens avec autant de netteté que si c'était hier. Ce jour-là, ma vie a basculé. Pourtant, tout n'avait pas si mal commencé ; il faisait beau, je revenais du marché les bras chargés d'épices, l'humeur légère. Le messager patientait devant chez moi. Un freluquet au poil blond et bouclé, au nez retroussé, avec des joues laiteuses parsemées de taches de son. Pas du tout le genre qu'on imagine porteur de mauvaises nouvelles. Je l'ai joyeusement salué, avant de demander ce que je pouvais faire pour lui. Je m'attendais à ce que le jeune homme ôte sa chemise, qu'il exhibe une blessure à recoudre ou à nettoyer. J'en voyais à la pelle, des gamins comme lui, imprudents ; ils se battaient, puis ils pleurnichaient pour qu'on les rafistole. Au lieu de ça, le blondinet m'a remis un pli. En le lisant, je me suis décomposé. Diane n'était plus de ce monde. Il n'y avait rien à tenter pour la sauver. Je devais l'accepter. C'était ça, le plus terrible.

Sept ans après, le poids de cette injustice pèse toujours lourdement sur mes épaules.

★

Aymar parcourut la pièce du regard. Où Diane s'asseyait-elle lorsqu'elle vivait ici ? Cette question revêtit soudain une importance capitale. Il ferma les yeux. Près des bocaux ? Cette hypothèse avait du sens, mais elle ne le convainquit qu'à moitié. *Allons, tu peux faire mieux*, pensa-t-il. Il réfléchit à nouveau. Cette fois, il y était. Elle s'installait près de l'âtre – elle était frileuse, Diane –, surtout l'hiver, quand il devenait difficile de se promener dans la nature. Elle qui adorait marcher au grand air, elle n'aimait pas beaucoup cette saison.

Aymar poussa sa chaise jusqu'à l'emplacement présumé des rêveries de Diane, puis s'y installa. De là, une douce chaleur ne tarderait pas à l'envelopper et la lande, avec son ciel triste et sale, disparaîtrait un temps de son esprit.

Il posa ses mains sur ses genoux ; elles ne tremblaient plus.

★

Je n'avais pas tout anticipé - aujourd'hui je m'en rends compte. Je n'avais pas imaginé que je me soucierais du sort de Jehan, que je me prendrais de sympathie pour Guy, et qu'un lien véritable se tisserait entre Loïse et moi. Elle ressemblait tant à sa mère, avec ses boucles brunes. Je ne pouvais la regarder, c'était plus fort que moi, sans que le visage de ma sœur s'impose à mon esprit, et sans me remémorer l'amour qui nous unissait. C'est cet attachement, jugé contre-nature, qui nous a séparés.

Un jour, notre mère nous avait surpris alors que nous nous embrassions. Était-ce vraiment de l'amour, ou simplement une expérience ? Nous étions si jeunes. Quoi qu'il en soit, on me réprimanda sévèrement et on réserva à Diane un châtiment pire encore : elle fut contrainte d'épouser un paysan du nom d'Odon ; mon père se serait débarrassé d'une vieille paire de souliers qu'il ne s'y serait pas pris autrement.

Aussi incroyable que cela puisse être, je n'ai pas réagi. Je n'ai rien tenté pour empêcher le départ de Diane. Je l'ai regardée quitter notre foyer, ou, devrais-je dire, je regardais mes pieds tandis que son attelage s'éloignait de la maison. Après cela, je ne l'ai plus jamais revue.

Jeune.

Honteux.

Paralysé par la peur.

Si j'avais pu lire l'avenir, j'aurais envoyé une bonne correction au garnement que j'étais, qu'il se secoue un peu, mais avec des si…

Les premières années qui ont suivi n'ont pas été si difficiles. Plongé dans l'étude des plantes médicinales, déterminé à m'illustrer en tant que médecin, j'ai même fini par oublier cette histoire. Lorsque Diane s'invitait dans mes pensées, je me consolais en me répétant qu'elle avait toujours préféré la campagne à la ville, que sa situation, après tout, n'était pas si dramatique. Au moins construirait-elle la vie de famille à laquelle elle aspirait.

Tout allait bien pour moi. Enfin. Tout allait bien, jusqu'à l'arrivée du fameux messager, celui avec les *cheveux blonds et bouclés comme un angelot. Quand j'ai appris la mort de ma sœur, toutes ces qualités qu'on louait chez moi d'ordinaire - la clémence, l'empathie, la générosité - se sont volatilisées comme si elles ne m'avaient jamais défini.*

2.

Pardonne-moi, petite sœur.

Antoinette pleurait si fort que cela l'épuisait. Brouillé, son regard percevait seulement la forme du lit, une vague étendue blanche, et la silhouette de sa fille, allongée dessus. Un moment, elle crut s'étouffer.

Guy pleurait, lui aussi. Plus discrètement que son épouse – il ne sanglotait pas, ne reniflait pas –, mais il pleurait malgré tout, et pour un homme de son tempérament, c'était assez rare pour être souligné, bien qu'il ait déjà versé quelques larmes chez Aymar.

Anne était très faible, elle ne réagissait plus. Guy avait dû la forcer à avaler sa potion. Lorsqu'il lui avait penché la tête, un gargouillement étranglé avait jailli de la gorge de sa fille. Ce son lui avait brisé le cœur. Il avait toujours détesté faire mal à ses enfants, même quand il s'agissait de les punir. Heureusement pour lui, Antoinette avait maintes fois endossé ce rôle à sa place ; elle tirait les oreilles comme personne. D'ailleurs, les gamins d'Ardeloup – la plupart étaient morts à présent – l'avaient toujours crainte, plus que Jehan, dont le regard était pourtant si autoritaire.

Ses yeux s'embuèrent. D'habitude, il contenait ses émotions devant les autres, sauf que là, il ne contrôlait plus rien, et se félicitait qu'Antoinette ne soit pas en état de s'en rendre compte. Il avait perdu la confiance des villageois mais, chef de famille, ça, c'était une position que personne ne pouvait lui retirer. Il avait la ferme intention de l'assumer jusqu'au bout.

Il s'approcha du lit, passa sa main sur le front de sa fille ; il était couvert de sueur.

— Tout ira bien maintenant, s'entendit-il prononcer.

Le ton était sobre, protecteur.

Antoinette se calma, son souffle retrouva un rythme plus régulier. Elle leva vers son mari des yeux aimants qui brillaient d'un espoir nouveau. Ces yeux-là semblaient dire : « Je suis prête à tout pour te reconquérir, donne-moi une chance, oublions le passé, recommençons. »

Le laboureur le comprit. Il s'était promis de ne pas se laisser attendrir ; ce que son épouse avait fait était impardonnable. Il ne cessait de se le répéter, pourtant, en dépit de ses efforts, il ne la haïssait pas. Après tout ce qu'ils avaient enduré ensemble, le mal des ardents, la mort de leurs enfants, il voulait la paix. Jusqu'à envisager cette réconciliation à laquelle sa conscience s'opposait fermement il y a encore deux jours de cela.

Il retira sa main, Anne poussa un petit gémissement étouffé. Une nouvelle larme courut sur la joue du laboureur, marqua un temps d'arrêt sur le bord de sa mâchoire, puis tomba, quelque part dans sa chemise.

Cette fois, Antoinette la vit et détourna le regard.

Une quiétude monastique régnait dans la chambre. L'épouse de Guy, elle, songeait au père Éloi. Dans son église, il n'avait jamais su instaurer un silence comme celui-là. « Les femmes, disait-il de sa voix pompeuse, celle qu'il réservait aux sermons et aux grandes occasions, ne peuvent pas s'empêcher de chuchoter ; les commérages, c'est tout ce qui leur importe. » Maintenant que le curé était mort, enterré sans les derniers sacrements, elle regrettait de ne pas lui avoir tenu tête au moins une fois.

Antoinette sortit son mouchoir, s'essuya le visage, puis observa attentivement sa fille. Ses paupières remuaient ! Elle se précipita, lui prit la main.

— Anne, tu m'entends ?

Anne ouvrit doucement les yeux. Entre deux soupirs, elle réclama à boire. Un miracle ! Antoinette porta un gobelet rempli d'eau à ses lèvres, mais elle tremblait trop. Guy s'était redressé. Il s'empara du récipient.

— Chère petite, répéta-t-il plusieurs fois, comme s'il ne parvenait pas à y croire.

Peu à peu, Anne reprit des couleurs. Son état s'améliora, son appétit ne tarda pas à se manifester. En dépit du rationnement qu'elle avait instauré, Antoinette apporta tout ce que sa fille désirait.

Guy se tourna vers sa femme.

— Aymar nous l'a rendue. C'est grâce à lui.

Il se leva, s'étira, commença à faire les cent pas. Antoinette le trouva changé. Elle ne savait pas dire quoi, mais elle sentait que, dans sa tête, quelque chose d'important était en train de se jouer. Malgré la guérison miraculeuse de sa fille, ce n'était pas du soulagement qu'elle lisait sur les traits de son mari ; il avait l'air soucieux.

Après un silence interminable, il se planta devant elle, les mains sur ses hanches.

— Nous partons, lança-t-il.

Antoinette le dévisagea, incrédule.

— Que veux-tu dire par *nous partons* ?

— Prépare nos affaires pour le voyage. Nous quittons cet endroit.

— Mais… la ferme, nos terres, les bêtes…

Il haussa les épaules.

— On part, c'est tout.

— Mais…

— Les terres ne serviront plus à rien si nous mourons.

Antoinette se remit à trembler.

— Que fais-tu de toute cette neige ? Tu es fou !

— Cela fait plusieurs jours que les vents ont faibli. Les températures sont moins rudes. Je l'ai encore senti ce matin en allant chez Noilat. Il faut essayer, prendre la route de Romorantin.

— Et Anne ? Nous n'allons pas lui demander de marcher en plein hiver alors qu'elle vient tout juste de se rétablir.

— Si elle reste, elle finira par mourir... comme nous tous.

Guy parlait de plus en plus fort.

— Nous la mettrons sur la charrette, ajouta-t-il.

Sous le coup de l'émotion, le regard d'Antoinette se perdit dans le vague. Pour elle, la chambre était devenue floue, les contours des objets insaisissables ; elle ne savait pas à quoi s'accrocher. Un violent mal de tête lui barrait les sourcils.

— Comment ferons-nous ?

— Nous avons un peu d'argent de côté, pas vrai ? Nous nous en servirons le temps que je trouve de quoi vivre. Mon cousin, celui qui est drapier, il aura peut-être du travail à me confier en attendant. Tu ne dois pas t'inquiéter.

— Tu es sûr ?

Il opina, catégorique.

— C'est notre meilleure chance. Fais-moi confiance. Tu voulais qu'on oublie le passé ? Eh bien, le moment est venu.

Jamais Antoinette ne lui avait connu une telle détermination. Elle tombait des nues. D'habitude, elle lui reprochait de lambiner lorsqu'il s'agissait de prendre des décisions. Rien ne l'agaçait davantage que de le voir peser le pour et le contre des jours durant, ou de tergiverser sans parvenir à trancher. Mais aujourd'hui, c'était l'inverse qui se produisait, et cela l'effrayait.

— Mais je...

Ses dernières protestations moururent sur ses lèvres. Antoinette ferait ce qu'il demandait. Chancelante, elle commença à prendre la mesure de la tâche. Ils auraient besoin de couvertures, de nourriture, il ne fallait pas non plus qu'ils soient trop chargés, sinon la charrette serait plus difficile à manier...

— Rassemble ce que tu peux, nous partirons dès que tout sera prêt. On emmène deux moutons, pas davantage. Ghislain pourra récupérer le reste du troupeau.

Le laboureur avait prononcé ces mots en enfilant sa pelisse.

Antoinette s'affola.

— Où vas-tu ?

— Je dois remercier Noilat et le prévenir de notre départ. Sans son aide, Anne serait morte, ajouta-t-il après un bref coup d'œil en direction de sa fille.

— Non, ne me laisse pas toute seule, je t'en supplie !

— Je ne serai pas long.

Guy se dégagea de l'étreinte de sa femme qui s'agrippait à lui, et quitta la maison. L'air extérieur, en dépit de sa température glaciale, le rasséréna. Il avait bien failli perdre la raison, tout à l'heure, tandis qu'il attendait que sa fille s'éveille ou meure. Jusqu'à présent, à chaque fois que l'un de ses enfants s'était retrouvé alité de cette façon, ses prières étaient restées sans réponse. Anne était la seule à avoir rouvert les yeux ; ce n'était donc pas à Dieu qu'il avait envie de rendre grâce.

Un jour, Diane lui avait dit, comme ça, l'air de rien, que Dieu ne s'intéressait pas à Ardeloup. Ses habitants ne pouvaient compter que sur eux-mêmes. Elle avait eu raison.

★

Le village sortit de la brume. Le laboureur en connaissait chaque pierre comme sa poche. Il y avait grandi. Pas plus tard que la veille, il pensait encore y vieillir. Son ventre se noua d'appréhension. Antoinette n'était pas la seule à avoir peur. Lui aussi craignait de tout quitter. Pourtant, son instinct lui dictait de fuir. Au plus profond de lui, il sentait que c'était la bonne décision.

Guy frissonna. La maladrerie était silencieuse, mais il entendait encore les gémissements plaintifs de ses occupants s'élever par-dessus les toits, leurs cris déchirer le ciel, comme si tous les tourments endurés avaient marqué la lande à l'encre indélébile.

Il marcha jusqu'à la maison de Diane en s'efforçant de chasser cette impression, mais l'absence de vie dans la rue principale lui faisait froid dans le dos. Avant, il aurait été impensable d'entrer dans le village sans être remarqué. Même en hiver, il y avait toujours quelqu'un pour sortir vous saluer et s'enquérir de vos nouvelles.

Guy ne vit personne. Combien de ses voisins étaient encore vivants ? Une vingtaine. Peut-être plus. Il avait arrêté de compter les morts. Depuis qu'Éloi avait succombé, on enfouissait les corps les uns après les autres, sans cérémonie, et on priait pour ne pas connaître pareil sort.

Le laboureur accéléra le pas. Il avait hâte d'en finir.

Arrivé devant chez Noilat, il tambourina à la porte. Aucune réponse ne lui parvint. Il insista plusieurs fois, sans plus de succès. Le médecin s'était-il rendu à la maladrerie ? Guy actionna la poignée et constata que la maison n'était pas fermée. Le battant s'ouvrit lentement, puis buta contre le coin d'un coffre qu'on avait placé dans sa course.

Le laboureur ne comprit pas immédiatement de quoi il retournait, mais il lui sembla que la pièce avait changé.

Il la balaya du regard.

Elle n'était pas vide. La maison croulait toujours sous les étagères et sous les bocaux qui, jadis, avaient appartenu à Diane. Pourtant, quelque chose clochait. Quelques heures plus tôt, la table disparaissait encore sous les écrits, les schémas et autres gribouillages – c'était sûrement leur faire offense, mais il n'avait pas de meilleur qualificatif. À présent, la chaumière respirait à nouveau, débarrassée de son désordre de savant.

Du foyer, il ne subsistait qu'un amas de cendres où vivotaient quelques braises en perdition.

Aymar était parti, cela ne faisait aucun doute. Ses affaires avaient disparu. Ses livres, ses drôles d'outils, ses bésicles qu'il remontait sans cesse sur son nez ; il ne restait rien de lui, rien hormis une impression de propreté, comme s'il avait voulu faire disparaître toute trace de son passage.

Guy se remémora leur dernière conversation. Jamais il n'aurait pu deviner que le médecin s'apprêtait à quitter Ardeloup. Pourquoi maintenant ? Son départ le surprenait, même s'il fallait bien reconnaître que c'était la meilleure chose à faire. Qui resterait dans un village en pleine épidémie à moins d'y être forcé ? À sa place, il aurait cherché à décamper depuis longtemps… Certes, la neige bloquait les routes ; Noilat l'avait répété à plusieurs reprises, mais personne n'avait eu l'idée de vérifier l'information. Le médecin avait pu se tromper – après tout, il ne connaissait pas la région. Et puis, il y avait le redoux de ces derniers jours qui rendait peut-être praticable le chemin vers l'ouest. Aymar était-il arrivé à cette conclusion ? Dans ce cas, pourquoi n'avoir rien dit ?

Bien que déçu de ne pas trouver Noilat, le laboureur ne s'éternisa pas. La nuit tombait vite ; il désirait se mettre en route avant midi. La sécurité de sa famille passait en priorité. Pas question d'attendre la mort les bras croisés. Les habitants d'Ardeloup étaient tous condamnés, il en était intimement persuadé. Il aurait voulu leur crier de partir pendant qu'il était temps, mais plus personne ne l'écoutait. Ses voisins le dévisageaient avec un mépris non dissimulé, quand ils ne lui jetaient pas des regards suspicieux. Jusqu'où cela irait-il ? L'accuseraient-ils de sorcellerie, lui aussi ?

Maussade, Guy enfouit son nez dans la pelisse qu'il portait sur les épaules. Ses genoux émettaient des craquements de protestation à chaque pas. C'est que, pour avancer dans cette épaisse couche de neige, il devait les lever plus haut que d'habitude, exécutant un mouvement peu naturel. Il s'efforçait d'ignorer les signes de fatigue et de ne pas penser non plus à ses chausses détrempées. Le plus dur restait à faire ; conduire la charrette loin d'ici exigerait toute son énergie.

Avec les lambeaux de brouillard qui gravitaient autour de ses murs, la ferme se fondait dans la grisaille. Guy marqua un temps d'arrêt. Dans sa poitrine, son cœur se serra comme s'il rétrécissait. Il s'apprêtait à laisser sa maison, une bâtisse comme on en voyait par dizaines dans la région, mais qui comptait tout de même trois pièces en enfilade. Ce n'était pas rien, trois pièces en enfilade ! Ardeloup ne connaissait rien de plus grand à l'exception du presbytère. Le regard du laboureur se fraya un chemin jusqu'à la cour, puis il prit la direction des dépendances. Toutes construites du temps de son père, elles étaient le fruit d'un travail acharné et le symbole de la réussite familiale.

Près de la grange, Antoinette avait préparé leur attelage. Il la voyait courir, les bras chargés, comptant sur ses doigts pour ne rien oublier. D'abord, cette vision l'amusa. Puis, elle lui inspira un autre sentiment, plus doux, de la tendresse à n'en point douter ; et cela en dépit de leurs récentes disputes, des erreurs commises de part et d'autre, de toutes les années passées à se chamailler et à composer avec les aléas de l'existence. Une révélation frappa Guy : l'affection qu'il ressentait jadis pour son épouse n'avait jamais cessé d'être là. Lui qui croyait ce lien mort depuis longtemps en fut stupéfait. Dès lors, les murs perdirent de leur importance ; ce n'était que des murs après tout. À quoi serviraient-ils sans ceux qu'on aime ?

Le laboureur marcha en direction d'Antoinette, qui ne s'était pas aperçue de son retour. Elle continuait de remplir le chariot avec les provisions, les affaires indispensables et celles qu'ils pourraient vendre, une fois en ville. Elle se redressa, s'essuya le front du revers de la main. Guy regretta de ne pas l'avoir aidée. Son épouse était capable de porter de lourdes charges, elle l'avait fait toute sa vie, mais cela n'excusait pas sa goujaterie.

Antoinette resta un moment debout, un bras appuyé contre le chariot comme si elle en contemplait la cargaison, puis elle se retourna. Guy lui adressa un signe de la main, sourit. À cette distance, il ne distinguait pas l'expression de son visage ; ses yeux n'étaient plus aussi bons qu'avant. Elle était là, devant lui, droite comme un *i*. Était-elle triste ? Ressentait-elle de la peur, de l'excitation à l'idée de tout recommencer ? Lui n'avait qu'une envie : la rassurer, lui dire qu'ils s'en sortiraient, qu'ensemble ils surmonteraient cette épreuve. Ils en avaient vu d'autres ! Non, vraiment, il ne fallait pas s'inquiéter. N'était-il pas normal d'avoir peur ? L'inconnu effrayait même les plus braves, quoi qu'ils en disent.

Puis Antoinette s'effondra. D'un coup. Comme un arbre qu'on abat.

Guy poussa un cri et se rua vers le chariot. Il courait, pourtant la scène semblait s'écouler au ralenti. Arrivé à hauteur de l'attelage, il se pencha au-dessus d'Antoinette, la mit sur le dos. Elle avait les yeux ouverts et ne cillait pas. Tremblant, le laboureur colla son visage contre le sien. Il aurait tout donné pour sentir son souffle sur sa peau, mais elle ne respirait plus.

Pétrifié, Guy fut incapable d'esquisser le moindre geste. Son corps, perclus de douleur, l'empêchait de réfléchir. Il avait mal. Très mal. Ses pensées fusaient, s'enchevêtraient à l'envi ; rien de cohérent n'en sortait. Il pleurait de façon compulsive. Plié en deux par le chagrin, il resta ainsi de longues minutes, recroquevillé au-dessus du corps inerte de sa femme.

Elle se portait bien, tout à l'heure. Qu'avait-il manqué ?

Des soubresauts irréguliers lui perforaient la poitrine. Quant à ses poumons, ils cherchaient désespérément de l'air. Guy avait la désagréable impression d'inspirer et d'expirer dans un bocal hermétique.

Les yeux d'Antoinette, braqués sur lui, s'étaient figés en une expression de terreur absolue. Malgré la rapidité des événements – son malaise, puis sa chute –, tout cela n'avait duré que quelques secondes, elle avait eu le temps de comprendre l'essentiel.

Guy tourna la tête, vomit. Son monde venait de s'écrouler, et, fixement, le regardait perdre pied. Un trou immense se creusa à l'intérieur de son ventre. Ce trou l'aspirait. Sous le ciel bas et opaque qui s'étirait à perte de vue, il avait tout d'un insecte qu'on venait d'écraser. Il pouvait sentir le poids de la semelle peser sur sa colonne vertébrale.

Encore un coup. Cette fois, le laboureur n'était pas certain de se relever. Jusque-là, le chagrin partagé l'avait aidé à surmonter chaque décès. Aux côtés d'Antoinette, il fallait se montrer fort, rassurant, se surpasser ; ce n'était plus nécessaire désormais. L'esprit brumeux, il ne songeait qu'à laisser le froid l'emporter à son tour.

Les larmes de Guy mouillaient la tunique d'Antoinette, formant de petites taches grises sur le tissu à la blancheur passée ; on les voyait à peine, elles s'estompaient rapidement avant de laisser la place à d'autres. Le laboureur les contemplait, spectateur de sa douleur qui s'exprimait sans retenue.

Un cri déchira le silence.

Anne avait fini par se lever. Elle arborait une tunique de laine épaisse, enfilée spécialement pour le voyage. Ses cheveux bruns emmêlés tombaient sur ses épaules ; elle n'avait pas eu le temps de les coiffer. L'effroi l'avait privée de ses dernières couleurs. Elle se tenait droite, les yeux écarquillés, la bouche encore entrouverte, même si plus aucun son n'en sortait. Elle n'osait pas avancer. Affronter la réalité eût été trop douloureux. En voyant son père relever la tête, en croisant son regard dévasté, elle avait compris que rien ne serait plus pareil. Incapable de soutenir la scène qui se jouait face à elle, la jeune fille tourna les talons. Elle disparut dans la maison en sanglotant.

Au même moment, Guy sortit de sa léthargie. Il se pencha, puis il souleva son épouse dont la tête se renversa en arrière. Il plaça son coude derrière sa nuque et la porta, comme un enfant, jusqu'à la maison, où il l'allongea délicatement sur la couche la plus proche, celle qui se situait dans la pièce principale.

Bouleversée, Anne ne disait rien. Il n'y avait aucun mot dans son vocabulaire pour exprimer ce qu'elle ressentait, pour décrire ce qui s'opérait dans sa tête ou pour qualifier les tensions qui lui contractaient les muscles.

Parler ne servait à rien.

Père et fille avaient les yeux rivés sur les traits figés d'Antoinette ; ses mains posées le long de son corps inerte ; ses lèvres, gercées par endroits, parfaitement immobiles, qui ne souriraient jamais plus... L'un comme l'autre, ils ne voulaient pas y croire. Ils ne pouvaient pas. Cette femme occupait une telle place dans leur existence qu'il était inconcevable, presque incongru, qu'elle puisse disparaître ainsi d'une minute à l'autre. Elle était là quand ils avaient besoin d'elle ; leur monde était ainsi fait. Aucun d'eux ne s'imaginait vivre sans sa présence rassurante – essentielle, comprenaient-ils –, à laquelle ils ne prêtaient pourtant plus attention.

Anne s'approcha du lit, lissa les cheveux de sa mère dont le noir d'antan battait en retraite face à des assauts de mèches argentées.

— Ma petite maman, murmura-t-elle.

Guy lui prit les épaules. Il ne savait pas comment la réconforter, alors il mit dans son geste toute la tendresse dont il était capable. Mais Anne était jeune, à fleur de peau, il faudrait bien plus qu'une tape amicale pour qu'elle surmonte le décès de sa mère.

— Je ne comprends pas, disait-elle entre deux sanglots, elle allait bien.

Le laboureur baissa la tête. Lui non plus ne comprenait pas. Il releva le jupon de sa femme jusqu'à mi-cuisse. Ses jambes, qui n'avaient jamais vu le soleil, avaient un aspect laiteux, violacé ici et là, au-dessus des genoux surtout, mais aucune marque noire. Guy avait vérifié sans vraiment y croire. À présent, il connaissait assez le phénomène pour savoir que les ardents ne mouraient pas de cette façon, pas d'un seul coup, mais d'une lente et douloureuse agonie. Antoinette ne présentait aucun des symptômes. Si on omettait ses élans de nervosité, elle était en parfaite santé.

— M. de Noilat aurait pu la sauver…, dit Anne. Pourquoi a-t-il fallu qu'il s'en aille ?

Guy attrapa sa fille par les épaules et la secoua sans le vouloir.

— Comment sais-tu, pour son départ ?

Effrayée, Anne recula.

— Il… il est passé ici tout à l'heure. Il désirait nous saluer avant de partir.

— Combien de temps est-il resté ?

— Pas plus de quelques minutes…

Troublé, le laboureur pressa sa fille de tout lui raconter. Les détails, tout ce dont elle se souvenait. Dans son ventre, ses entrailles se tordaient ; il ne tenait plus en place.

— Il voulait savoir comment je me portais. Maman a répondu que j'allais mieux et qu'elle lui était reconnaissante de tout ce qu'il avait fait pour nous. Elle a ajouté que nous nous apprêtions à partir.

Anne fit une pause, puis elle ajouta :

— Il partait lui aussi. Avant de nous quitter, il nous a donné un remède.

— Quel remède ?

— Pour le voyage, c'était pour reprendre des forces. Il disait qu'on en aurait besoin.

— Tu en as bu ?

La fille du laboureur acquiesça.

— Il y en avait un pour moi, et un autre pour maman.

Un doute s'insinua dans l'esprit de Guy. Plus il réfléchissait à ce qui s'était passé au cours des dernières semaines, plus ce doute enflait. Dans sa tête, cela se traduisait par une pression intolérable qui lui donnait le vertige. Qui était Aymar ? Avait-il empoisonné Antoinette ? Était-il responsable de l'épidémie qui sévissait à Ardeloup ?

— Papa ?

La voix d'Anne tremblait.

Guy baissa les yeux. Le regard qu'elle lui adressa termina de le bouleverser ; il était suppliant, et plein de terreur.

— Ne crains rien, dit-il en la serrant contre lui, je reste avec toi. Nous devons partir à présent.

— Et Ghislain ?

— Il nous rejoindra plus tard. Pour l'instant, il reste pour s'occuper des bêtes, mentit le laboureur.

Ghislain était perdu. Comme Scévolé, comme Antoinette. Même s'il avait pu lui parler, Guy savait qu'il n'aurait pas réussi à le convaincre de les accompagner.

Anne ne dit plus rien. Elle prépara leurs affaires, terminant ce que sa mère avait commencé.

Guy, lui, ne pleurait plus tandis qu'il plantait sa bêche dans le sol durci par le gel. Une colère noire le consumait. Mais il lui suffisait de voir le visage de sa fille pour que ses idées de vengeance s'évanouissent aussitôt. Anne devait vivre. Le reste n'avait pas d'importance.

Avant de se mettre en route, ils se recueillirent sur la tombe d'Antoinette, un rectangle terreux qui contrastait avec la blancheur immaculée du jardin. Autour, la végétation n'avait pas survécu à la rudesse de l'hiver, mais Guy espérait que, le printemps venu, les rosiers reprendraient et fleuriraient à cet endroit ; c'était là le seul hommage qu'il pouvait rendre à son épouse, elle qui, saison après saison, s'extasiait toujours devant le velouté des pétales et le parfum des roses qu'elle chérissait, presque autant que les membres de sa famille.

3.

La route qui suit la rivière n'est pas aussi impraticable que le pensaient - par ma faute - les villageois. Elle est glissante, certes, dangereuse par endroits, mais l'emprunter restait possible. Tandis que je m'éloignais, je m'étonnais que personne, avant Guy, n'ait eu l'idée de partir. Croyaient-ils vraiment s'en sortir ? Ils étaient condamnés, cela crevait les yeux. Et pourtant, l'espoir s'ancre parfois si profondément qu'il est difficile de le faire disparaître tout à fait, même quand la situation semble désespérée. Cela aurait dû donner à ma vengeance une saveur supplémentaire. Or je n'ai rien éprouvé de tel. Pendant que la gangrène rongeait mes victimes, la culpabilité me rongeait.

Pourquoi rester dans ce cas ? C'est que je ne pouvais pas partir, pas après toute l'énergie que j'avais déployée et la souffrance que j'avais déjà causée. Tout cela pour rien ? Non, jamais, je n'aurais pas pu le supporter. J'étais dans cet état d'esprit quand j'avais appris pour Antoinette. S'il y avait bien une personne à blâmer pour la mort de Diane, c'était elle. Elle avait dénoncé ma sœur par jalousie, sachant le sort qu'on réservait aux sorcières. C'était elle qui devait payer ; c'était elle qui devait souffrir.

J'ai songé à laisser mourir Anne, l'occasion était trop belle. Pourtant quelque chose au fond de moi m'en a empêché. Empoisonner Antoinette ? Là encore, j'ai longuement hésité. Au fond, je l'aimais bien, Antoinette. Mais comment, après avoir tué tant d'innocents, épargner l'unique coupable ? Il me fallait conserver un semblant de logique. Pour ne pas sombrer dans la folie.

À l'heure où j'écris, je me sens toujours aussi incomplet. La mort d'Antoinette n'a rien résolu, et toute mon existence me semble dénuée de but. Mais je mérite ce qui m'arrive, car, comme les habitants d'Ardeloup, j'ai regardé Diane être emmenée sans rien dire.

Je suis coupable tout autant qu'eux.

Le poids de la culpabilité est plus lourd que jamais.

Épilogue
Quinze ans plus tard

La jeune femme enveloppait les herbes séchées dans une large bande de tissu qu'elle referma à l'aide d'une cordelette. Ses doigts habiles exécutèrent une série de mouvements, maintes fois répétés, qui donnèrent naissance à deux cocardes parfaitement symétriques. Elle tendit ensuite le paquet à sa cliente et lui adressa un sourire entendu ainsi que les recommandations d'usage. « Une infusion après le repas du soir, cela calmera ses maux de ventre pendant la digestion. » La cliente, une femme d'une trentaine d'années, sourit à son tour, la remercia. La clochette, placée juste au-dessus de l'entrée, tinta lorsqu'elle quitta l'échoppe après avoir payé.

Derrière le comptoir, le propriétaire de l'établissement leva le nez de son livre de comptes pour s'adresser à son employée.

— Arrête-toi, ma fille, et va manger un morceau avant que ma clientèle ne mette en doute l'efficacité de mes remèdes. J'entends ton ventre grogner d'ici. Incroyable qu'il fasse tout ce raffut !

Amusée, l'intéressée s'apprêtait à retirer son tablier quand la clochette tinta à nouveau. Un homme pénétra dans l'établissement. Les cheveux gris soigneusement peignés en arrière, le dos voûté, il se déplaçait en prenant appui sur tout ce qui se trouvait sur sa route. On devinait qu'il avait été grand, que ses articulations lui faisaient mal et qu'il ne parvenait plus à se redresser complètement.

Oubliant son déjeuner, la jeune femme lui porta la chaise qu'elle cachait derrière le comptoir ; elle s'en servait parfois pour se reposer, ni vu ni connu, quand les clients se succédaient sans interruption. L'échoppe n'était pas bien grande, mais dès qu'il y avait une épidémie, ou des soupçons d'épidémie, elle ne désemplissait pas du matin au soir. En ville, l'apothicaire jouissait d'une excellente réputation qui s'était accentuée, l'hiver précédent, quand le seigneur, atteint d'une forte fièvre et de violents maux de tête, l'avait fait appeler à son chevet. Désormais ses remèdes s'arrachaient comme des petits pains.

Le vieil homme s'agrippa au dossier de la chaise, s'y assit lentement, très lentement même, comme s'il craignait de basculer en avant ou en arrière. Puis il leva les yeux ; deux flaques d'eau glacée émergèrent, tel un mirage, au milieu d'un paysage lunaire. Ses paupières étaient translucides et sans cils.

— Merci infiniment, murmura-t-il en reprenant son souffle.

— De quoi avez-vous besoin ? s'enquit la jeune femme.

Mais l'homme resta silencieux, comme s'il avait oublié la raison de sa venue. Il balaya l'officine du regard, sautant d'un caisson à l'autre, d'une étagère à l'autre. On eût dit qu'il cherchait à mémoriser l'emplacement des piluliers, des pots à canon, des cruches et des mortiers qui s'entassaient aux quatre coins de la boutique ; c'était impossible, le maître des lieux lui-même peinait à mettre la main sur ses affaires. Il se plaignait d'ailleurs souvent du désordre, et poussait quelques jurons désabusés quand aucun client n'était présent pour l'entendre.

La jeune femme observa le vieux ; il avait l'air perdu. Peut-être avait-il oublié sa propre identité ? La mémoire joue parfois de drôles de tours aux personnes d'un certain âge. Elle jeta un coup d'œil à son employeur, le questionna en silence.

L'apothicaire se leva, la chaise grinça.

Le bruit fit tressaillir le vieil homme qui sembla soudain recouvrer ses esprits.

— Je venais chercher de quoi dormir. Mon sommeil n'est plus ce qu'il était.

Ne trouvant rien d'anormal à la situation, l'apothicaire se rassit. La jeune femme, elle, prit une expression attendrie, celle qu'elle aurait arborée devant un chiot, un bébé rondouillard, ou tout être sans défense dont on a envie de s'occuper. Le vieux eut l'air de le penser car, piqué au vif, il se redressa tant bien que mal, se calant contre le dossier jusqu'à former le plus parfait des angles droits.

— Il me reste de la passiflore, mais nous avons vendu toute la valériane. Le mieux aurait été d'associer les deux. Si vous revenez dans trois jours, nous devrions en avoir. M. Clément – elle désigna l'apothicaire d'un signe de tête – en a commandé. Il se pourrait même que nous en ayons demain. Je vous dis trois jours pour être certaine que vous ne vous déplaciez pas pour rien.

La jeune femme coinça une mèche brune derrière son oreille ; c'était la cinquième fois au moins qu'elle reproduisait ce geste, mais la mèche en question refusait de tenir en place et glissait obstinément sur son visage.

— Je vais prendre la passiflore, dit le vieux, ça ira très bien.

Après une brève hésitation, elle se tourna vers l'étagère située juste derrière le comptoir, attrapa un pot de terre, le posa sur la table où elle préparait les paquets.

Tandis qu'elle confectionnait l'emballage, l'attention du vieux se fixa sur l'apothicaire. Penché sur son registre, il ne se préoccupait déjà plus de ce qui se passait dans sa boutique. Il tenait à la main une plume qui demeurait suspendue en l'air jusqu'à ce qu'il décide d'inscrire une annotation. En s'écrasant sur le papier, la plume émettait un crissement sec et désagréable.

Le vieux sursauta quand la jeune femme lui tendit son paquet. Il avança vers elle une main tremblante, s'en empara. Elle fit un pas vers lui pour l'aider à se lever, mais il l'en dissuada avec fermeté.

— Cela ira, je vous remercie.

Surprise par la rudesse de sa voix, elle recula et le regarda claudiquer jusqu'à l'entrée. Une drôle d'impression se logea dans son estomac. Le vieux lui paraissait familier. Elle y songeait toujours lorsqu'elle dénoua son tablier et le rangea sous le comptoir, avant de quitter la boutique.

Les rayons du soleil, vifs pour la saison, lui réchauffèrent la peau. Une onde de plaisir la parcourut, et elle cessa tout simplement de penser au vieil homme. Ses sens goûtaient avidement aux beautés qui l'entouraient ; le piaillement des oiseaux, la luminosité qui, chez elle, déclenchait une gaieté instantanée, l'odeur du levain, celle de la rôtisserie, il y avait là quantité de délices, de quoi s'enthousiasmer, pour peu qu'on en prenne conscience. Voilà pour la philosophie de cette jeune femme aux boucles brunes, qui déambulait dans les rues de Vierzon le sourire aux lèvres.

Tout à sa contemplation, elle ne remarqua pas le vieil homme, celui de la boutique, qui, son paquet de passiflore à la main, la regardait fixement de l'autre côté de la rue, et choisit d'avancer sciemment dans la direction qu'elle empruntait.

Loïse était trop heureuse pour voir le monde sous un jour négatif. Autour d'elle, tout lui semblait beau, digne d'être admiré. Non pas qu'elle soit de nature naïve ou idéaliste, cela ne lui correspondait pas du tout. Non, elle était simplement amoureuse et vivait dans un état d'euphorie qui lui collait à la peau depuis des semaines. À cela s'ajoutait un tempérament plutôt optimiste et joyeux, qui, compte tenu des épreuves qu'elle avait traversées plus jeune – la perte de ses parents, son village natal décimé par la maladie, sans parler du fait qu'elle avait frôlé la mort à la suite d'accusations de sorcellerie –, tenait du miracle. Elle parlait peu de ce passé, quoiqu'il lui soit arrivé d'y faire allusion quand Nicolas, son promis, l'avait interrogée sur le sujet.

Ah, Nicolas ! Il était si beau, pas très grand, c'est vrai, mais aussi beau qu'on pouvait le souhaiter, avec, cerise sur le gâteau – il était boulanger de profession –, une belle âme, de celles qui vous bercent lorsque vous avez du chagrin, et aux côtés desquelles on se sent devenir meilleur. Après ce portrait très flatteur, on comprend que Loïse vive sur un nuage dont il lui était impossible de descendre.

Elle sautillait jusqu'à la boulangerie du père de Nicolas, sans savoir que le vieil homme la suivait toujours, et qu'il marchait beaucoup plus vite que son état l'aurait laissé présager. Il est important de se méfier des apparences... On ne le répétera jamais trop.

Loïse tourna à droite, à gauche, puis ralentit lorsque le parfum du pain commença à flotter dans l'air. La boulangerie occupait un coin de rue, à la croisée de deux artères, un emplacement stratégique qui en faisait un lieu important dans la vie du quartier. Le père de Nicolas tenait la boutique de son père qui la tenait lui-même du sien, bref, l'affaire, ainsi que son savoir-faire, étaient dans la famille depuis trois générations. Un jour, Nicolas hériterait de la boulangerie à son tour, ce qui, pour couronner le tout, faisait de lui un bon parti. Les filles des environs l'avaient bien compris. Mais malgré l'essaim de soupirantes qui lui tournait autour, le jeune homme avait jeté son dévolu sur Loïse, sans le sou et sans famille, qui gagnait de quoi vivre au jour le jour grâce à son travail chez l'apothicaire. Et comme, par chance, ses sentiments s'étaient révélés réciproques, on était convenus de célébrer le mariage à l'été. Ensuite, Loïse quitterait le petit réduit qu'elle occupait sous les toits, juste au-dessus de l'officine, pour venir s'installer avec son époux.

Le père de Nicolas, veuf depuis huit ans, n'avait pas d'autre enfant. Chaque nouvel hiver le marquait un peu plus. Chaque printemps, il constatait que les poches sous ses yeux s'étaient creusées, que ses traits s'étaient tirés, qu'il marchait moins bien, qu'il fatiguait plus vite ; la mauvaise saison accélérait son vieillissement. Il voyait donc d'un bon œil l'arrivée de cette belle-fille qui connaissait les plantes, les remèdes, et qui saurait prendre soin de lui le moment venu. Il prétendait souvent que sa maison manquait d'une présence féminine, que son fils et lui, à force de souper en tête à tête, sans rien se dire – car ils se voyaient déjà toute la journée –, ne savaient plus converser.

Avec Loïse, c'était différent. Nicolas et elle trouvaient toujours quelque chose à se raconter. Ils riaient beaucoup, se chamaillaient de temps en temps, mais ils ne s'ennuyaient jamais. Ils partageaient aussi la même conviction, profonde, que leur bonheur était fait pour durer. Peut-être était-ce naïf de leur part ; qui peut prédire de quoi l'avenir sera fait ? Les gens ne répétaient-ils pas sans cesse que la félicité conjugale, quand elle existe, est si fugace qu'il vaut mieux ne rien en attendre ? Pourtant, tous deux voulaient y croire, essayer. Ils ne rougiraient pas. Ils ne renonceraient pas. Ils ne cacheraient pas le lien fusionnel qui les unissait, vivraient pleinement les moments qui leur étaient accordés car, même s'ils se trompaient, cela en valait la peine.

Loïse trouva Nicolas occupé à nettoyer le plan de travail sur lequel il pétrissait la pâte. Elle fondit sur lui, lui ébouriffa les cheveux. Un petit nuage de farine s'échappa de la tête du jeune homme. Il était toujours couvert de cette fine poudre blanche. Quand ce n'était pas ses cheveux, c'était ses pommettes, son col, ses chaussures, il en portait sur lui en permanence. Cela lui donnait un charme supplémentaire.

— Celui-là, il est pour toi, déclara Nicolas en lui tendant un petit pain rond.

Loïse mordit dedans sans attendre.

— Sa taille est parfaite ! Quand je serai ta femme, tu continueras de le préparer, pas vrai ? demanda-t-elle la bouche pleine.

Nicolas haussa les épaules comme si la question n'avait pas lieu d'être posée.

— Évidemment.

Ils restèrent un moment à discuter, savourant le plaisir d'un repas partagé. Ils disposaient de peu de temps, mais c'était mieux que rien du tout, alors ils en profitaient. Ils mangeaient sans se quitter des yeux.

Puis Nicolas raccompagna Loïse jusqu'à l'officine, comme il avait coutume de le faire. C'était devenu un rituel, une manière de repousser la séparation. Leur complicité n'échappa pas au vieil homme qui marchait toujours derrière eux, attentif à chacun de leurs gestes.

Radieuse, Loïse embrassa son promis et pénétra dans l'officine.

La petite fille d'Ardeloup, rejetée par les siens, n'existait plus.

Cette transformation sidéra le vieil homme, qui resta un moment, les bras ballants, à contempler la façade de l'établissement. À quoi s'attendait-il ? Difficile à dire, mais à ça, certainement pas. Comment une enfant qui avait connu tant de malheurs pouvait-elle devenir cette femme équilibrée et heureuse comme elle semblait l'être ?

Quelque chose clochait. Aymar de Noilat en était convaincu. On ne trompait pas aisément un homme comme lui. Le médecin, qui n'exerçait plus depuis de nombreuses années, se mit en tête de découvrir la vérité. Il écuma les tavernes, interrogea les clients de l'officine, les pauvres, les moins pauvres, les bourgeois, se renseigna sur l'activité du père de Nicolas. La boulangerie, comment la dirigeait-il ? Quelle réputation avait-il ? Un homme bien, répondait-on. Mais cela cachait forcément une sale histoire. Il faut parfois gratter plusieurs couches de vernis pour s'en rendre compte.

Aymar décida qu'il était de son devoir de gratter. Pour Loïse.

Il consulta les habitants du quartier, le meunier, les fournisseurs de l'apothicaire. Comment était-il, celui-là ? Il payait bien, disait-on.

Le médecin se rendit à l'échevinage pour se renseigner – même après toutes ces années, le nom de Noilat ouvrait des portes. Il fut reçu, mais il repartit bredouille. Personne n'avait rien noté d'anormal. Tout était en règle, affirmait-on.

Et Nicolas, n'était-il pas trop beau pour être vrai ? Sous ses allures de jeune homme respectable, peut-être dissimulait-il un secret ? Le surveiller était aisé car il quittait rarement la boulangerie, et quand il sortait, c'était pour se rendre à l'officine, où il courait à la moindre occasion.

Cette enquête dura près de quatre jours au cours desquels Aymar traîna son corps fatigué dans tout Vierzon, sans résultat. Attablé au comptoir d'une auberge, les genoux douloureux, la plante des pieds en feu, le dos plus mal encore, il dut se rendre à l'évidence ; Loïse était comblée. Ce constat, au lieu de le réjouir, le terrassa.

Il pensait trouver une femme frêle, accablée par le poids d'un passé trop lourd à porter, l'âme en peine et le regard terne ; un peu comme l'enfant qu'il avait tirée des griffes d'Antoinette, quinze ans plus tôt. L'espace d'un instant, il se demanda s'il n'avait pas fait erreur sur la personne.

Pourtant c'était bien elle. Après des années de recherches infructueuses, de travail acharné, il avait fini par retrouver la trace de Loïse. Dieu seul savait par quel miracle elle avait survécu après s'être échappée d'Ardeloup, mais c'était elle à n'en point douter.

Pendant quinze ans, Aymar avait caressé l'espoir de la revoir. Il s'était imaginé leurs retrouvailles, ce qu'il dirait, ce que Loïse dirait, leurs yeux brillants d'émotion. C'est ce qui l'avait aidé à vivre. Il n'avait eu que cette idée en tête ; venir en aide à la fille de Diane, sa nièce, la seule famille qui lui restait. Elle en avait besoin. Forcément. Pas une seule fois il n'avait songé qu'il pouvait en être autrement.

La réalité n'avait rien à voir avec tout ce qu'il s'était représenté. Elle n'avait pas besoin de lui. Il avait projeté sur elle son propre malheur. C'était lui qui avait besoin d'elle ; lui qui attendait qu'on le libère du fardeau qu'il portait.

Le regard vide, Aymar fixait sa chope.

Soudain, il comprit.

Il n'y aurait pas de retrouvailles.

Le plus beau cadeau qu'il pouvait faire à Loïse, c'était de rester à distance. Pour la première fois depuis plus de vingt ans, il s'apprêtait à faire passer les intérêts d'un tiers avant les siens.

Non loin de là, l'aubergiste observait depuis un bout de temps l'homme aux cheveux grisonnants – un solitaire, cela se voyait – perdu dans ses pensées, le genre à ne pas piper mot de la soirée. Il détourna la tête lorsque le vieux se mit à pleurer.

★

Du village décimé d'Ardeloup, il ne restait que quelques murs de l'église et de son presbytère, dont on avait récupéré les pierres, et qui servaient encore de carrière aux communautés voisines. Les maisons, construites en matériaux périssables, se délitaient, consumées par l'humidité ambiante et par les années d'abandon. Par endroits, déjà, seuls certains soubassements subsistaient ; ils laissaient entrevoir le tracé des habitations. Pour la plupart, elles se composaient d'une unique pièce de vie, où s'entassait toute la famille pour dormir ou pour prendre les repas. Deux constructions sortaient du lot, avec des chambres disposées en enfilade, et un deuxième foyer repérable à son socle briqueté, mais elles restaient modestes malgré tout. La misère du village se lisait jusque dans ses ruines.

Si Aymar pouvait les décrire avec autant de détails, c'est qu'il était retourné à Ardeloup après son passage à Vierzon – une sorte de pèlerinage.

En remontant le chemin qui menait, jadis, à la place du village, une vive émotion le secoua. Aymar se rappela la rudesse de l'hiver dans cette cuvette battue par les vents. Il se remémora les habitants, leur labeur, leur courage, puis leur peur lorsqu'ils s'étaient mis à tomber malades, les uns après les autres, victimes d'un fléau dont ils ne savaient rien et qu'ils avaient attribué, à défaut de l'expliquer, à une puissance démoniaque. Aymar n'était pas loin de leur donner raison. Transcendé par son désir de vengeance, n'avait-il pas tout du mal incarné ? Sans lui, le village existerait encore.

Il détestait cette image, brutale, qu'il se faisait de lui ; alors il se cherchait des excuses, ce qui ne faisait qu'accroître son malaise.

Aymar tenait à revoir la maison où il avait vécu pendant les quelques mois qu'avait duré son expérience – appelons-la comme ça. La bâtisse, du moins ce qu'il en restait, fut facile à identifier.

C'était un simple carré, aux murs arrachés, sur lequel la végétation avait repris ses droits, triste à voir, vraiment. Sauf pour Aymar, qui le contempla d'un œil ému. Il se rendit ensuite au cimetière, trop petit pour accueillir les tombes de tous les malades qui avaient péri cette année-là. On les avait inhumés un peu plus loin ; beaucoup n'avaient pas reçu les derniers sacrements. De là où il se trouvait, le médecin apercevait la forêt où les villageois allaient couper du bois, et la colline qui dressait sa masse sombre au-dessus d'Ardeloup.

La gorge d'Aymar se serra. Tout lui semblait si familier. C'était comme s'il revenait sur sa terre natale après une longue absence. Cette impression ne le lâcha pas de toute la visite. Son esprit lui jouait des tours. À sa décharge, une atmosphère troublante se dégageait du champ de ruines ; une brume basse, presque irréelle, nappait les débris et les restes de soubassements. Ce spectacle mettait sa logique cartésienne à rude épreuve. Il tremblait comme une feuille, et pas seulement à cause du vent qui fouettait chaque partie de son corps laissée dénudée. Contre toute vraisemblance, il s'attendait à voir surgir le fantôme d'un malheureux, victime de la gangrène. Il se figurait des âmes tourmentées, errantes, se réveillant à la nuit tombée et promenant leurs membres estropiés entre les vestiges. Leurs cris résonnaient toujours dans sa mémoire ; ils ne faiblissaient pas.

Il erra, à l'image des fantômes présumés, sous un ciel opaque, porté par l'étrange mélancolie que lui inspirait l'endroit. Cette terre à l'abandon palpitait, hurlant la lente et cruelle agonie de ses habitants, quinze ans plus tôt. À chaque bourrasque, un froid glacial traversait Aymar, un souffle surnaturel qui, sur son passage, absorbait le peu de chaleur que contenait son corps. Il grelottait. Et sans doute divaguait-il lorsqu'il pensait, faisant fi de tout bon sens, qu'une force invisible était à l'œuvre ici. D'autres avaient dû la sentir, sinon comment expliquer que personne n'ait eu l'idée de reconstruire ? Le drame qui s'était joué là, palpable en dépit des années, avait rendu l'endroit maudit à jamais. Même un étranger, peu au fait des histoires locales, aurait refusé de s'y installer.

Aymar se retourna pour emporter du village une vue d'ensemble. L'image qui s'imprima dans son esprit, lugubre, sans reliefs, n'était qu'un camaïeu de gris. Elle lui arracha tout de même quelques larmes, terminant de lui assécher la peau.

Ardeloup n'était qu'un paysage désolé et désolant, à l'image de la lande qui l'avait vu naître.

Aymar revint à la maison maudite, là où Diane avait vécu, là où il avait vécu avec Loïse ; la petite Loïse qui ne semblait promise à aucun avenir. Il se faufila à travers les herbes hautes, s'adossa à un pan de mur encore debout. Tout le ramenait à cet endroit. Épuisé, il avala le contenu de la fiole qu'il tenait à la main.

Bibliographie

Collectif, *L'Habitat rural de la région Centre. La Sologne*, SEPRA, 1980.

Follain A., « L'administration des villages par les paysans au XVIIe siècle », *XVIIe Siècle*, n° 234, janvier 2007, p. 135-156.

Gillardot P., « Forêts et landes de Sologne », *Norois*, n° 76, octobre-décembre 1972, p. 641-672.

Levack B. P., *La Grande Chasse aux sorcières. En Europe aux débuts des temps modernes*, Seyssel, Champ Vallon, « Époques », 1993.

Poitou C., « Ergotisme, ergot de seigle et épidémies en Sologne au XVIIIe siècle », *Revue d'histoire moderne et contemporaine*, t. 23, n° 3, juillet-septembre 1976, p. 354-368.

—, *En Sologne sous l'Ancien Régime. Vouzon et Lamotte-Beuvron de 1500 à 1790*, 2011.

Remerciements

Merci à mes parents, pour leur soutien, et pour ces samedis après-midi passés à la bibliothèque. Je m'en souviens comme si c'était hier.

Merci à mes premiers lecteurs : Maman, Thibaud et Chloé. Votre avis a toujours été très précieux à mes yeux.

Merci à Nicolas, pour sa patience, ses encouragements et ce merveilleux quotidien que nous avons la chance de partager. Il y a un peu de toi dans chacune de ces phrases.

Merci au personnel du musée de Sologne de m'avoir gentiment envoyé de la documentation sur l'habitat rural.

Je tiens aussi à remercier Nathalie Théry, pour son travail d'éditrice, sa bienveillance et ses conseils ; l'ensemble des jurés du Grand Prix des Enquêteurs, pour m'avoir permis de vivre cette formidable expérience. J'ai beaucoup appris grâce à vous tous. Merci à Glenn Tavennec, directeur de la collection « La Bête noire », aux éditions Robert Laffont, et à toutes les personnes qui ont contribué à la production et à la promotion de ce livre. Je vous en suis infiniment reconnaissante.

Merci à toi, lecteur, de m'avoir suivie jusqu'à Ardeloup.

Merci à Nietzsche, mon chat, d'avoir si souvent ronronné sur mes genoux pendant que j'écrivais.

PARUS DANS

LA BÊTE NOIRE

KATERINA AUTET

La Chute de la maison Whyte (Grand Prix des Enquêteurs 2020. Prix littéraire de la Renaissance française 2020)

CÉDRIC BANNEL

Baad (Prix du Meilleur polar des lecteurs de Points 2017)

Kaboul Express

L'Espion français

JACQUES-OLIVIER BOSCO

Brutale

Coupable

RHYS BOWEN

Son Espionne royale

Tome 1, *Son Espionne royale mène l'enquête*

Tome 2, *Son Espionne royale et le mystère bavarois*

Tome 3, *Son Espionne royale et la partie de chasse*

Tome 4, *Son Espionne royale et la fiancée de Transylvanie*

Tome 5, *Son Espionne royale et le collier de la reine*

Tome 6, *Son Espionne royale et les douze crimes de Noël*

Tome 7, *Son Espionne royale et l'héritier australien*

FRANCK CALDERON, HERVÉ DE MORAS

Là où rien ne meurt

JULIA CHAPMAN

Les Détectives du Yorkshire

Tome 1, *Rendez-vous avec le crime*

Tome 2, *Rendez-vous avec le mal*

Tome 3, *Rendez-vous avec le mystère*

Tome 4, *Rendez-vous avec le poison*

Tome 5, *Rendez-vous avec le danger*

Tome 6, *Rendez-vous avec la ruse*

KAREN CLEVELAND
Toute la vérité

DANIEL COLE
Ragdoll
Tome 1, *Ragdoll* (Prix Griffe noire du polar de l'année 2017)
Tome 2, *L'Appât* (Prix Bête noire des libraires 2018)
Tome 3, *Les Loups*
Pietà

SANDRONE DAZIERI
Tu tueras le Père
Tu tueras l'Ange
Tu tueras le Roi

LARA DEARMAN
La Griffe du diable
L'Île au ciel noir

INGRID DESJOURS
Les Fauves
La Prunelle de ses yeux

CLAIRE FAVAN
Serre-moi fort (Prix Griffe noire du meilleur polar français 2016)
Dompteur d'anges
Inexorable

REBECCA FLEET
L'Échange
La Seconde Épouse

DOMINIQUE FORMA
Coups de vieux

AMY GENTRY
Les Filles des autres
De si bonnes amies

PATRICE GUIRAO
Le Bûcher de Moorea
Les Disparus de Pukatapu

L. S. Hilton
Maestra
Domina
Ultima

Ingar Johnsrud
Les Adeptes
Les Survivants

Elizabeth Key
Sept Mensonges

Mathieu Lecerf
La Part du démon

Sara Lôvestam
Chacun sa vérité (Grand Prix de littérature policière 2017, domaine étranger. Prix Nouvelles voix du polar 2018, roman étranger)
Ça ne coûte rien de demander
Libre comme l'air
Là où se trouve le cœur

Fabio Mitchelli
Une forêt obscure
Le Tueur au miroir
Le Loup dans la bergerie

Nadine Monfils
Les Folles enquêtes de Magritte et Georgette
Nom d'une pipe !
À Knokke-le-Zoute !

Nicole Neubauer
Sous son toit

Vincent Ortis
Pour seul refuge (Grand Prix des Enquêteurs 2019)
Patiente

Gin Phillips
Le Zoo (Prix Transfuge du meilleur polar étranger 2017)

Antoine Renand
L'Empathie (Prix des lecteurs Gouttes de Sang d'Encre 2019. Prix Nouvelles voix du polar 2020, roman français)
Fermer les yeux

Fabrice Rose
Tel père, telle fille (Prix Bête noire des libraires 2020)

Rydahl & Kazinski
La Mort d'une sirène

Romain Slocombe
La Trilogie des collabos
L'Affaire Léon Sadorski (Prix Libr'à Nous 2017, catégorie polar)
L'Étoile jaune de l'inspecteur Sadorski
Sadorski et l'Ange du péché
La Trilogie de la guerre civile
La Gestapo Sadorski
L'Inspecteur Sadorski libère Paris

Thibaut Solano
Les Noyés du Clain

Ilaria Tuti
Sur le toit de l'enfer (Prix Bête noire des libraires 2019. Prix Nouvelles voix du polar 2020, roman étranger)
La Nymphe endormie

Harriet Tyce
Blood Orange

Annette Wieners
Cœur de lapin

Ce livre existe grâce au travail de toute une équipe.

Communication : Caroline Babulle, Sandrine Perrier-Replein, Typhaine Maison, Adélaïde Yvert.

Coordination éditoriale et administrative : Céline Poiteaux, Martine Rivierre.

Studio : Pascaline Bressan, Barbara Cassouto-Lhenry, Joël Renaudat.

Fabrication : Muriel Le Ménez, Céline Ducournau, Bernadette Cristini, Phousa Chantharath, Isabelle Goulhot, Émilie Lapan (Canada).

Correction : Emmanuelle Coppeaux, Valérie Gautheron.

Commercial, relation libraires et marketing : Laetitia Beauvillain, Alexandra Profizi, Élise Iwasinta, Morgane Rissel, Aurélie Scart, Clément Vekeman.

Cessions de droits : Isabelle Votier, Benita Edzard, Lucile Besse, Sonia Guerreiro.

Gestion : Sophie Veisseyre, Chloé Hocquet, Isabelle Déxès, Camille Douin.

Services auteurs : Viviane Ouadenni, Jean-François Rechtman, Catherine Reimbold.

Ressources humaines : Mylène Bourreau.

Juridique : Laëtitia Doré, Anaïs Rebouh, Valérie Robe, Jean-Benoît Vassogne, Julia Crosnier.

Diffusion : Aurélia Spalacci (directrice des ventes), Nadine Eugénie, Céline Pitt, Arnaud Weill, Hervé Adamczyk, Annie Bourgade, Éric Charpentier, Gilles Couillard, Sandrine Ducrocq, Élisabeth Ehlinger, Guillaume Loras, Jean-Philippe Pilloux, Philippe Maulnier, Gilles Torché, Élisabeth Gastaldo, Jean-Pierre Stephany (Belgique), Olivier Béguin (Suisse), Jean Bouchard et Marie-Ève Provost (Canada), Emmanuelle Cadot, Virginie Godet et Caroline Pan.

Ainsi qu'à toutes les équipes d'Interforum et d'Editis qui participent à la création, la diffusion et la distribution de ce livre.

Canoros Vehit Canentes

Composition et mise en pages
Nord Compo à Villeneuve-d'Ascq

Imprimé en France par CPI
en août 2021

MIXTE
Papier issu de
sources responsables
FSC® C003309

L'éditeur de cet ouvrage s'engage dans une démarche
de certification FSC® qui contribue à la préservation
des forêts pour les générations futures.

Pour en savoir plus :
www.editis.com/engagement-rse/

N° d'édition : 62141/01 – N° d'impression : 3044904